Sternenvoll

Patricia Renoth

Patricia Renoth, Friedensstr. 24, 85622 Feldkirchen

patricia.renoth@gmx.de

www.PatriciaRenoth.com

https://www.instagram.com/patriciarenoth/

Covergestaltung:

Bild von OpenClipart-Vectors auf Pixabay

Bild von Gerd Altmann auf Pixabay

PROLOG

Was wäre unsere Welt ohne ein kleines bisschen Magie? Nicht im Sinne von Zauberschülern und Hexenbesen, gemeint sind ganz besondere Augenblicke. Die einen nennen sie Schicksal, die anderen bezeichnen sie als Fügung. Aber ganz egal, wie diese Momente zustande kommen, sie bleiben undurchschaubar und einzigartig. Und ist es nicht das, wonach wir eigentlich alle suchen? Etwas Außergewöhnliches? Und genau hier beginnt unsere Geschichte …

Auf dem langen Gang der Geburtsstation herrschte Ruhe. Aber immer wenn die Türen zu den Kreißsälen sich kurz öffneten, erahnte man das Leben, das sich hier Tag für Tag und Nacht für Nacht Bahn brach. Dann drangen Geräusche nach draußen: von Frauen die stöhnten, Hebammen die beruhigten und Babys die weinten. An diesem Abend lagen zwei Frauen in den Wehen. Die eine kämpfte schon seit 16 Stunden mit der Geburt. Sie war am Ende ihrer Kräfte, aber der letzte Akt stand kurz bevor. Die andere wurde von der Schnelligkeit der Ereignisse überrollt.

Erst vor 60 Minuten war sie hier mit ihrem Mann eingetroffen. Und nun lag sie im Kreißsaal nebenan, und der Kopf des Babys war schon zu sehen. Tür an Tür brachten die beiden Frauen exakt zur selben Zeit ihre Kinder zur Welt: um 21.04 Uhr, an einem 20. Mai. Das Mädchen und der Junge fingen gleichzeitig an zu weinen.

Die Mütter und Väter waren nur auf ihr eigenes Glück konzentriert. Die Hebammen jedoch lächelten in sich hinein, aufgrund dieses zweistimmigen Chors.

Beide Frauen teilten sich später ein Zimmer auf der Wöchnerinnenstation, und bald teilten sie noch viel mehr als das: Eine tiefe Verbundenheit und Freundschaft, die ihr ganzes Leben lang anhalten sollte. Aber der magische Moment gehörte ihren Kindern. Und deshalb ist das auch deren Geschichte – die Geschichte von Ella und Kilian.

KAPITEL 1

Jahr: 1999

Alter: 16

Ich knallte die Tür zu und warf mich auf mein Bett. Jedes Jahr das Gleiche. Jedes Jahr dieses nervige Sommerfest meiner Eltern. Jedes Jahr mithelfen. Jedes Jahr die gut erzogene Tochter spielen. Jedes Jahr Konversation machen mit den Freunden meiner Erziehungsberechtigten. Es war einfach zum Kotzen. Und das ausgerechnet heute, wo ich mich eigentlich am liebsten verkriechen würde. Wo ich am liebsten überhaupt niemanden sehen würde. Ich ertrug das heute einfach nicht! Und alles nur wegen dieses Idioten. Wegen irgendeines Types. Das war so erniedrigend, weil es mir eigentlich nichts ausmachen sollte. Aber das tat es, das tat es viel zu sehr.

Es war gestern nach dem Sportunterricht gewesen. Ich hatte meinen Kosmetikbeutel vergessen und lief noch einmal zurück. Die Umkleidekabine der Jungs stand halb offen. Ich ging vorbei und hörte meinen Namen. Sofort blieb ich stehen und lauschte dem Gespräch. Zwei Klassenkameraden unterhielten sich über mich. Ich erkannte Christian und Michael an ihren Stimmen. Sie erzählten etwas von meinem netten Vorbau und meinem geilen Arsch. Etwas ordinär, aber so weit, so gut. Das, was allerdings wirklich bei mir hängen blieb, waren diese Sätze von Christian:

„Ich finde, ihre Hüften sind leider zu breit, das zerstört irgendwie das Gesamtbild. Und die Oberschenkel. Naja, sie sollte zu Hause auch öfter mal Sport treiben. Ella, lauf mal ein bisschen schnella …“, beide verfielen in albernes Gelächter, und das kam immer näher. Gerade noch rechtzeitig rettete ich mich in die Mädchenumkleide. Durch den Türspalt sah ich die beiden aus der Umkleide treten und in Richtung Klassenräume verschwinden. Danach war für mich der Tag gelaufen. Selbst meine beste Freundin Jennifer schaffte es nicht, mich aufzuheitern. Jedes ihrer „Gib doch nichts auf ihr Geschwätz“ oder „Das sind doch nur pubertierende Vollidioten“ prallte einfach an mir ab.

Christian war einer der coolen Jungs in unserer Klasse. Und ich war, naja, eben nicht wirklich cool. Zwar auch keine Außenseiterin, aber im Bus saß ich niemals hinten. Es hatte sich für wenige Sekunden wirklich toll angefühlt, als er meine Vorzüge lobte. Der Absturz war dafür umso härter, als er von meinen Schwächen anfing.

Ich hasste die Pubertät wirklich von ganzem Herzen. Vorher war ich immer zufrieden mit meinem Körper gewesen. Ich war schlank. Ich konnte essen was ich wollte. Ich hatte mir um dieses Thema nie Gedanken machen müssen. Aber plötzlich waren mir Brüste gewachsen. Und ich meine jetzt nicht einen schönen B oder C Cup, ich rede von E! Und nein, das war nicht traumhaft, wie viele vielleicht denken würden. BHs und Oberteile zu finden wo ich meine Oberweite hineinquetschen konnte, glich eher einem Alptraum. Und ich hatte ja nicht nur Brüste bekommen, sondern Dehnungsstreifen gleich mit dazu. Und Hüften gab´s auch noch gratis. Runde Hüften. Sehr runde Hüften. Überhaupt war alles plötzlich weich und drall, und meine Oberschenkel explodierten quasi über Nacht. Das war nicht mehr mein Körper. Das fühlte sich überhaupt nicht wie „ich“ an. Ich schaute in den Spiegel und fragte mich, ob das wirklich noch ich sein sollte. Gegenfrage: Wer denn sonst?

Und genau deshalb war ich heute absolut nicht in Stimmung mich auf der Sommerfeier zu präsentieren. Ich wollte einfach niemanden sehen. Mit niemandem reden. Lasst mich doch alle in Ruhe! Dieses Glück war mir in meiner Familie allerdings selten vergönnt. So auch jetzt nicht.

Mit den Worten „Was ist denn heute mit dir los?“ stürmte meine kleine Schwester Nico ins Zimmer. Eigentlich hieß sie Nicole, aber niemand durfte sie so nennen. Sie war zwei Jahre jünger als ich und theoretisch müsste ich sie hassen. Sie war groß, blond und schlank. Und ihre Augen strahlten kornblumenblau aus ihrem Gesicht. Sie war das Ebenbild meiner Mutter. Und das Gegenteil von mir. Denn ich war klein, brünett und kurvig. Und meine Augen hatten einen ausgewaschenen Blauton, der schon fast ins Grau überging. Ich fühlte mich manchmal wie ein Kuckuckskind. Aber die Ähnlichkeit mit meinem Vater war bei näherem Hinsehen nicht zu leugnen. Wir hatten die gleiche Augenfarbe. Aber bei ihm sah das Blaugrau irgendwie cool aus. Zu seinen leicht angegrauten Haaren und der silbernen Designer-Brille passte es perfekt. Mich machte diese Augenfarbe eher blass und irgendwie unattraktiv. Das einzige, was ich aktuell wirklich an mir liebte waren meine schönen, dicken, dunkelbraunen Haare. Zusammen mit meinem hellen Teint sah ich ein bisschen aus wie Schneewittchen. Oder zumindest, wie ich mir Schneewittchen vorstellte. Das hörte ich auch des Öfteren von anderen Menschen, zum Beispiel von meiner Schwester. Die warf sich gerade zu mir aufs Bett und knuffte mich in die Seite: „Na, welche Laus ist dir denn über die Leber gelaufen? Immer noch die Christian-Sache von gestern?“

„Was heißt hier immer noch? Wie du schon gesagt hast, es ist erst einen Tag her“, empörte ich mich.

„Das war doch nur blödes Gelaber! Und er hat auch was Positives über deine Brüste gesagt. Über meine Brüste redet keiner. Denn sie sind sozusagen nicht vorhanden.“

„Du bist auch erst 14. Da besteht eine reelle Chance, dass sich das noch ändert.“

„Das will ich aber auch schwer hoffen. Wo hast du deine noch mal bestellt? Gibt’s da vielleicht Mengenrabatt?“, grinste sie.

Wie sollte man so jemanden hassen? Natürlich liebte ich meine kleine Schwester. Und ein Grund dafür war, dass sie es fast immer schaffte, mir ein Lächeln zu entlocken – egal wie mies meine Stimmung gerade war. So auch jetzt.

„Ah, da war ein kleines Schmunzeln. Ich hab´s genau gesehen“, feixte Nico, während sie sich vom Bett hochhievte. „Und jetzt schwing deine Hufe, und hilf mir die Lichterketten aufzuhängen, bevor Mama noch Schnappatmung bekommt!“

„Ich hab´ heute wirklich keine Lust auf diesen ganzen Zirkus. Kannst du nicht einfach sagen, dass ich krank bin?“ Ich linste zu ihr hoch.

„Willst du wirklich, dass sie hierher kommt und das überprüft? Du weißt doch, dass ihr das Sommerfest heilig ist. Und es findet nur einmal im Jahr statt. Also raff dich auf, Schwesterlein!“

Ich vergrub mein Gesicht im Kopfkissen, aber Nico zog es mir weg. Widerstand war zwecklos. Mit einem lauten Stöhnen setze ich mich auf und fuhr mir durch die Haare. Ich wusste es selbst: Ich würde heute nicht davonkommen. Also versuchte ich ein halbwegs freundliches Gesicht aufzusetzen und folgte Nico hinaus in den Garten. Ich bezeichnete das Grundstück ja insgeheim immer eher als Park. Es war wirklich groß. Mit altem Baumbestand, einem Schwimmteich und vielen lauschigen Plätzchen, an denen überall Sitzgelegenheiten standen. Ich hing an unserem Garten. Er war wirklich etwas Besonderes und der ideale Schauplatz für das mittlerweile im Freundes- und Bekanntenkreis berühmte Sommerfest meiner Mama.

Die war gerade dabei dem Typen vom Catering richtig einzuheizen. Anscheinend hatte er den Rucolasalat vergessen. Keine Ahnung, warum zurzeit alle so auf dieses Grünzeug abfuhren. Ich kam mir immer wie ein Hase vor, wenn ich an diesen Stängeln rumkaute. Der Mann hatte mein vollstes Verständnis. Erstens: Wer brauchte schon Rucola? Und zweitens: Wer meiner Mutter am Tag ihres heiß geliebten Sommerfests in die Quere kam, den konnte man einfach nur bemitleiden. Sein Kopf war knallrot angelaufen, und er hatte sich bestimmt schon ein Dutzend Mal entschuldigt, seit wir den Rasen betreten hatten. Wir beschlossen einen großen Bogen um die beiden zu machen und mit den Lichterketten zuerst hinten anzufangen.

Als die Beleuchtung endlich angebracht war, gönnten wir uns eine kurze Pause in der Küche. Genauso wie der Garten war auch sie sehr groß. Eine typische Wohnküche. Mein Vater saß an der Theke und blätterte in der Tageszeitung. Das war ja wieder typisch. „Warum darfst du hier eigentlich sitzen und lesen, während wir draußen in der Hitze schuften müssen?“, fragte ich ihn.

Er blickte auf. „Ah, da sind ja meine beiden Mädels. Ihr wisst doch, dass eure Mutter mir in Sachen Deko überhaupt nicht vertraut. Und außerdem: Ich habe meine Aufgaben schon erledigt. Alle Tische und Bänke sind aufgebaut. Gönnt eurem alten Vater doch auch mal eine kleine Pause!“

„Außerdem müsst ihr nicht schuften, sondern ihr helft mir ein bisschen. Wie brave Kinder das eben tun.“ Hinter uns war meine Mutter ins Zimmer gekommen.

„Mama, wir sind keine Kinder mehr“, protestierte Nico sofort.

„Auch, wenn ihr jetzt vielleicht Jugendliche seid, werdet ihr euer ganzes Leben lang meine Kinder bleiben. So ist das nun mal. Findet euch damit ab!“ schmunzelnd setzte sie sich zu meinem Vater, zog die Zeitung ein Stück nach unten und gab ihm einen Kuss.

Meine Eltern waren ein wunderbares Paar, das sich nach all den Jahren immer noch liebte. Das war für jeden ersichtlich, der mit ihnen zu tun hatte. Mama arbeitete bei der Gemeinde, wusste immer den neuesten Klatsch und Tratsch und mochte es Menschen um sich zu haben. Deshalb hing sie auch so sehr an ihrem Sommerfest. Seit ich denken konnte, gab es diese Party. Sie war noch nicht ein einziges Mal ausgefallen. Die 1,75 Meter meiner Mutter waren immer modisch gekleidet. Mit ihren endlos langen Beinen und der blonden Wallemähne stach sie aus der Masse heraus. Neben ihr fühlte ich mich wie ein hässliches Entlein. Mein Vater ergänzte sie perfekt. So organisiert wie sie war, so chaotisch war er. Bei einem Architekten nur schwer vorstellbar. In seiner Arbeit war er auch immer akkurat. Nur sein Schreibtisch war das nicht. Er trug fast immer Anzug. Er hatte nach eigener Aussage keine Lust sich viele Gedanken über seine Garderobe zu machen. Deshalb griff er dauerhaft zu seiner Uniform. Selbst am Wochenende konnte er sich nur schlecht von seiner gewohnten Kleiderordnung trennen. Ich hatte ihn schon einmal dabei erwischt, wie er im Anzug und mit Gummistiefeln den Rasen mähte. Das sagt eigentlich schon alles.

„Seid ihr mit den Lichterketten schon fertig?“, unterbrach meine Mutter meine Gedanken.

„Fix und fertig.“ Ich öffnete den Kühlschrank, holte mir eine Flasche Apfelsaft heraus und goss mir ein Glas ein. Etwas Kaltes, Flüssiges mit Zucker, das brauchte ich jetzt dringend.

„Wunderbar, dann müssen wir uns alle nur noch umziehen. In einer Stunde kommen die ersten Gäste.“

Ich verdrehte die Augen.

„Das habe ich gesehen, Ella!“, meine Mutter hob

spaßeshalber den Zeigefinger. „Ich weiß, dass du grade nicht in Stimmung für das Fest bist. Aber wenn man keine Lust hat, dann wird es doch meistens umso schöner.“

Wie recht sie damit hatte, wusste sie in diesem Moment noch nicht. Aber tatsächlich würde ich mich mein ganzes Leben an diesen Abend erinnern.

Nachdem ich eine halbe Stunde lang verzweifelt vor meinem Kleiderschrank gestanden war, entschied ich mich für einen langen Camouflage-Nylonrock, der meine Hüften und Oberschenkel kaschierte. Dazu trug ich ein schlichtes, schwarzes Shirt und dunkle Plateau-Boots. Ein Outfit, das meine Mutter wahrscheinlich nicht gutheißen würde, in dem ich mich aber sicher fühlte. Und das war heute mit meinem angeschlagenen Selbstwertgefühl eine Menge wert.

Als ich ins Freie trat, war schon einiges los. Schon von weitem sah ich meine Eltern ihre besten Freunde begrüßen – Ursula und Tom.

Ursula hatte mit meiner Mama zusammen entbunden. Ihr Sohn Kilian war genauso alt wie ich. Und damit meine ich wirklich exakt so alt. Er ist in der selben Minute, am selben Tag, am selben Ort geboren. Irgendwie unheimlich. Seitdem waren unsere Familien miteinander befreundet. Früher hatten wir oft alle zusammen etwas unternommen. Wir hatten Ausflüge gemacht und sogar Urlaube zusammen verbracht. Kilian hatte auch eine Schwester, die im ähnlichen Alter war wie Nico. Wir vier Kinder waren immer ein eingeschworenes Team gewesen. Wir hatten viel zusammen erlebt. Aber seit ein paar Jahren waren die gemeinsamen Aktivitäten weniger geworden. Jeder von uns ging auch innerhalb der Familien mehr und mehr seine eigenen Wege. Was auch gut war. Aber gerade jetzt, wo ich Ursula und Tom wiedersah, vermisste ich die gemeinsame Zeit ein bisschen. Ich hatte wunderbare Erinnerungen an Spielenachmittage, Bootsfahrten und Mini-Golf-Wettkämpfe.

Ich steuerte auf die Gruppe zu und sah, dass auch ihre Kinder Kilian und seine Schwester Sarah mit dabei waren. Ich hatte sie noch länger nicht gesehen als ihre Eltern. Wir besuchten nicht die selben Schulen. Und auf dem letzten Sommerfest waren beide nicht dabei gewesen. Ich hatte die Gruppe fast erreicht, als Kilian den Blick hob und mich ansah. Er lächelte und winkte mir zu. Ich winkte zurück, aber in meinem Kopf herrschte plötzlich gähnende Leere. Wie mechanisch setze ich meinen Weg fort und blickte ihm dabei weiter in die Augen. Wow, der war ja eine echte Sahneschnitte! Der sah doch nicht immer schon so gut aus, oder? Ich konnte mich einfach nicht von seinen Schokoaugen losreißen. Schokoaugen? Was war denn bitte mit mir los?! Wie kam ich denn jetzt auf diesen Blödsinn? Irgendwie war ich verwirrt. Warum bin ich denn jetzt verwirrt? Das ist Kilian, mein Freund seit Kindertagen. Aber irgendwas war plötzlich anders. Als ich ihn erreichte, hielt er mir die Hand hin: „Hey, Risi, gib mir fünf!“ Ich schlug ein, immer noch leicht durcheinander.

Risi war mein Spitzname, den allerdings nur Kilian benutzte. Er kam von einer unsäglichen Geschichte, die mit dem italienischen Reisgericht „Risi Bisi“ zu tun hatte. Ein Kochversuch meinerseits, der kläglich schiefging. Wirklich katastrophal. Der Reis war matschig und angebrannt gleichzeitig. Eine nicht essbare Kombination. Seitdem musste ich damit leben, dass er mich immer wieder an dieses Fiasko erinnerte. Aber ich konnte mir nicht helfen, ich fand es trotzdem süß, wenn er mich so nannte.

Irgendwie schaffte ich es ihn anzulächeln, aber alles was ich herausbrachte war ein leises „Hey.“ Erbärmlich. So was von. Das war kein heißer Typ, das war Kilian. Ich kam überhaupt nicht mehr klar. Einfach tief durchatmen, und erst mal alle anderen begrüßen.

„Sehen wir uns später noch?“, fragte der heiße Typ in Verkleidung meines Sandkastenfreundes.

„Ja, klar“, rief ich ihm über die Schulter zu und suchte

schnellstmöglich das Weite.

Im Verlauf des Abends versteckte ich mich hinter meiner neuen Spiegelreflexkamera und beobachtete die Party durch den Sucher. Ich hatte sie mir mit einem Nebenjob in einem Café selbst verdient. Ein Jahr lang hatte ich darauf gespart. Meine Mutter verstand nicht, warum ich mir die Kamera nicht einfach zum Geburtstag gewünscht hatte. Meine Eltern waren jetzt nicht wirklich reich, aber sie mussten sich um Geld trotzdem nicht viele Gedanken machen. Das Haus mit dem riesigen Garten hatten sie von meiner Oma mütterlicherseits geerbt, die leider früh verstorben war und ihr Ehemann sogar noch früher. Ich konnte mich kaum an die beiden erinnern. Mein Vater hatte die Villa dann liebevoll restauriert. Nicht mit seinen eigenen Händen, aber es waren seine Ideen, die der alten Gründerzeitvilla wieder zu Glanz verhalfen. Mit der restlichen Erbschaft und dem Geld, das mein Papa mit seinem Architektenbüro verdiente, mussten sie sich nicht allzu viele Sorgen machen. Wir Kinder bekamen daher viele unserer Wünsche erfüllt. Aber ich wollte gerne einmal etwas ganz alleine schaffen. Ohne ihre Hilfe. Und deshalb war ich besonders stolz auf meine neue Errungenschaft.

Hinter der Linse fühlte ich mich sicher. Es gab da diese Distanz zu meinem Gegenüber. Es war schwer zu beschreiben, aber an diesem Abend fühlte sich die Kamera an wie ein Schutzschild. Ich schob mich durch die Reihen und fotografierte die Menschen, die in Grüppchen zusammenstanden, aßen und tranken.

Ich schoss auch ein Foto von Kilian, als er gerade mit seiner Schwester und Nico zusammenstand. Sie unterhielten sich und lachten in einer Tour. Ich war ein bisschen neidisch. Ich wollte mich auch zu ihnen stellen. Aber etwas hielt mich davon ab. Ich hatte da dieses komische Gefühl. Plötzlich wusste ich nicht mehr, wie ich mich Kilian gegenüber verhalten sollte. Irgendetwas lief hier gewaltig schief. Ich sah mir das Foto von ihm auf dem

Denk dran :)

Display an. Es war erstaunlich gut geworden. Er wirkte entspannt und lächelte ungekünstelt an der Linse vorbei. Seine kurzen, lockigen Haare hätten eigentlich mal wieder einen Friseurbesuch nötig gehabt. Aber mir gefiel es, wie ihm die braunen Wellen ins Gesicht fielen. Sie waren nicht mit Gel gebändigt wie aktuell bei vielen anderen Jungs, sondern sahen unglaublich weich aus. Wie gerne würde ich da jetzt mit meiner Hand hineinfassen. Stopp! Halt! Was soll das? Kopfkino sofort aus! Reiß dich jetzt endlich zusammen, Ella!

Heute war einfach nicht mein Tag. Gestern ja auch schon nicht. Anscheinend war das überhaupt nicht meine Woche.

„Ziehst du in den Krieg?“ Mein Vater kam auf mich zu und deutete auf den Rock in Tarnoptik.

„Papa, das nennt man Mode. Das hat nichts mit Krieg zu tun. Und du verstehst nichts davon. Du trägst schließlich immer dasselbe.“

„Ich trage immer das Gleiche. Dasselbe würde bedeuten, dass ich meinen Anzug nie wechseln würde.“

Das war das Problem mit einem Akademiker als Vater: Immer musste man sich solche Belehrungen anhören. Mein Gesichtsausdruck sprach wohl Bände. Er hob abwehrend beide Hände. „Zeig doch mal das Foto, das du dir gerade ansiehst.“

Ich versteckte die Kamera blitzartig hinter meinen Rücken. „Ich muss die schlechten Bilder erst aussortieren“, versuchte ich mich zu rechtfertigen. Ich hatte keine Ahnung, warum ich das eben getan hatte. Es war ein Reflex. Ich kam mir ertappt vor. Aber wobei eigentlich? Dass ich ein Foto von einem Freund der Familie geschossen hatte, war ja wohl kein Verbrechen.

„Na, dann muss ich mich wohl noch ein bisschen gedulden. Ich hoffe, du löschst alle Bilder, auf denen ich unvorteilhaft aussehe. Dafür sind diese Digitalkameras doch gut, oder?“

„Ach Papa, es gibt doch überhaupt keine Bilder auf denen du schlecht aussehen könntest. Ganz im Gegensatz zu mir. Ich bin überhaupt nicht fotogen. Aber deshalb stehe ich auch lieber hinter der Kamera“, seufzte ich.

„Ah, verstehe. Auch wenn ich dem nicht zustimmen würde. In deinem Babyalbum …“

„Papa, fang jetzt nicht von meinem Babyalbum an! Da war ich noch ein Baby, wie der Name schon sagt. Das kannst du doch gar nicht mit heute vergleichen. Ich muss jetzt weitermachen. Ich habe noch kein einziges Bild von Mama geschossen.“

„Na dann viel Erfolg. Und vergiss nicht: Das ist eine Party. Da darfst du ruhig auch ein bisschen feiern und Spaß haben.“

Mit einem „Ich habe Spaß“ ließ ich ihn stehen und suchte weiter nach Fotomotiven. Aber mein Blick blieb immer wieder an Kilian hängen. Es war zum verrückt werden. Ich steuerte eine andere Ecke des Gartens an und drehte ihm den Rücken zu. Nach einer Weile entschloss ich mich eine Pause zu machen und mir etwas zu trinken zu holen. Als ich sah, was hier für ein Chaos herrschte, fing ich erst mal an die leeren Flaschen in die Kästen unter dem Tisch zu stapeln. Dann stellte ich Neue in die Behälter mit den Eiswürfeln.

„Du machst es immer noch“, hörte ich plötzlich eine Stimme neben mir.

Ich schrak zusammen. Ich hatte nicht bemerkt, wie Kilian an mich herangetreten war. „Was mache ich immer noch?“

„Du sortierst alles nach Farben.“

Ich blickte auf die aufgereihten Flaschen, die ich wirklich nach Farben sortiert hatte. Zuerst Wasser und Zitronenlimonade, dann Orangensaft und Orangenlimonade, Rot- und Blautöne wie Traubensaft und Johannisbeersaft daneben. Zum Schluss Cola. Ich hatte es gar nicht bemerkt. Es war eine Marotte von mir, die sich im

Grundschulalter entwickelt hatte. Es freute mich, dass er sich noch daran erinnerte. „Ja, ich weiß, es ist skurril."

„Schon irgendwie. Du hast eben einen echten Dachschaden", gab er grinsend zurück.

„Hey, Moment mal. Ich geb´ dir gleich Dachschaden!" Ich versuchte ein bedrohliches Gesicht zu machen, was ihm lediglich ein weiteres Lächeln entlockte.

„Da bekomme ich jetzt wirklich Angst! Was wird mir die regenbogenfarbig-sortierende Risi nur antun? Wird sie mir sagen, dass mein Outfit farblich nicht zusammenpasst? Wird sie ab jetzt nur noch Schwarz-weiß-Fotos von mir machen? Oder wird sie mich in eine Regenbogenforelle verwandeln?"

„Witzbold!" Ich boxte ihm spielerisch gegen den Oberarm.

„Au, rohe Gewalt also. Das hätte ich nicht von dir erwartet." Er tat, als wäre er wahnsinnig enttäuscht von mir. Ich konnte nicht anders als über seine grottenschlechte schauspielerische Leistung zu lachen.

„Endlich lächelst du heute mal." Es war ihm also aufgefallen, dass ich nicht gut drauf war. „Aber ganz im Ernst: Ich mag deinen Farbtick. Er ist etwas Besonderes. Warum versteckst du dich heute eigentlich die ganze Zeit hinter einer Kamera? So menschenscheu kenne ich dich gar nicht", bemerkte er weiter.

„Ich bin eben einfach nicht so in Stimmung", ich deutete in die Runde, „für all das." Ich überging sein Kompliment, weil es mich extrem verlegen machte.

„Okay, dann lass uns doch wohin gehen, wo ein bisschen weniger Trubel ist! Ich muss sowieso vor meiner Schwester fliehen. Und vor deiner. Die hängen heute an mir wie die Kletten."

Ich sah ihn fragend an.

„Neuerdings haben die beiden einen totalen Kosmetik-Fimmel entwickelt. Angeblich gibt es einen Trend, dass Männer sich jetzt auch die Nägel lackieren. Sie haben es in einem Musikvideo von irgendeiner Band gesehen. Und jetzt wollen sie mich als Versuchskaninchen missbrauchen.“

„Naja, warum nicht? Grüne Nägel würden dir bestimmt hervorragend stehen. Oder vielleicht regenbogenfarbene?“

„Regenbogenfarben?“

„Ja, du weißt schon, jeder Nagel in einer anderen Farbe.“

„War ja klar, dass so was von dir kommt. Das meinst du nicht ernst, oder? Du wirst mich doch nicht den Wölfinnen zum Fraß vorwerfen?“ Er sah mich flehentlich an.

Ich tat als würde ich kurz überlegen: „Hmmmmm. Natürlich nicht. Komm, ich weiß einen sicheren Platz, wo sie dich garantiert nicht finden werden.“

Ein paar Minuten später saßen wir auf dem Hausdach, neben dem Dachfenster meines Zimmers. Darunter war ein großer Vorsprung, weshalb es relativ ungefährlich war hier zu sitzen. Mein Zimmer ging nicht zum Gartenteil hinaus, wo das Fest stattfand. Deshalb, und auch weil es dunkel war, konnte uns hier niemand finden. Ich kam ab und zu zum Nachdenken hierher. Und wenn ich meine Ruhe wollte.

„Ein schönes Plätzchen hast du hier.“ Kilian fläzte halb sitzend, halb liegend auf einem der ausgemusterten Gartenstuhl-Polster die ich mitgebracht hatte. Der Nachthimmel war gespickt mit Sternen. Wir legten uns beide auf den Rücken und blickten nach oben.

„Früher habe ich das Wort sternenklar immer falsch verstanden“, setzte ich an. „Ich dachte es bedeutet, dass der Himmel klar ist von Sternen, also im Sinne von sternenfrei. Quasi ohne Sterne.“

„In deinem Kopf ist so einiges verdreht, oder?“ Ich konnte das Schmunzeln in seiner Stimme hören.

„Ja, das ist nicht zu leugnen. Allerdings finde ich das Wort immer noch irreführend. Eigentlich müsste es eher sternenvoll heißen.“

„Sternenvoll. Hmmm … Ich weiß nicht so recht.“

„Wieso? Es gibt doch auch das Wort wundervoll. Sternenvoll würde super passen. Und es beschreibt die Situation viel verständlicher."

„In Ordnung. Ich werde es ab heute benutzen."

„Wirklich?"

„Hand aufs Herz. Und ich fange gleich damit an. Heute ist eine sternenvolle Nacht. Einfach wundervoll." Er kicherte.

„Du nimmst mich auf den Arm. Das ist fies."

„Aber nur, weil du ein klein wenig durchgeknallt bist. Und trotzdem liege ich lieber hier mit dir und sehe mir den sternenvollen Himmel an, als unten auf der Party zu sein."

Mein Herz schlug plötzlich ein bisschen schneller. Er war gerne mit mir zusammen?

„Wegen dem drohenden Nagellack-Attentat?", hakte ich im Scherz nach. Und doch war mir die Antwort auf einmal wahnsinnig wichtig.

„Nein."

Einfach nur nein. Ich wusste nicht, dass ein NEIN sich so gut anfühlen konnte. Ich traute mich nicht, zu ihm rüberzusehen. Ich blickte weiter zu den Sternen hinauf. Die Musik vom Fest war hier oben leise zu hören. Gerade spielten sie einen aktuellen Song – „Mambo No.5" von Lou Bega. Er passte zu diesem Sommerabend. Aber überhaupt nicht zu meiner Stimmung.

„Warum lachst du?", fragte mich Kilian.

„Weil der Tanz-Song überhaupt nicht meiner aktuellen Stimmung entspricht. Und es irgendwie merkwürdig ist, sich dazu die Sterne anzusehen. Das passt nicht zusammen. Verstehst du, was ich meine?"

„Ja. Das verstehe ich ziemlich gut. Das ist wie bei meinen Eltern und mir. Wir passen grade auch nicht wirklich gut zusammen. Das fühlt sich genauso an wie diese Musik zu diesem Moment: falsch."

„Hast du Stress mit deinen Eltern?"

„Nein, nicht direkt Stress." Er hielt inne. Wahrscheinlich

hatte er keine Lust darüber zu reden. Ich drängte ihn nicht. Wenn er es mir erzählen wollte, würde er es tun.

Die nächsten 10 Minuten sahen wir einfach nur in den Himmel und sagten nichts. Es war kein unangenehmes Schweigen. Es war schön hier neben ihm zu liegen. So nah, dass ich nur meine Hand ausstrecken bräuchte, um ihn zu berühren. Wo kommt denn der Gedanke jetzt wieder her?

„Du hast nicht weiter nachgefragt“, stellte er fest und riss mich aus meinen Gedanken. „Jedes andere Mädchen das ich kenne, hätte nachgebohrt.“

„Ich bin aber nicht jedes andere Mädchen“, erwiderte ich.

„Nein, das bist du nicht.“ Er drehte sich zu mir um. In der Dunkelheit konnte ich nur seine Umrisse erkennen. Ich sah nicht, ob er lächelte oder mich einfach nur anblickte. Ich spürte ein Kribbeln, irgendwo in meiner Bauchgegend. Und es breitete sich über meinen ganzen Körper aus. Ganz langsam. Wie zähflüssiger Honig. Honig mit Brausepulver.

Wir redeten und redeten. Über das Internet und seine Möglichkeiten. Über gemeinsame Bekannte und unsere Lieblingsfilme. Bis irgendwo unter uns jemand Kilians Namen rief.

„Wie spät ist es?“, fragte er.

Ich blickte auf das beleuchtete Display meiner Baby-G Armbanduhr. „Halb eins.“

„Mist, meine Eltern suchen mich bestimmt schon. Ich glaube, ich habe sie gerade rufen gehört.“

„Dann lass uns wieder runtergehen.“

„Ich will noch nicht weg“, seufzte Kilian. “Aber so ist das, wenn man 16 Jahre alt ist. Was man selbst will, zählt nicht.“ Seine Worte hatten einen bitteren Unterton. Irgendwas war los bei ihm und seinen Eltern. Ich hätte ihm gerne geholfen. Schade, dass er mir nicht davon erzählen wollte.

„Bevor sie noch eine Suchaktion starten, sollten wir wirklich gehen. Nicht auszudenken, wenn sie dein

Geheimversteck finden würden! Danke, dass du es mir gezeigt hast.“ Plötzlich war er wieder der charmante Sunnyboy.

„Gerne. Du darfst es nur auf keinen Fall Sarah verraten! Sie erzählt es sonst gleich Nico. Die beiden stecken ja meistens unter einer Decke. Und das war´s dann mit den ruhigen Zeiten hier oben.“

„Meine Lippen sind versiegelt.“ Lachend machten wir uns an den Einstieg über das Dachfenster, was mit meinem langen Rock gar nicht so einfach war. Ich zog ihn soweit wie möglich hoch und raffte ihn zusammen. Kilian, der zuerst wieder ins Zimmer geklettert war, half mir. Als seine Hände kurz meine nackten Beine berührten, fühlte sich das wie ein Stromstoß an. Ein guter Stromstoß – falls es so etwas gab. Ich wollte, dass er mich noch länger festhielt. Ich wollte ihm ganz nah sein. Und das war der Moment, wo ich begriff, was eigentlich los war. Ich hatte mich verknallt. In meinen Sandkastenfreund. Den ich schon immer kannte. Dessen Eltern mit meinen Eltern befreundet waren. Mit dem ich schon gemeinsame Urlaube verbracht hatte. Der mich bestimmt schon mal nackt gesehen hatte. Und der mit Sicherheit nichts von mir wollte, weil ich zu breite Hüften hatte. Und zu feiste Oberschenkel. Das war eine Katastrophe.

„Ich habe einen magischen Abend mit einem Jungen auf dem Dach unseres Hauses verbracht. Wir haben Sterne geguckt und geredet. Und jetzt bin ich in ihn verknallt. Und das ist der Super-GAU“, tippte ich eine Nachricht per ICQ-Chat an meine beste Freundin Jennifer. Sie war noch wach, denn sie antwortete mir postwendend:

„Das ist soooo romantisch! Ich flipp aus! Wer ist der Typ? Und warum bitte ist das eine Katastrophe?“

Jennifer war der Inbegriff einer Romantikerin. Sie verschlang Liebesromane und romantische Komödien in rauen Mengen. Das machte es allen männlichen Wesen schwer, die ein Auge auf sie geworfen hatten. Denn sie mussten entweder ein Prinz auf einem weißen Pferd, ein Rosenkavalier oder zumindest jemand sein, der Gedichte schreiben konnte. Anwärter gab es haufenweise, da sie eine echte Granate war. Ihren karamellfarbenen Hautton und das exotische Aussehen hatte sie von ihrem Vater geerbt. Er stammte aus Indien und war für ein Auslandssemester in der Stadt gewesen. Das war allerdings das einzige, was sie jemals von ihm bekommen hatte. Er verschwand noch vor der Geburt über alle Berge, beziehungsweise saß wieder im Flieger zurück in seine Heimat. Leider wurden die Bewerber also meistens den hohen Anforderungen nicht gerecht. Weshalb Jen noch nie einen festen Freund gehabt hatte. Aber sie träumte ständig davon, auch mit offenen Augen.

„Es ist Kilian!“, schrieb ich zurück.

„Der Sohn von den Freunden deiner Eltern? Der mit dir zur selben Zeit geboren wurde?????“

„Ja, genau der. Verstehst du jetzt das Problem?“

„Das ist doch der absolute Wahnsinn! Euch hat das Schicksal zusammengebracht! Ich seh` da kein Problem!!!!!“

„Uns hat gar niemand zusammengebracht. Ich habe nur den ganzen Abend schon bemerkt, dass ich ihn plötzlich irre attraktiv finde, und alles war so komisch. Und dann das auf dem Dach. Danach war klar: Mich hat´s erwischt. Aber ihn hat es nicht erwischt!“

"Ich bin ein Mädchen, das vor einem Jungen steht und ihn bittet es zu lieben."
„Häh? Was willst du mir jetzt damit sagen?“

„Das ist ein Filmzitat aus Notting Hill! Hast du den denn noch nicht gesehen????“

„Doch habe ich. Und ich weiß, dass du dieses Zitat ziemlich verhunzt hast. Das geht eigentlich ein bisschen anders.“

„Ich hab´ es nur ein bisschen umgestaltet, damit es zu dir passt.“

„Ich soll also zu meinem Sandkastenfreund hingehen

und ihn bitten mich zu lieben?“

„Nein, so habe ich das nicht gemeint. Ich weiß auch nicht mehr, was ich damit sagen wollte. Ich wollte nur irgendwas Romantisches unterbringen. Ich liebe diesen Film. Hugh Grant ist einfach der Wahnsinn …“

„Wir schweifen ab!“

„Sorry. Also woher weißt du, dass es bei ihm nicht auch gefunkt hat?“

„Weil er nichts gesagt hat und nichts gemacht hat, was darauf schließen lässt.“

„Hast du was gesagt oder gemacht?“

„Nein.“

„Na siehst du. Lass uns das morgen in der Schule besprechen. Wir analysieren jedes Wort. Dann werden wir schon rausbekommen, ob Hoffnung besteht.“

„Es besteht keine Hoffnung.“

„Warte wenigstens bis morgen, bevor du im Trübsal versinkst. Ich muss jetzt ins Bett, sonst kann ich mich in der ersten Doppelstunde Mathe auf keinen Fall wachhalten. Den einschläfernden Monologen von Schäfer zuzuhören, kostet mich alle Kraft. Schlaf gut!“

„Du auch!“

KAPITEL 2

Jahr: 2000

Alter: 17

Heute war DER Tag. Der Tag, wo ich endlich irgendetwas tun würde um Kilian näher zu kommen. Seit einem Jahr schmachtete ich ihn mehr oder weniger aus der Ferne an. Und Jennifer und ich hatten beschlossen, dass damit jetzt Schluss sein würde. Lieber nahm ich in Kauf, dass er mich abweisen würde, als diese Sehnsucht noch länger zu ertragen. Ich bekam ihn einfach nicht mehr aus meinem Kopf. Vielleicht empfand er etwas für mich und traute sich auch nicht den ersten Schritt zu machen. Immerhin hatte er mir auf dem letzten Sommerfest gesagt, dass er gerne Zeit mit mir verbrachte. Das ist doch schon mal ein Anfang. Darauf kann man aufbauen, oder?

Ich war schrecklich aufgeregt. Die halbe Nacht lag ich wach und grübelte. Deshalb stand ich früh auf und stürzte mich gleich in die Partyvorbereitungen. Ich faltete Servietten, spannte Lampions auf, polierte Besteck, wischte Tische ab, fegte die Terrasse und stellte Getränke kühl. Meine Mutter kam aus dem Staunen gar nicht mehr heraus.

Als sie mich in der Küche mit den Flaschen hantieren sah, machte sie sich endlich Luft: „Also ich möchte mich keinesfalls beschweren. Wirklich nicht. Ich bin eigentlich total begeistert. Aber ich kenne dich. Und deshalb macht mir das alles hier ein bisschen Angst. Du hast nicht zufällig vor, mit einem Motorradtypen durchzubrennen?"

Ich sah sie etwas entgeistert an und schüttelte den Kopf.

„Du willst mir nicht gleich beichten, dass du die Klasse doch noch wiederholen musst?"

Ich schüttelte wieder den Kopf.

„Und du stehst auch nicht kurz vor einem Nervenzusammenbruch?"

Ich hielt eine Millisekunde inne. Nein, einen Nervenzusammenbruch konnte man das nicht nennen. Aber dass ich gefühlt kurz vor einer Panikattacke stand, das musste meine Mama ja nicht unbedingt erfahren. Ich schüttelte also zum dritten Mal den Kopf.

„Sehr gut. Puh, das erleichtert mich ein bisschen. Schwanger bist du auch nicht, oder?"

„Mama!", protestierte ich vehement.

„Ist ja gut, ist ja gut. Dann freue ich mich einfach über deinen unverhofften Aktionismus. Und nutze ihn sofort aus. Kannst du schnell rüber zur Gärtnerei fahren und Basilikum holen? Ich brauche mindestens noch zwei Töpfe. Irgendwie hab´ ich mich da ein bisschen verkalkuliert …"

Nachdem der Catering-Service letztes Jahr in den Augen meiner Mutter völlig versagt hatte, versuchte sie sich dieses Mal selbst am Buffet. Mehrere Platten mit Tomaten und Mozzarella hatte sie schon vorbereitet, aber das Basilikum war ihr zwischenzeitlich ausgegangen.

„Ja, mach ich."

„Sie hat 'Ja, mach ich' gesagt, Bernd. Einfach so!", erklärte meine Mutter völlig fasziniert meinem Vater, der gerade vorbeilief. Er zuckte nur mit den Schultern und sah sie ratlos an.

„Also so schlimm wie ihr tut, bin ich wirklich nicht!"

Mein Papa zuckte wieder mit den Schultern, schnappte sich eine Flasche Mineralwasser und verkrümelte sich aus der Küche.

„Ich frag Nico, ob sie auch mitkommen will …"

„Wohin mitkommen?" Meine Schwester kam gerade zur Terrassentür herein.

„Wir müssen Mamas Party retten und Basilikum besorgen. Begleitest du mich?"

„Okay, ich hol nur noch schnell meinen Rucksack."

Erwartungsvoll sah ich meine Mutter an. „Und, was sagst du jetzt? Beide Töchter setzen sich gemeinsam für dein Sommerfest ein."

„Das ist wirklich schwer zu verkraften." Mama fasste sich ans Herz. „Vorsicht, ihr zwei! Wenn ihr eure Mutter heute noch mal vor Rührung weinen sehen wollt, dann macht nur so weiter! Notiz an mich selbst: Heute Abend wasserfeste Wimperntusche verwenden! Man weiß nie, was noch passiert."

„Ich versteh nur Bahnhof", schaltete sich meine Schwester ein.

„Ich erklär´s dir gleich auf dem Weg. Wir sehen uns draußen."

Die Gärtnerei war 15 Minuten mit dem Fahrrad von unserem Haus entfernt. Auf der Suche nach der Gewürzpflanze lief uns in einem der Gänge Kilians Schwester Sarah vor die Nase. Sie streifte sich den Kopfhörer in den Nacken und umarmte zuerst Nico und dann mich.

„Hey, was macht ihr denn hier?"

„Letzte Besorgungen für das Sommerfest. Du kommst doch mit deiner Familie, oder?", fragte Nico.

„Na klar. Ist fest eingeplant."

„Und was machst du hier?"

„Eigentlich bereite ich mich auf mein Konzert vor. Aber Ma und Pa meinten, ich müsse mal ein bisschen rauskommen und könne ihnen gleich dabei helfen Pflanzen für den Garten auszusuchen. Deshalb habe ich ein bisschen Vorbereitung mit hierher genommen“, sie deutete auf die Kopfhörer.

Sarah war so etwas wie ein Wunderkind. Schon in der Grundschule wurde klar, dass ihr musikalisches Talent einzigartig war. Sie spielte zu der Zeit schon besser Geige als so mancher Erwachsener. Ihre Eltern waren sehr stolz auf sie und unterstützten sie bei ihrer Leidenschaft. Anders konnte man es nicht nennen, denn Sarah war sehr ehrgeizig und teilweise kaum zu bremsen. Weshalb ihre Eltern ihr manchmal eine Atempause verordneten.

„Du kannst es einfach nicht lassen“, lachte Nico, und ein paar Sekunden später waren beide in ein Gespräch über eine gemeinsame Freundin vertieft, die angeblich mit einem anderen gemeinsamen Freund heimlich im Kino gewesen war. Ich klinkte mich aus und begab mich weiter auf die Suche nach dem Basilikum.

„Na, seid ihr erfolgreich gewesen?“ rief uns meine Mutter zu, als sie uns zur Haustür hereinkommen hörte.

„Ja, wir haben Beute gemacht.“

„Könnt ihr das Basilikum dann bitte gleich auf dem Caprese verteilen? Das wäre großartig.“

Bevor wir zu einer Antwort ansetzen konnten, war sie schon im Garten verschwunden, mit einem riesigen Blumenarrangement in den Händen.

„Beim Sommerfest läuft sie wirklich immer zu ihrer Höchstform auf. Sie ist so wuselig, das ist echt schwer zu ertragen“, motzte Nico.

Wir packten die Gewürzpflanzen aus, zupften die Blätter ab und begannen sie zwischen Tomaten und Mozzarella einzuschichten. Bei dieser monotonen Arbeit schweiften meine Gedanken schnell ab. Zu Kilian. Mal wieder.

Er würde also sicher heute Abend kommen. Sonst hätte Sarah eben bestimmt etwas erwähnt. Seit dem letzten

Sommerfest hatte ich ihn leider nicht sehr häufig gesehen. Eigentlich nur dreimal so richtig. Im Herbst auf einem Familienspieleabend. Wir hatten uns im Haus seiner Eltern getroffen und bei Popcorn und Chips Brettspiele gespielt. Es war wie früher gewesen. Alle hatten gute Laune, und wir waren einfach nur zwei Familien, die miteinander einen schönen Abend verbrachten. Naja, es war fast wie früher: Ich musste mich die ganze Zeit selbst daran erinnern, Kilian nicht dauernd anzustarren. Ich arrangierte es so, dass ich nicht neben ihm sitzen musste. Und dann klappte es ganz gut. Die lockere Stimmung nahm mir meine Befangenheit, und in TABU machte ich sie alle fertig.

Das zweite Mal kam er als Gast in das Café, in dem ich arbeitete. Ich bediente ihn und seine Freunde. Er stellte mich ihnen vor und immer, wenn ich zwischen durch kurz Zeit hatte, kam ich bei ihnen vorbei, und wir unterhielten uns.

Das dritte Mal war dann der Jackpot. Wir trafen uns zufällig in der Innenstadt. Da wir beide alleine unterwegs waren, beschlossen wir spontan gemeinsam Eisessen zu gehen. Erst verfluchte ich mich ein bisschen, warum ich ausgerechnet heute die ausgeleierte Jeans und das verwaschene Bandshirt trug. Aber schon bald war das vergessen und ich war einfach nur glücklich, dass wir endlich mal wieder Zeit zu zweit verbrachten. Da ich noch eine Verabredung mit einer Freundin hatte, konnte ich leider nicht lange bleiben. Aber kurz bevor wir wieder auseinandergingen machte mein Herz einen Hüpfer, als er meinte: „Hey, du hast meine Nummer ja noch gar nicht. Gib mir mal dein Handy, dann speichere ich sie dir ein!“ Ich wäre vor Freude fast geplatzt. Ich versuchte einen neutralen Gesichtsausdruck aufzusetzen und hoffte inständig, dass er meine zitternden Hände nicht bemerkte.

„Und jetzt ruf mich kurz an, dann habe ich deine Nummer auch.“ Er gab mir das Gerät zurück.

„Schon erledigt.“ Ich strahlte ihn so dermaßen an als

wäre ich ein verdammtes Honigkuchenpferd. Der neutrale Gesichtsausdruck war Geschichte. Ich hatte zwar keine Ahnung was ein Honigkuchenpferd war, aber es wurde ihm nachgesagt, dass es richtig fett grinste. Und das tat ich auch. Ich hatte ein Grinsen im Gesicht, bis ins Universum und wieder zurück. Wahrscheinlich hielt er mich jetzt für debil. Aber in diesem Moment war mir das alles egal. Ich konnte meine Freude einfach nicht verstecken. Denn er hatte nach meiner Nummer gefragt! Naja, eigentlich hatte er mir seine Nummer gegeben. Aber völlig egal. Er wollte, dass wir uns kontaktierten. Was das letzte Jahr als ganz kleiner Hoffnungsschimmer in meinem Herzen überlebt hatte, wuchs plötzlich zu einem Flutlichtscheinwerfer an. Vielleicht mag er mich auch.

Doch danach war erst mal Funkstille. Ich wartete darauf, dass er mir eine SMS schicken würde, aber es kam nichts. Im Freibad sah ich ihn ein paar Mal von Weitem. Aber ich hatte nicht den Mut mich ihm und seinen Freunden im Bikini zu präsentieren.

Und jetzt stand ich hier in der Küche und zupfte Basilikum und konnte nur noch daran denken, dass ich ihn in ein paar Stunden endlich wiedersehen würde. Und ich wünschte mir nichts sehnlicher als noch einmal mit ihm aufs Dach zu klettern, die Sterne zu betrachten und ihn endlich zu küssen. Heute würde ich es tun. Ich wollte nicht länger warten. Ich konnte nicht. Ich musste ihm endlich nah sein. Ich bekam Herzklopfen – jetzt, wo ich nur daran dachte.

„Sarah hat mich vorher auf den neuesten Stand gebracht. Und weißt du schon das Allerneueste? Kilian soll angeblich mit Daniela aus deiner Klasse gehen! Wusstest du das?"

Mit einem Schlag krachte ich auf den Boden der Realität. Und ich zog mir übelste Prellungen zu. Vielleicht sogar eine Lungenquetschung, denn ich konnte kaum atmen.

„Was?“, war das Einzige, das ich rausbrachte.

„Die beiden haben sich wohl schon ein paar Mal getroffen. Sarah meinte, es wäre noch nicht ganz offiziell. Aber krass oder? Diese doofe Trulla aus deiner Klasse. Naja, gut sieht sie schon aus, das muss man ihr lassen. Modelt die nicht neben der Schule?“ Ich nickte, unfähig etwas zu sagen, aber Nico redete schon weiter „Wie die durch die Schule stöckelt mit ihren peinlich hohen Schuhen und ihren geschniegelten Freundinnen. Die tun so, als müsse ihnen jeder die Füße küssen, oder? Ella? Hallo? Erde an Ella! Ich rede mit dir!“

Ja, Daniela war in meiner Klasse. Sie gehörte zur coolen Clique, genau wie Christian. Sie hielt sich wirklich für den Nabel der Welt. Und sie war wahnsinnig hübsch. Aber sie war ein Biest. Sie war die Schöne und das Biest in einer Person. Aber kein nettes Disney-Biest, das sich am Ende in eine schöne Prinzessin verwandelt. Sondern ein richtig fieses Biest mit einem schwarzen Herzen. Ja gut, ich übertrieb. Ein bisschen. Aber ich konnte es einfach nicht fassen. Ich konnte es nicht glauben. Das würde bedeuten, dass er nichts für mich empfand. Sondern etwas für sie. Und warum musste es ausgerechnet diese Daniela sein? Aber vielleicht ist es wirklich nur ein Gerücht. Oder sie haben sich ein paar Mal getroffen und dann gemerkt, dass es doch nicht passt?

„Ich muss auf die Toilette.“ Mit fahrigen Bewegungen legte ich die letzten Basilikumblätter an ihre Plätze und ließ Nico einfach stehen. Aber statt wie angekündigt aufs Klo zu gehen, verkroch ich mich mal wieder in meinem Zimmer.

Das konnte einfach nicht sein. Ich atmete tief ein und aus. Ich versuchte mir selber einzureden, dass noch gar nichts entschieden war. Ich hatte immer noch den heutigen Abend mit ihm. Ich hatte das Dach und die Sterne. Und ich würde ihm den besten Kuss geben, den er je bekommen hatte. Obwohl ich nicht viel Ahnung hatte wie das ging.

Aber ich würde mich einfach anstrengen. Ich würde mein Bestes geben. Das müsste er doch spüren, und dann wäre mit Sicherheit alles klar. Genau so würde es kommen. Genau so. Ella dreh jetzt nicht durch!

Den restlichen Tag verbrachte ich damit, jedes einzelne Teil in meinem Kleiderschrank anzuprobieren. Aber nichts schien passend für den heutigen Abend. Das eine Kleid war zu freizügig, das andere zu brav. Die Jeans sah unvorteilhaft aus. Das Oberteil hatte zu viel Glitzer. Ich entschied mich letztendlich für eine weite glänzende Hose und ein ärmelloses, rotes Top, das am unteren Rücken geschnürt war: Ein bisschen sexy, aber nicht zu gewollt. Die Hose war gnädig zu meinen Oberschenkeln, und das Rot des Oberteils lenkte alle Blicke auf meine Vorzüge. Denn ich hatte Vorzüge. Ich musste mich einfach darauf konzentrieren. Dann würde das mit dem Selbstbewusstsein schon klappen, oder? Ich durfte nur nicht an Danielas Modelfigur denken. Das wäre kontraproduktiv. Ich würde sie einfach aus meinem Kopf verbannen. Raus da, du hohle Nuss! Du hast hier nichts verloren.

Der Garten sah wirklich wunderschön aus. Überall hingen Girlanden und Lampions in Pastellfarben. Das saftige Sommergrün war gespickt mit diesen Sprenkeln in hellblau, mintgrün, babyrosa und softgelb. Meine Mama hatte sich dieses Mal wirklich selbst übertroffen. Noch strahlte die Sonne am Himmel. Aber abends, wenn die Lichter angehen würden, würde das eine ganz besondere Stimmung zaubern: romantisch und vielleicht sogar ein kleines bisschen magisch. Ich konnte es kaum erwarten.

„Ella, schön dich zu sehen!“ Kilians Mutter Ursula drückte mich ganz vorsichtig an sich. Sie war eine kleine, zarte Person, bei der man das Gefühl hatte, jeder noch so kleine Windhauch könnte sie umpusten. Deshalb traute ich mich auch nie, sie wirklich fest zu umarmen.

In ihrer Ehe war sie der weiche, nachgiebige Teil,

wohingegen Tom der Macher und Bestimmer war. Er leitete den Familienbetrieb, eine Schreinerei, und sie arbeitete dort in der Buchhaltung. Was bei meinem Vater seine Anzüge waren, waren bei Tom dessen Karohemden. Man traf ihn fast nie ohne. Er besaß sie mit langen und kurzen Armen, mit kleinen und großen Karos, aus Flanell und aus Baumwolle. Und das in allen erdenklichen Farben.

Tom konnte mit meinem Vater stundenlange Gespräche über Fußböden und Fußball führen. Auf den ersten Blick waren sie ein ungleiches Paar. Mein Vater mit Designerbrille und Hugo-Boss-Anzug, Tom mit Holzfällerhemd und Halbglatze. Aber immer, wenn sie aufeinandertrafen, kamen sie aus dem Diskutieren nicht heraus. Und auch wenn es manchmal verbal ordentlich zur Sache ging, am Ende stießen sie mit einem Glas Bier an, und die Welt war wieder in Ordnung. Sie hatten sich nicht nur mit der Freundschaft ihrer Frauen arrangiert, sondern sich selbst eine aufgebaut. Deshalb hatte das Konstrukt von unseren beiden Familien immer so gut funktioniert.

„Hallo Tom", begrüßte ich ihn. Sein Händedruck war fest, seine Handflächen schwielig von der Arbeit.

„Hallo Ella! Du wirst auch immer hübscher", lächelte er mich an. Er konnte sehr charmant sein, wenn er wollte. Wir tauschten ein bisschen Smalltalk aus und dann sprach er mich auf meine Zukunftspläne an. „Hast du dir denn schon überlegt, was du nach der Schule machen möchtest?" Er zog seinen Sohn an der Schulter zu sich heran. „Mein Sohn hat da anscheinend noch gar keine Ahnung. Aber ich würde sagen, es wird langsam Zeit, dass er sich Gedanken macht…" Manchmal konnte er aber eben auch genau das Gegenteil von charmant sein. Kilian war sein Unbehagen deutlich anzusehen. „Hi Risi." Er nickte mir zu.

Ich nickte zurück und sah dann Tom an „Ich habe jetzt noch keinen ganz genauen Plan. Aber das Fotografieren macht mir sehr viel Spaß, und ich denke, ich werde in diese Richtung gehen."

„Na, da bist du schon mal ein ganzes Stück weiter, als unser Sohnemann. Dabei lege ich ihm unser Familienunternehmen quasi zu Füßen. Und trotzdem kann er sich einfach nicht dafür entscheiden."

„Papa, bitte nicht hier!" Kilian sah seinen Vater eindringlich an. Die Spannung zwischen den beiden war fast mit den Händen greifbar.

Meine Mutter rettete die Situation, indem sie Tom bat ihr zu helfen, noch einen Sonnenschirm aufzustellen. Es war wirklich heiß heute. Eine drückende Schwüle lag in der Luft.

Noch bevor ich mit Kilian sprechen konnte, waren einige neue Gäste eingetroffen, die ich begrüßen musste. Als ich endlich alle Hände geschüttelt hatte, war er in der Menge verschwunden. Ich durchstreifte den Garten und blickte mich suchend nach ihm um. Dieses Jahr waren besonders viele Menschen gekommen. Sicher um die 100 Gäste tranken, saßen, standen, lachten, fächelten sich Luft zu und drängelten sich in jedem Schatten, der zu finden war.

Mir kamen langsam Zweifel, ob die lange Hose eine gute Idee gewesen war. Unauffällig roch ich in Richtung meiner Achseln. Pfirsichduft stieg mir in die Nase. Alles noch gut. Das Deo erledigte brav seinen Dienst.

„Hallo Ella", hielt mich ein Freund meines Vaters auf. „Bernd hat mir vorher erzählt, du möchtest gerne ein Praktikum bei mir machen?"

Warum ausgerechnet jetzt? Ich wollte unbedingt Kilian finden. Aber das Praktikum war mir wichtig. Und David König war ein wirklich guter Fotograf. Ich konnte mich glücklich schätzen, wenn ich bei ihm unterkommen würde.

„Hallo, ja das wäre wirklich super. Ich wollte dich auch noch persönlich fragen. Ich habe meine Kamera erst seit ungefähr einem Jahr. Aber ich schleppe sie ständig mit mir rum. Ich liebe das Fotografieren einfach. Ich könnte mir wirklich vorstellen, das mal beruflich zu machen. Aber von der Arbeit eines professionellen Fotografen habe ich natürlich keine Ahnung."

„Na, dafür sind Praktika ja da", erwiderte er, „dass man sich mal einen Eindruck verschafft, wie es in dem Beruf so abläuft. Müsst ihr das von der Schule aus machen?"

„Nein. Aber ich habe mir überlegt Fotografie zu studieren. Und da wäre ein Praktikum für die Bewerbung sicher nicht schlecht. Und ich muss auch eine Mappe zusammenstellen. Da kann ich ebenfalls jeden Tipp gebrauchen, den ich kriegen kann."

„Wow, du bist sehr zielstrebig. Das finde ich gut."

Ich freute mich über das Kompliment und lächelte etwas verschämt. „Ich könnte das Praktikum in den Herbstferien machen. Wäre das in Ordnung?"

„Ich glaube schon, aber ich habe meinen Terminplaner jetzt nicht dabei. Ruf mich doch nächste Woche mal im Studio an! Dann machen wir alles genau aus."

„Wunderbar. Das ist wirklich toll. Vielen Dank! Ich freu´ mich total!"

„Sehr gerne. Dann wünsche ich dir noch einen schönen Abend, Ella."

„Danke. Gleichfalls." Innerlich machte ich Freudensprünge, aber ich hatte keine Zeit dieses Gefühl richtig zu genießen, denn ich wollte endlich Kilian finden. Das lief alles überhaupt nicht nach Plan.

Nachdem ich alle schattigen Plätze rund um das Haus abgesucht hatte, fand ich ihn am Steg unseres Schwimmteiches. Hier war es sonnig, aber Kilian streckte seine Füße ins Wasser und verschaffte sich so Abkühlung. Ich zog meine Schuhe aus und setzte mich neben ihn. „Hey. Ich hab´ dich gesucht." Ich ließ meine Füße auch in den Teich baumeln.

Er sah nicht mal auf.

„Scheint so, als wärst du dieses Jahr derjenige, der nicht in der richtigen Stimmung für dieses Fest ist."

Endlich blickte er mich an. Er war schlecht gelaunt.

Richtig schlecht gelaunt. Das war bei ihm deshalb so auffällig, weil er meistens fröhlich war, Scherze machte und immer einen lässigen Spruch auf Lager hatte. Eltern bezeichnen ihre Kinder oft als Sonnenschein. Bei Kilian traf das tatsächlich zu. Von klein auf hatte er ständig gute Laune und ein Lächeln auf den Lippen. Das brachte ihm viele Sympathien ein. Erzieher, Lehrer und Tanten lagen ihm zu Füßen. Und jetzt, wo er fast erwachsen war – was auch immer das bedeutete – flogen ihm die Herzen der Mädchen zu. Zumindest, wenn man Nicos und Sarahs Erzählungen glauben durfte. Und im Schwimmbad hatte ich selbst gesehen, wie sie ihn umschwärmten.

„Wow, das sieht nach dunklen Gewitterwolken aus", versuchte ich die Stimmung etwas aufzuheitern.

„Im Himmel oder bei mir?"

„Na, bei dir! Was ist los, Mr. Sonnenschein? Wo ist deine gute Laune geblieben?"

Er zupfte einen Grashalm ab, der sich zwischen den Holzplanken ins Freie gekämpft hatte.

„Hat das etwas damit zu tun, was dein Papa vorher gesagt hat?"

Überrascht sah er mich an. „War das so offensichtlich?"

„Naja, du sahst nicht gerade glücklich aus, als er das mit den Berufsplänen und der Firma angesprochen hat. Was hat er damit gemeint, dass er dir die Firma zu Füßen legt?"

„Das war wieder mal einer seiner übertriebenen Sprüche. Keine Ahnung was er damit meint." Er fuhr sich aufgebracht durch die Haare, bis sie in alle Richtungen abstanden. Wie gerne hätte ich sie wieder in Ordnung gebracht. Oder, eigentlich würde ich sie viel lieber noch mehr in Unordnung bringen …

„Er will, dass ich den Betrieb irgendwann übernehme."

„Aber du möchtest nicht?"

„Keine Ahnung. Ich bin 17. Ich weiß nicht, was ich für den Rest meines Lebens machen will. Auf jeden Fall kein Schreiner werden. Das ist nichts für mich. Vielleicht irgendwann mal den Betrieb managen. Das schon eher. Aber verdammt, ich hab´ keine Ahnung. Wenn mein Vater mich fragt, was ich stattdessen machen will, kann ich ihm keine Antwort geben. Und er versteht das einfach nicht. Er versteht nicht, warum ich dann nicht den Betrieb übernehme, wenn ich sowieso keinen Plan habe, was meine Berufung ist." Frustriert sah er mich an. „Bei dir ist die Sache geritzt. Du liebst das Fotografieren. Da ist alles klar. Meine Schwester spielt Geige und gibt ein Konzert nach dem anderen. Da ist auch alles in Butter. Aber ich habe so was nicht. Ich weiß nicht, was meine Talente sind. Bei mir ist gar nichts klar. Aber mein Vater macht mir jetzt schon Druck, obwohl ich noch mindestens ein Jahr Zeit habe. Das nervt mich total. Er fängt dauernd davon an. Sogar heute auf der Party." Verdrossen bearbeitete er wieder seine Haare.

Ich blickte auf meine Füße, die ich im Wasser hin und her bewegte und überlegte, was ich darauf sagen konnte. Ich hatte mir die Nägel in Regenbogenfarben lackiert. Jeder Nagel eine andere Farbe. Für ihn. Aber das war gerade nicht wichtig. Ihm ging es schlecht, und das gefiel mir nicht.

„Ich verstehe, dass dich das nervt. Aber vielleicht macht er sich einfach Sorgen", war das erste, was mir in den Sinn kam.

„Ja, er macht sich Sorgen. Um seinen Betrieb, den er mit eigenen Hände aufgebaut hat. Das wird er nie müde zu betonen."

„Das glaub ich nicht. Oder, vielleicht stimmt das zum Teil. Aber Eltern sorgen sich einfach dauernd. Und wenn sie daran denken, dass wir bald in der Welt alleine klarkommen müssen, dann drehen sie fast durch." Ich versuchte ihn mit einem Lächeln ein wenig aufzuheitern. „Immer wenn ich meine Eltern nicht verstehe, dann hilft mir ein Zitat, das ich von einer Freundin kenne. Sie wirft dauernd mit irgendwelchen Filmzitaten um sich. Man kann sich davor überhaupt nicht retten. Sie feuert sie raus wie ein

Maschinengewehr", ich machte die passende Bewegung dazu und tat so, als würde ich auf ihn schießen, „und man hat keine Chance zu entkommen."

Jetzt hatte ich seine volle Aufmerksamkeit. Und er sah zumindest nicht mehr ganz so finster drein.

„Und, trifft sie damit ins Schwarze?", fragte Kilian.

„Leider nicht immer. Aber dieses Zitat ist wirklich schön. Wenn du ein Mädchen wärst, würde ich sagen, es ist mega süß. Aber so beschränke ich mich darauf, dass es wirklich cool ist." Ich imitierte einen extrem lässigen Gesichtsausdruck. Seine Mundwinkel zuckten.

„Also, pass auf, hier kommt es", läutete ich das Zitat ein. „Manche Leute sorgen sich zu viel. Ich denke, das nennt man Liebe", rezitierte ich bedeutungsschwer.

Er schmunzelte. Es schien ihm zu gefallen. „Von wem ist das?"

„Winnie Pooh."

„Winnie Pooh?"

„Ja." Wir sahen uns noch einen Augenblick lang an, und dann prusteten wir los. Wir erlitten einen richtigen Lachanfall und ließen uns nach hinten auf die Bretter des Stegs sinken.

„Na, wenn eine Zeichentrickfigur das sagt, dann muss es wohl stimmen", meinte er, als wir uns einigermaßen beruhigt hatten.

„Ja, das muss es. Schließlich ist es Winnie Pooh. Dieser Bär hat viele weise Sprüche parat."

„Hat er das?"

„Ja, das hat er."

„Zum Beispiel?"

„Da musst du meine Freundin Jennifer fragen."

Die Sonne ging langsam unter. Kilian richtete sich auf und zog seine Füße aus dem Wasser. Es waren schöne Füße. Wunderbare Füße. Mit geraden Zehen und gepflegten Nägeln.

„Danke, Risi."

„Wofür bedankst du dich?“

„Dafür, dass du mich aufgeheitert hast.“

„Nichts zu danken.“ Ich richtete mich auch auf und freute mich, dass es ihm besser ging. Wegen mir. Ich hatte das geschafft. Ich nahm meinen Mut zusammen. Jetzt oder nie.

„So langsam wird es dunkel. Heute kann man bestimmt Sterne sehen. Hast du vielleicht Lust, dass wir später wieder aufs Dach klettern?“, wagte ich mich vor.

„Ich würde mir wirklich gerne mit dir den sternenvollen Himmel ansehen.“ Er grinste und mein Herz machte einen Salto. Er erinnerte sich noch genau an das letzte Jahr. Er hatte sich sogar meine bescheuerte Wortkreation gemerkt. „Aber ich treffe mich gleich noch mit ein paar Leuten. Ich wollte heute nur kurz hier vorbeischauen.“

Zack. Schon wieder eine unsanfte Landung. Sehr unsanft. Er war also noch verabredet.

„Ach so, kenne ich die Leute?“

„Ja, ich glaube schon. Dani geht ja in deine Klasse, oder? Ich treffe mich mit ihr und ein paar Freunden von ihr.“

Ich musste schwer schlucken. Daniela! Also doch. Aber er hatte nicht gesagt, dass sie zusammen waren. Und andere Leute waren auch dabei. Es war also kein Date.

„Wollen wir noch beim Buffet vorbeischauen?“, wechselte er das Thema. Irgendetwas daran schien ihm unangenehm zu sein.

Mit voll beladenen Tellern stellten wir uns an einen der freien Stehtische. Mir hatte es eigentlich den Appetit verdorben. Ich hatte mir trotzdem fast blind Salate, Eier und Lachs aufgetan. Jetzt kaute ich an einem Basilikumblatt und hatte keine Ahnung, was ich tun sollte. Mein Plan war gescheitert. Er würde die Feier gleich verlassen. Ich konnte ihm unmöglich etwas von meinen Gefühlen sagen, wenn er sich später mit einem anderen Mädchen treffen würde. Das Risiko war zu groß. Der Flutlichtscheinwerfer war wieder auf einen kleinen Schimmer geschrumpft. Aber das letzte bisschen Hoffnung hielt sich hartnäckig. Es wollte noch nicht aufgeben. Es ist noch nicht vorbei! Noch ist er hier bei dir.

„Ich liebe Caprese", holte mich Kilian aus meinen Gedanken.

„Das Basilikum habe ich eigenhändig gekauft, abgepflückt und dazwischen gelegt."

„Wow, ich wusste ja gar nicht, dass du weitere Kochversuche unternimmst. Bist du wirklich schon bereit dafür?", grinste er mich verschmitzt an.

„Blödmann. Das kann man ja wohl kaum Kochen nennen. Außerdem: Ja, ich traue mich auch nach dem Risi-Bisi-Desaster wieder an den Herd." Ich lächelte zurück und sah ihm in seine wunderschönen Augen. Schokoladenbraun. Nichts anderes fiel mir dazu ein. Sein Blick und sein Lächeln gingen mir durch und durch. Ohne Umwege. Mitten ins Herz. Bitte frag mich, ob ich mitkommen will! In Gedanken flehte ich ihn an, jetzt nicht einfach zu gehen. Ich flehte ihn an, mir ein Zeichen zu geben, ob da bei ihm auch irgendetwas los war. Ob er dieses Kribbeln ebenfalls spürte. Lass mich jetzt nicht hier alleine stehen, mit all diesen Gefühlen in mir drin.

Merkte er denn überhaupt nicht, was mit mir los war? Für mich fühlte es sich so an, als wäre es nur zu offensichtlich. Als würden alle sehen, wie ich hier stand und ihn anhimmelte.

Sein Teller war leer gegessen. Ich hatte noch nicht einmal die Hälfte geschafft, legte aber auch mein Besteck ab und drapierte die Serviette unauffällig über die Essensreste.

Er sah auf seine Armbanduhr. „Langsam wird es Zeit. Ich muss noch meine Eltern suchen und mich verabschieden. Und deine auch."

Bitte frag mich, ob ich mitkommen möchte! Bitte frag mich!

„Soll ich deinen Teller mitnehmen?" Er lud ihn sich

schon auf.

Nein, sollst du nicht. Du sollst mich mitnehmen.

Mit dem Geschirr und seinem leeren Getränk in der Hand blickte er mich an und löschte endgültig den letzten Schimmer aus. „Also dann sag´ ich schon mal Tschüss. Und danke nochmal. Du hast mich heute gerettet. Man sieht sich." Ein Lächeln noch, dann drehte er sich um und ging.

Ich wusste nicht, dass man so schluchzen konnte. Ich wusste auch nicht, dass ein Mensch dazu fähig war, so viele Tränen zu produzieren. Und ich wusste nicht, was ich tun konnte, um das alles wieder zu stoppen.

Die Tür ging auf, und Nico kam in mein Zimmer. „Ich such´ dich schon … Hey, was ist denn los?"

Sie setzte sich zu mir aufs Bett. Ich lag auf dem Bauch, den Kopf in meinen verschränkten Armen vergraben. Sie legte ihre Hand auf meine Schulter. Das verstärkte das Schluchzen kurzzeitig. Ich dachte nicht, dass das noch möglich wäre. Ich war unfähig auch nur ein Wort zu sagen. Sie blieb einfach ruhig sitzen, mit ihrer Hand auf meinem Rücken. Nach einer gefühlten Ewigkeit ebbte das Weinen ab, und ich drehte mich um. Nico hielt mir ein Taschentuch hin. Ich schnäuzte mich kräftig. Ich atmete noch ein paar Mal tief durch und erzählte ihr dann die ganze Geschichte.

„Du darfst das niemals Sarah sagen. Kein einziges Wort davon. Ich würde sterben, wenn Kilian irgendetwas hiervon erfährt", endete ich.

„Klar. Ich sage kein Wort. Versprochen."

Ich sah sie ungläubig an.

„Ich werde nichts sagen. Ich bin doch kein Tratschweib."

Wieder erntete sie einen ungläubigen Blick von mir.

„Naja, manchmal vielleicht schon", schränkte sie ein. „Ich kann allerdings absolut nichts dafür. Das sind eindeutig Mamas Gene. Und dagegen kann man sich nicht wehren. Gegen Vererbung ist man machtlos. Aber das hier ist wichtig. Das verstehe ich. Mach dir keine Sorgen!"

„Ich fühl mich einfach so schrecklich dumm. Es gab eigentlich gar keine Anzeichen. Ja, er hat letztes Jahr gesagt, dass er gerne mit mir Zeit verbringt. Aber das hatte überhaupt nichts zu bedeuten. Das tun Freunde auch. Und das Eisessen und das mit der Handynummer. Beides war auch rein freundschaftlich. Das ist mir jetzt klar. Er hat die Nummer ja noch nicht einmal benutzt."

„Du bist nicht dumm. Hör auf so was zu sagen. Wenn schon, dann ist er dumm. So dumm wie Brot, wenn er Daniela dir vorzieht."

„Dani."

„Häh?"

„Er nennt sie Dani."

„Und wenn er sie Schnuckiputzimäuschen nennt. Völlig egal. Ich bleibe dabei. Er ist ein Idiot."

„Er hat doch gar nichts gemacht."

„Doch. Er hat meiner Schwester wehgetan."

„Das ist meine eigene Schuld. Er kann nichts für meine Gefühle. Er weiß ja noch nicht mal was davon. Das hoffe ich zumindest. Ansonsten kann ich ihm nie wieder in die Augen sehen."

„Der hat nichts bemerkt. Der ist dumm …"

„… wie Brot. Du weißt, dass das nicht stimmt."

„Ja, das weiß ich. Aber wenn er von deinen Gefühlen wüsste und dir dann immer noch diese Schnepfe vorziehen würde, dann wäre er wirklich dumm wie Brot. Wollen wir herausfinden, ob das so ist?"

„Nein. Auf keinen Fall! Die Sache ist für mich gegessen. Ich habe ihn gefragt, ob er wieder mit mir aufs Dach kommt. Ich habe ihn aufgeheitert. Ich habe ihm meine Nummer gegeben. Ich habe ihn verdammt noch mal die ganze Zeit angeschmachtet wie eine bekiffte Kuh."

„Eine bekiffte Kuh?", schmunzelte Nico.

„Ist doch egal. Wenn für ihn der Abend letztes Jahr

nicht genauso magisch war wie für mich, dann hat es sowieso keinen Sinn. Ich muss ihn irgendwie vergessen."

„Also komplett vergessen wird nicht so einfach. Du siehst ihn mindestens einmal im Jahr beim Sommerfest und vielleicht auch noch bei anderen Familienaktivitäten."

„Ich weiß. Das ist ja das Schlimme. Aber bis zum nächsten Wiedersehen habe ich genug Zeit. Ich muss diese Gefühle ganz schnell vergessen."

„Da hätte ich auch schon eine Idee, wie das besonders gut funktioniert. Du kommst jetzt mit mir runter und schlägst dir den Bauch mit den super leckeren Desserts voll, die Mama produziert hat. Für irgendwas muss ihre Wuselei ja gut sein."

„So wie ich bestimmt aussehe, kann ich auf keinen Fall unter Leute gehen." Ich deutete auf mein verheultes Gesicht.

„Erstens ist es draußen dunkel. Zweitens sind die allermeisten Menschen, die noch da sind, angeheitert. Die merken das eh nicht. Und drittens gehst du jetzt ins Bad und wäschst dir das Gesicht mit kaltem Wasser, und dann mach´ ich dir ein bisschen was von meinem neuen Make-up drauf. Dann bist du wieder wie neu."

Lächeln konnte ich noch nicht wieder. Aber die Mousse au chocolat, die rote Grütze mit Vanillesauce und die Schokoerdbeeren riefen zumindest ganz zarte positive Gefühle in mir wach. Ich saß etwas abseits an einem Gartentisch, während Nico und Sarah auf der Tanzfläche zu Bon Jovis „It´s my life" abrockten. Mein Vater stand mit einem Getränk in der Hand am Rand und bewegte den Kopf zum Rhythmus des Lieds. Als er mich mit meinen zahlreichen Schüsselchen voller Nachtisch alleine sitzen sah, kam er herüber und nahm neben mir Platz. „Endlich mal ein Song in den Charts, den ich auch ganz annehmbar finde", begann er das Gespräch.

„Hmmm", brummte ich und schob mir einen großen

Löffel mit Schokocreme in den Mund.

„Wir haben mal wieder Glück mit dem Wetter. Eine richtig schöne laue Sommernacht."

„Hmmmm", grunzte ich und biss in eine Schokoerdbeere.

„So langsam gehen mir die Small-Talk-Themen aus. Willst du mir sagen, was los ist?"

„Was soll denn los sein?", nuschelte ich, während ich mir die restliche Erdbeere in den Mund schob.

„Alles bestens?"

„Ja, ganz wunderbar", erwiderte ich kauend.

„Danach sieht es aber nicht aus."

„Wonach sieht es denn aus?" Ich goss Vanillesauce über die Grütze.

„Es sieht so aus, als ob du Kummer hättest. Und ich bin dein Papa. Und Papas möchten nicht, dass ihre Töchter Kummer haben. Die können das ganz schwer ertragen."

„Für mich ist es auch nicht einfach." Ich zog die Schale mit den Kokospralinen in meine Nähe.

„Denk doch mal an die Soap-Opera, die du immer schaust. Verbotene Liebe, oder wie heißt das noch?"

„Hmmmm", ich stopfte mir zwei der Schokokugeln mit Kokosraspeln darauf gleichzeitig in den Mund.

„Was die da immer alles mitmachen müssen: Intrigen, Morde, die Schwester ist in den Bruder verliebt…"

Dafür, dass angeblich nur ich diese Soaps schaute, wusste er erstaunlich gut Bescheid.

„… und wenn du das mit dem vergleichst, was du gerade durchmachst?" Er sah mich fragend an.

Ich blickte zurück. Und ich spürte in diesem Moment ganz viel Liebe für ihn, weil er versuchte mir zu helfen. Zwar auf eine etwas spezielle Weise, aber das war eben seine Art. Mein Herz begann ganz leicht aufzutauen. Ich leckte meine Finger ab, die voll Schokolade waren.

„Kannst du mich bitte in den Arm nehmen?", fragte ich ihn.

„Nichts lieber als das", antwortete mein Vater.

Und vielleicht hatte er auch ein kleines bisschen Recht. Was war mir schon passiert? Ich war unglücklich verliebt. Es hatte sich herausgestellt, dass mein Angebeteter eine andere gut fand. Alles war relativ glimpflich abgelaufen. Keine peinlichen Szenen. Ich würde drüber hinwegkommen. Das würde ich doch. Oder?

KAPITEL 3
Jahr: 2001
Alter: 18

„Und sie wuselt wieder.“ Nico und ich standen in der Küche. Während sie die Gazpacho in kleine Gläser abfüllte, hatte ich mal wieder den Basilikum-Job. Meine Mutter trug Dinge von drinnen nach draußen und von draußen nach drinnen. „Wer wuselt wieder?“, rief sie uns im Vorbeigehen zu. Wir lachten beide gleichzeitig los. „Was ist so lustig?“, fragte sie uns über die Schulter.

„Du, Mama!“, prustete Nico.

„Teenager!“, schnaufte meine Mutter, und schon war sie wieder im Garten und bereitete das Fest des Jahres vor.

„Ich bin kein Teenager mehr. Ich bin jetzt erwachsen“, ließ ich verlauten, obwohl sie es nicht mehr hören konnte.

„Nur, weil du vor ein paar Monaten 18 geworden bist, heißt das noch lange nicht, dass du erwachsen bist.“

„Ach, und was macht einen Erwachsenen bitte aus? Ich darf Alkohol trinken, Kaufverträge unterschreiben, wählen und theoretisch Auto fahren. Also wenn das nicht erwachsen ist, weiß ich auch nicht!“

„Dir fehlt allerdings diese Allwissenheit, die ich so von einem Erwachsenen erwarte. Und die Klugheit. Außerdem darfst du nicht Auto fahren, du bist durch die Prüfung gerasselt."

„Ich sagte auch: theoretisch."

„Wer ist durch die Prüfung gerasselt? Was habe ich schon wieder verpasst?", meldete sich unsere Mutter zu Wort, die versuchte mit einem ganzen Stoß Kissen durch die Terrassentür nach draußen zu gelangen.

„Nein, du hast nichts verpasst. Ich meinte Ellas Führerscheinprüfung", erklärte Nico.

„Ach so, ja. Blöde Sache. Das nächste Mal klappt es sicher, Schatz! Kann mir mal jemand helfen, bitte?"

„Ja, ich weiß, Mama. Die Theorie habe ich immerhin geschafft. Die Praxis werde ich schon noch hinkriegen." Ich nahm ihr zwei Kissen ab und warf meiner Schwester einen genervten Blick zu. „Danke, dass du das Thema wieder aufgewärmt hast."

„Soweit ich weiß, hast du damit angefangen," konterte sie und wendete sich wieder der Essenszubereitung zu. „Diesen Gazpacho-Trend verstehe ich einfach nicht. Ich meine, es ist kalte Suppe. Sonst nichts. Nur weil man sie Gazpacho nennt, schmeckt sie nicht plötzlich gut. Denn sie ist kalt."

Ich teilte die Meinung meiner Schwester in diesem Punkt zu 100 Prozent „Erst Rucola, dann Gazpacho. Ich hoffe, nächstes Jahr sind keine Weinbergschnecken modern, sonst landen die mit Sicherheit auch auf unserem Sommerfest-Buffet."

„Ihhhh." Wir verzogen beide angewidert das Gesicht.

„Weißt du schon was du heute Abend anziehst?", fragte mich Nico.

„Puh, keinen Schimmer."

„Du bist dir im Klaren darüber, dass Kilian auch kommt, oder?"

„Ja, das weiß ich."

„Und dass er seine Schnepfe mitbringt?"

„Ja, ich bin informiert." Ich bekam Pickel, wenn ich nur daran dachte.

Ich war davon ausgegangen, dass ich Kilian nicht besonders oft über den Weg laufen würde. Und dass das dann mit dem Entlieben gar nicht so schwer sein würde. Aber ich hatte mich getäuscht. Zwischen ihm und Daniela wurde das eine richtig feste Sache. Er holte sie häufig von der Schule ab, und ich hatte die beiden knutschenderweise ständig vor der Nase. Am Anfang war das wirklich schlimm für mich. Aber ich gewöhnte mich nach einer Weile daran. Vielleicht stimmt es ja doch, dass die Zeit alle Wunden heilt. Aktuell machte es mir nicht mal mehr etwas aus die beiden zusammen zu sehen. Ich hatte versucht mich auf andere Dinge zu konzentrieren. Nach dem Praktikum bei David Wolf bot er mir einen Job an: Ihm bei Shootings mit dem Equipment zu helfen, Bilder zu bearbeiten und kleinere Bürotätigkeiten zu machen. Ich war total begeistert. Ich kündigte den Aushilfsjob im Café und war nach der Schule und am Wochenende oft im Atelier. David bescheinigte mir Talent, und das bedeutete mir unheimlich viel. Er bestärkte mich darin, verschiedene Dinge auszuprobieren, und ich durfte zur Übung auch immer mal Fotos von seinen Sets machen. Er hatte sich auf Werbe- und Produktfotografie spezialisiert und arbeitete hier für namhafte Kunden. Ich war immer besonders enthusiastisch, wenn Menschen mit auf den Fotos waren. Oft opferte ich einen erheblichen Teil meiner Freizeit, nur um bei diesen Shootings dabei sein zu können. Und um auch einmal abzudrücken. Manchmal schoss ich die Testfotos, während David noch das Licht korrigierte.

Und natürlich war ich immer noch viel mit meiner eigenen Kamera unterwegs, auch um die Bewerbungsmappe zu füllen. Daneben blieb wenig Zeit für Jungsgeschichten. Auch wenn ich die eine oder andere Verabredung gehabt hatte. Im Frühling war ich sogar ein paar Monate mit

Cedrik zusammen gewesen. Ich hatte ihn auf der Kirmes kennengelernt – beim Autoscooter. Er war 20 und machte gerade eine Lehre zum Einzelhandelskaufmann. Ich fand ihn unheimlich süß mit seinen rotblonden Haaren und den Sommersprossen. Und ich war geschmeichelt davon, dass ein etwas älterer Junge auf mich stand. So brachte ich mein erstes Mal endlich hinter mich. Es war ganz in Ordnung. Cedrik war wirklich lieb und gab sich viel Mühe. Die erste Verknalltheit war aber schnell verraucht. Zumindest bei mir. Und so trennte ich mich wieder von ihm. Er trug es mit Fassung. Ich war mit Sicherheit auch nicht seine große Liebe gewesen.

„Na dann werden wir dich heute mal so richtig aufbrezeln."

Ich sah Nico fragend an.

„Damit er sieht, wie toll du bist, und wie doof seine Schnepfe ist."

„Nico, Daniela modelt neben der Schule! Gegen sie bin ich ein kleiner, dicker Troll."

„Du bist weder ein Troll, noch bist du dick."

„Das sagt die Richtige! Du hast ebenfalls Modelmaße."

„Aber ich bin deine Schwester. Und Schwestern sagen sich immer die Wahrheit …"

„Seit wann?"

„Wenn es um wichtige Dinge geht. Hör auf mich zu unterbrechen!" Ich hob beschwichtigend beide Hände.

„Also, ich als deine Schwester sage dir, dass du wahnsinnig hübsch bist. Du hast einen tollen Teint, fast ohne Unreinheiten: zart und hell, wie eine Elfe."

Ich konnte mir ein Schnauben nicht verkneifen. Nico blickte mich finster an, und ich verstummte.

„Deine Haare sind der Hammer: dick, lang, wellig. Und sie haben einen supertollen warmen Braunton. Du hast Brüste – im Gegensatz zu mir. Deine Taille ist fantastisch. Ah, und fast vergessen: deine unglaublich großen, hellen Katzenaugen."

„Du meinst meine verwaschenen Augen", versuchte ich diese ganzen Superlative zu stoppen. Es war mir unangenehm, wenn sie mir meine Vorzüge so unter die Nase rieb. Besonders, weil ich mich immer so an meine Schwachstellen klammerte. Es von der anderen Seite zu betrachten fühlte sich komisch an.

„Nein, ich meine, dass deine tollen blau-grauen Augen so hell sind, wie bei niemandem sonst. Nicht mal bei Papa. Selbst seine Augenfarbe ist einen kleinen Tick dunkler. Deine Iris ist wirklich einzigartig!"

„So hab´ ich das noch nie gesehen", erwiderte ich erstaunt.

„Aber was helfen einem einzigartige Augen, wenn sie nicht schön sind?"

„Sie sind schön! Du bist wirklich ein schwerer Fall. Und wie schön sie sind, das werde ich dir heute noch beweisen. Ich werde dich schminken und sie damit so richtig gut zur Geltung bringen." Nicos Leidenschaft für Make-up war ungebrochen. Zusammen mit Sarah verbrachte sie Stunden damit die beste Technik für Smokey Eyes zu finden, den richtigen Lippenstift passend zum Hautton auszusuchen und die Vor- und Nachteile von verschiedenen Pinselvarianten zu diskutieren. Das war absolut nicht meine Welt. Ich benutzte zwar Kajal, Wimperntusche und Puder, aber für viel mehr fehlte mir meistens die Lust. Und ich mochte es auch eher natürlich. Ganz im Gegensatz zu meiner Schwester. Deshalb blickte ich dem geplanten Schminkversuch mit gemischten Gefühlen entgegen. Und auch dem Treffen mit Kilian und seiner Freundin. Ich fühlte mich wirklich entliebt, aber trotzdem ließ es mich nicht kalt. Natürlich wollte ich heute Abend besonders gut aussehen. Und ich fände es auch schön, wenn er ein klitzekleines bisschen beindruckt wäre. Aber mehr nicht. Und die Chancen mit seiner Model-Daniela an der Hand standen da sowieso ziemlich schlecht. Wenn er auf megaschlanke Mädels mit endlosen Beinen abfuhr, dann war ich nicht gerade seine Traumfrau. Was soll´s. Ich will ja gar nichts mehr von ihm. Ich ärgerte mich nur ein bisschen, dass er es schon wieder geschafft hatte in meinem Kopf herumzuspuken.

„Du musst still halten“, schimpfte Nico zum wiederholten Male mit mir.

„Aber das kitzelt ganz furchtbar.“

„Wer schön sein will, muss da eben durch.“

„Bitte übertreib es nicht mit dem ganzen Zeug! Ich will später schon noch aussehen wie ich.“

„Wie sollst du denn sonst aussehen?“

„Zugekleistert.“

„Sehe ich etwa zugekleistert aus? Jetzt sag nichts Falsches!“

„Naja. Nein, aber du bist schon stark geschminkt. Das sieht bei dir wirklich toll aus!“, versicherte ich ihr schnell. „Aber ich will nicht, dass Kilian denkt, ich hätte mich heute besonders ins Zeug gelegt. Ich will, dass es nicht so auffällt, weil ich mich sonst eher weniger damit befasse. Es sollte subtil sein…“

„Du meinst doch nicht, dass ein Junge so was bemerkt? Die sehen doch nur, ob ihnen etwas gefällt oder nicht. Warum das so ist, oder was da nachgeholfen hat, ist ihnen schnuppe. Oder wieso stehen Männer sonst auf Silikonbrüste? Und außerdem wird er es schon gar nicht auf sich beziehen. Warum sollte er? Er hat doch keine Ahnung, dass du ihn mal angehimmelt hast!“

In diesem Moment trat Sarah ins Zimmer, und mir blieb kurz das Herz stehen. Ich hatte ganz vergessen, dass sie vor dem Fest vorbeikommen wollte um sich mit uns gemeinsam fertig zu machen.

„Wen hast du angehimmelt?“, fragte sie neugierig.

„Ach einen Typen, der vielleicht heute Abend kommt. Der Sohn von Freunden unserer Eltern“, erwiderte Nico geistesgegenwärtig.

Puh, das war knapp.

„Er ist mit einer ziemlichen Schnepfe zusammen, und Ella will ihm heute mal so richtig zeigen, was er verpasst", spann sie die Geschichte weiter, die ziemlich nah an der Wahrheit war.

„Naja, ich möchte einfach nur gut aussehen, wenn ich ihm heute begegne. Damit ich mich sicher fühle, wenn ich ihn sehe", schwächte ich es ab.

„Na das wirst du ohne Probleme schaffen. Nico hat ganze Arbeit geleistet. Du siehst Bombe aus!"

„Ich habe noch keine Ahnung, weil sie mir verboten hat in den Spiegel zu schauen, bevor sie ganz fertig ist", erwiderte ich.

„Das war reiner Selbstschutz! Ich wäre sonst vor lauter Kommentaren von dir überhaupt nicht mehr zum Schminken gekommen. So, letzter Strich … Jetzt bin ich fertig, und du darfst schauen."

„Cool", rief Sarah begeistert, „dann bin ich jetzt dran!"

Ich ging zum Spiegel, der über Nicos Kommode hing. Sie war komplett vollgestellt mit Kosmetikprodukten: Lidschatten, Pinsel, Mascara, Foundation, Puder, Rouge und mit noch so einigem, das ich nicht mal benennen konnte. Und gefühlt war alles davon heute bei mir zum Einsatz gekommen. Als ich mich im Spiegel sah, blieb mir erst mal der Mund vor Erstaunen offen stehen. Ich versuchte mich näher heranzubeugen, ohne den Schminktisch abzuräumen, was gar nicht so einfach war. Was ich sah, gefiel mir. Ich wirkte nicht, wie ich befürchtet hatte, wie ein anderer Mensch. Aber der Effekt war beeindruckend. Mein Teint war ebenmäßig und hatte etwas Porzellanartiges. Obwohl ich es hasste, dass ich im Sommer nicht wirklich braun wurde, gefiel mir meine Hautfarbe plötzlich. Ich sah irgendwie aristokratisch aus, mit dieser Blässe. Mit hellem, kupferfarbenem Lidschatten hatte sie meine Augen zum Strahlen gebracht. Meine Lippen zierte ein warmer Roséton. Meine langen Haare hatte Nico mit dem Lockenstab bearbeitet, und sie fielen mir jetzt in sanften Wellen ins Gesicht. Ich glaube, es war das allererste Mal seit meiner Kindheit, dass ich mich richtig schön fand. Zumindest mein Gesicht.

„Das ist unglaublich. Ich bin sprachlos. Du hast echt Talent. Wow. Danke!“, stotterte ich herum und drückte dann Nico ganz fest an mich.

„Nicht so stürmisch! Sonst machst du meine Arbeit gleich wieder zunichte! Sehr gerne geschehen. Ich bin eben die Beste!“

„Jetzt muss ich nur noch was zum Anziehen finden …“

„Nichts leichter als das. Komm Sarah, wir checken mal Schneewittchens Kleiderschrank!“

Sarah kreischte vor Freude, und beide begaben sich auf dem schnellsten Weg in mein Zimmer. Ich mochte Kilians Schwester. Sie hatte eine Begeisterungsfähigkeit, die ansteckend war. Sie stürzte sich nicht nur mit voller Leidenschaft in ihre musikalische Welt, sondern beging auch die meisten anderen Dinge mit grenzenlosem Enthusiasmus. Jemandem, der sich so für klassische Musik begeisterte, würde man klischeemäßig eher eine gewisse Ernsthaftigkeit zusprechen. Sarah war da ganz anders. Sie war zwar oft konzentriert und ließ sich ganz auf die Musik ein, aber ansonsten war sie ein fröhlicher und sehr herzlicher Mensch.

Als ich in meinem Zimmer ankam, lag der halbe Schrankinhalt schon auf meinem Bett verteilt. Nico hatte eindeutig das Chaos-Gen von meinem Vater geerbt. Und ich die Ordentlichkeit von meiner Mutter. Ich seufzte. Alle Klamotten in meinem Schrank waren nach Farben sortiert. Jetzt nicht mehr. Aber vielleicht konnten die beiden wirklich etwas Passendes finden. Ich ergab mich dieser Naturgewalt. Denn ich hasste dieses elende Herumgestehe vor dem Kleiderschrank mit 1000 Fragezeichen im Kopf: Was passte wozu? Was schmeichelte mir? Was war gerade aktuell? Welches Wetter war heute eigentlich?

Also setzte ich mich in meinen geliebten Ohrensessel, den ich meiner Oma (der Mutter meines Vaters) sozusagen fast unter dem Hintern weggeklaut hatte. Jetzt, mit lilafarbenem Samt bezogen, war er DER Hingucker in meinem Zimmer. Ich blickte mich um und realisierte, dass mein Farbtick doch ziemlich stark zur Geltung kam. Meine Bücher waren nach Farben sortiert, ebenso wie meine Stifte auf dem Schreibtisch. Es gab vier Stifthalter. In einem waren die Gelb- und Orangetöne. Im zweiten die rot- und lilafarbenen Stifte. Und auf eine Wand in meinem Zimmer hatte ich waagrechte Streifen gemalt – in Regenbogenfarben.

„So, das darfst du jetzt alles einmal probieren, und wir entscheiden dann, was am besten aussieht." Drei Outfits lagen ausgebreitet auf meinem Bett bereit.

„Genau. Am besten wir vergeben Punkte, und die Kombi mit den meisten gewinnt", fügte Sarah noch hinzu.

„Aber pass auf deine Haare auf! Und auf das Make-up!", warnte mich Nico.

Ich schlüpfte in das erste Top und steckte gleich schon fest, als ich versuchte, die Arbeit meiner Schwester nicht zu ruinieren.

„Das war eine total doofe Idee, das Styling vor den Klamotten zu machen. Nico, hilf mir doch mal!" Mit vereinten Kräften zogen wir das Oberteil mit Schlangenprint vorsichtig über meinen Kopf.

„Ja zugegeben, das war ziemlich bescheuert", schmunzelte Nico. Und dann mussten wir alle lachen.

Eine khakifarbene Cargohose vervollständigte das Ensemble. Ich drehte mich vor dem Ganzkörperspiegel.

„Acht von zehn Punkten", verkündete Sarah.

„Naja, ich finde eher eine Sieben. Oder warte, dreh dich noch mal um … eine Sechs, eindeutig."

„Heißt das, mein Hintern sieht in der Hose fett aus?"

„Das hast du jetzt gesagt …", meinte Nico.

Na toll. Mit meinem Po war ich eigentlich immer

zufrieden gewesen. Ich blickte noch mal in den Spiegel. Naja, die Taschen auf der Hose waren wirklich nicht gerade vorteilhaft. Also weiter zum nächsten Outfit: ein langes Kleid aus einem blauen Stoff mit einer Lage schwarzem Chiffon darüber, Spaghettiträgern und einem V-Ausschnitt.

„Neun Punkte!" Wenn sie eines gehabt hätte, hätte Sarah sicher ein Schild mit der Nummer hochgehalten. Sie war ganz aus dem Häuschen.

„Yes. Neun Punkte! Steht dir hervorragend …"

„Aber?"

„Finde ich fast ein bisschen zu chic für das Fest. Du wolltest es ja nicht übertreiben."

„Also rein in den letzten Look", stimmte Sarah zu.

Es war ein kurzer, figurbetonter Jeansrock mit einer dünnen, rosafarbenen Bluse. Ich mochte den Rock, weil er durch den festen Stoff meine Oberschenkel und meine Hüften kaschierte.

„Irgendwie gefällt mir das Oberteil dazu nicht. Das sieht so brav aus", meinte Nico und verschwand, um kurz darauf mit einem schwarzen, asymmetrischen Top aus ihrem eigenen Schrank zurückzukommen. „Probier´ das mal dazu!"

„Aber da bleibt eine Schulter frei. Ich kann auf keinen Fall ohne BH gehen!"

„Zieh einfach einen schönen schwarzen an, dann ist es kein Problem, wenn man den einen Träger sieht! Glaub mir, das wird gut aussehen!" Sarah nickte wie wild mit dem Kopf, um das Gesagte zu untermauern.

„Also gut, ich probier´s aus." Und siehe da, zum zweiten Mal an diesem Tag blickte ich in den Spiegel und was ich sah gefiel mir. Das Top saß bei mir sehr eng, bei Nico eher weit. Aber trotzdem schmeichelte es mir.

„Zehn Punkte!", kam es einstimmig von meiner Jury.

„Lässig und ein kleines bisschen sexy. Das ist eine super Kombi. Jetzt noch die schwarzen Zehenstegsandalen mit dem Plateau dazu, und es ist perfekt!", tönte meine

Schwester. Und sie hatte Recht. Ich war absolut glücklich damit. Und bereit mich Kilian und seiner Dani zu stellen.

„Da wird der Typ Augen machen“, versicherte mir Sarah.

Ich hoffte sehr, dass ich sie später irgendwie ablenken konnte, wenn sie mich aller Wahrscheinlichkeit nach bitten würde, ihr den „Typen“ zu zeigen. Aber jetzt wollte ich mich erst einmal auf die kommende Begegnung konzentrieren.

Ich klammerte mich an mein Glas Weißwein und versuchte den Augenblick des Wiedersehens noch ein bisschen hinauszuzögern. Der Wein war mir erst als eine gute Idee erschienen. Ich kam mir damit wahnsinnig erwachsen vor. Aber vor Aufregung hatte ich zu schnell getrunken, und jetzt stieg mir der Alkohol zu Kopf. Kilian und seine Freundin waren schon seit einiger Zeit angekommen. Aber ich konnte mich noch nicht überwinden, sie zu begrüßen. Dabei hatte ich wirklich gedacht, ich könnte das ohne Probleme durchziehen. Ich war so ein Feigling. Als ich mir endlich ein Herz gefasst hatte, kamen die beiden auch schon händchenhaltend auf mich zu.

„Hi Kilian, hi Daniela! Schön, dass ihr gekommen seid“, machte ich einen auf Gastgeberin. Das war eindeutig zu schnell zu viel Alkohol gewesen.

„Hi Ella“, sagten die beiden fast zeitgleich.

Irgendwas war komisch. Aber ich kam nicht gleich drauf.

„Cooles Haus haben deine Eltern da. Der Garten ist echt riesig“, sagte Daniela.

Ella. Er hat Ella gesagt.

„Und die Deko ist echt spitze. Alles asiatisch in rot und schwarz“, redete sie weiter.

„Ja, meine Mama liebt es sich jedes Jahr ein neues Thema auszudenken. Letztes Jahr war es Pastell und das Jahr davor …“ Ich überlegte.

„Hawaii, oder?“, half mir Kilian weiter.

„Ja, stimmt.“

Er hat Ella gesagt. Nicht Risi. Ella.

Darüber musste ich erst mal hinwegkommen. Es entstand eine kurze Gesprächspause.

„Dani hat gestern ihre Führerscheinprüfung bestanden! Sie hat uns heute mit meinem Auto hergefahren.“ Er klang stolz. Und das ärgerte mich irgendwie. Außerdem war das Ganze sowieso mein Reizthema. Und ausgerechnet Kilian brachte es jetzt aufs Tablett.

„Ich habe meinen Test mit null Fehlern bestanden. Und bei der praktischen Fahrprüfung hat sich der Prüfer gar nicht mehr eingekriegt. Er meinte, er hatte schon ewig keine so talentierte Autofahrerin mehr“, brüstete sich Daniela. Und schon war mir wieder klar, warum ich sie nicht mochte. „Jetzt darf ich endlich auch fahren. Ich bin so froh! Das ist so ätzend die ganze Zeit mit Bus und Fahrrad. Autofahren ist das Allercoolste am 18-Sein, oder?“

Jetzt kam also doch die Stunde der Wahrheit. Und sie war natürlich die beste Autofahrerin der Welt. Schon klar. Oder hast du was anderes erwartet, Ella? Schließlich ist sie Superwoman.

„Also, naja, das kann ich nicht beurteilen. Ich habe meinen Führerschein noch nicht.“

„Aber du bist doch schon seit Monaten 18. Hast du nicht sogar mit Kilian am selben Tag Geburtstag?“, fragte sie.

„Ja, hab´ ich. Aber ich habe ein bisschen später angefangen …“

Nein ich will es nicht sagen. Aber es ist das einzig Richtige. Wen kümmert es schon, was die Schnepfe über mich denkt?!

„… und ich habe die praktische Prüfung beim ersten Mal nicht so toll hinbekommen.“

„Du bist durchgefallen?“ Sie sah mich pikiert an. Fehlte nur noch, dass sie die Nase rümpfte.

„Ja, so kann man das wohl sagen." Das war peinlich.

„Okayyyy. Kann ja nicht jeder so ein Naturtalent sein wie ich. Mit ein bisschen Übung schaffst du die Prüfung sicher beim nächsten Mal", meinte sie gönnerhaft.

Ich bereute sofort, es gesagt zu haben. Diese Hochnäsigkeit war so was von zum Kotzen. Und es war mir anscheinend doch nicht ganz egal, was sie von mir hielt. Ich nahm einen großen Schluck Wein. Und gleich noch einen. Der war allerdings zu groß. Ich verschluckte mich und bekam einen Hustenanfall. Das durfte einfach nicht wahr sein. Warum musste ich mich hier nur so zum Affen machen? Ich bekam keine Luft mehr und hustete und röchelte vor mich hin. Mir wurde ganz heiß im Gesicht, das mit ziemlicher Sicherheit krebsrot anlief.

Kilian fasste sich ein Herz und klopfe mir auf den Rücken.

„Geht´s?"

Endlich kam wieder Luft in meine Lunge und ich antwortete mit erstickter Stimme: „Ja, danke. Passt schon."

Er bugsierte mich zum nächsten freien Stuhl. Und ich setzte mich dankbar hin und stellte endlich dieses vermaledeite Weinglas ab.

Daniela sah leicht angewidert auf mich herunter, als hätte ich eine ansteckende Krankheit. Wahrscheinlich verschluckte Miss Perfect sich nie. Würde mich zumindest nicht wundern.

„Wo gibt´s hier eigentlich was zu trinken? Ich bin schon ganz ausgedörrt", richtete sich die Schnepfe an Kilian.

„Wenn es dir wieder gut geht, würden wir dich kurz alleine lassen und uns was zu trinken holen. Okay?", fragte er mich.

„Ja klar, kein Problem, alles Bestens! Amüsiert euch!", kam es aus meinem Mund. Ich hätte mir am liebsten auf selbigen geschlagen, konnte mich aber grade noch zurückhalten. Amüsiert euch? Was bitte war das denn? Wo kam das her? Aus einem Jane Austen Roman?

Kilian blickte mich kurz komisch an, verschwand dann aber mit seiner Dani Richtung Bar. Das war der Moment, wo ein Loch im Erdboden eine wirklich annehmbare Option gewesen wäre. Aber leider war der Rasen meiner Eltern akkurat gepflegt. Keine Löcher weit und breit.

„Mama, kannst du mir bitte irgendwas zu tun geben?“, quengelte ich.

„Was ist denn los? Ist dir langweilig?“ Sie sah mich fragend an.

„Mir ist grade was Peinliches passiert, und jetzt will ich mich einfach irgendwie ablenken. Also, was kann ich tun?“

„Soll ich weiter nachhaken?“ Sie zog ihre Augenbrauen nach oben.

„Nein!“

„Soll ich dir einen Tipp geben?“

„Nein.“

„Ich geb´ ihn dir trotzdem.“

„War ja klar.“

Meine Mutter seufzte. „Du wirst in deinem Leben noch in viele peinliche Situationen kommen. Das passiert jedem. Das ist kein Weltuntergang. Wichtig ist nur, wie du mit der Sache umgehst.“

„Das ist jetzt der Tipp? Oder verrätst du mir auch noch in deiner elterlichen Weisheit, wie man das umsetzt?“

„Am besten macht man das mit Humor. Wer über sich selbst lachen kann, hat es einfacher im Leben. Und es nimmt den anderen sofort den Wind aus den Segeln. Dann gibt es für sie entweder gar keinen Grund mehr zu lachen, oder sie lachen mit dir und nicht mehr über dich.“

„Ich versuche es mir fürs nächste Mal zu merken. Aber jetzt grade ist es schon zu spät“, schnaubte ich.

„Na dann würde ich sagen, schau doch mal wie das Buffet aussieht, und füll die Sachen auf!“

Ich streckte beide Daumen nach oben und war schon auf dem Weg. Obwohl der Tag sehr warm war, hatten die

Gäste anscheinend Hunger, denn viele der Platten und Schüsseln waren tatsächlich leer.

Ich lud mir in der Küche eine ganze Reihe von Tupperboxen auf und versuchte mit dem Rücken die Tür zur Terrasse aufzudrücken. Das funktionierte aber eher schlecht als recht – bis mir ein netter Mensch die Tür aufhielt. Es war Kilian. Innerlich stöhnte ich auf. Ich hätte gut eine kurze Pause gebrauchen können.

„Danke. Ich hab´ mir wohl ein bisschen zu viel mitgenommen."

„Willst du damit zum Buffet?" Er nahm mir einen Teil der Behälter ab.

„Ja, ich wurde mit dem Nachfüllen beauftragt." Dass ich mich aufgedrängt hatte um ihm zu entkommen, musste er ja nicht wissen. Letztendlich hatte es ja auch nichts gebracht. Er begleitete mich zu den Tischen, unter den extra für heute aufgebauten Pavillon. Als ich begann die Speisen nachzulegen, machte er ganz selbstverständlich mit.

„Alles in Ordnung bei dir?", richtete er das Wort an mich.

„Ja, warum fragst du?"

„Du hast vorher gesagt, dass wir uns amüsieren sollen. Das war irgendwie schräg."

Ich blickte schnell weg und beschäftigte mich intensiv mit dem Nudelsalat. „Nein, ich glaube nicht, dass ich das gesagt habe."

„Ich glaube schon. Und so was sagen eigentlich nur Omas." Er grinste.

Ich dachte an den Rat meiner Mutter: mit Humor nehmen! Aber wenn man schlagfertig sein wollte, dann klappte das natürlich nicht. Sei doch mal spontan! Sag was Witziges!

Mein Kopf war wie leergefegt.

„Dann würde ich sagen, siehst du hier die jüngste Oma der Welt. Es ist sozusagen ein Privileg, dass du überhaupt mit mir sprechen darfst", war das einzige das mir einfiel.

„Interessant. Und wo sind deine ganzen Enkelkinder, verehrte Großmutter?“

„Ach, die sind irgendwo drinnen beim Spielen. Denen war draußen zu heiß.“

„Sind es nicht vielleicht die vier, die sich da vorne auf dem Rasen eine Wasserschlacht liefern?“ Er deutete auf eine kleine Kinderschar, die sich auf der Wiese gegenseitig mit Wasserpistolen nass spritzte. Ich spielte mit und winkte ihnen zu. „Ach ja, da sind sie ja, meine kleinen Schnuckis.“

Nur leider war das mit dem Winken ein großer Fehler, denn ich hatte die Kids auf uns aufmerksam gemacht. Und sie waren bewaffnet. Und jetzt auf dem Weg zu uns. Zwei der Kinder waren mit mir verwandt. Die anderen beiden konnte ich gerade gar nicht zuordnen.

Und schon standen wir unter Beschuss. Ich versuchte mich unter den Tisch zu ducken, aber sie kamen von allen Seiten. Kilian erging es nicht besser. Wir ergriffen die Flucht und rannten über die Wiese. Hinter uns her die Kindermeute. Es war ein ungleicher Kampf. Wir hatten nichts, um uns zu verteidigen. Das wollte Kilian anscheinend ändern, denn er stoppte abrupt und versuchte einem Jungen seine Wasserpistole abzunehmen. Ich tat es ihm nach und probierte mir meine kleine Cousine Lena zu schnappen. Sie war vier Jahre alt und zuckersüß. Das hielt sie aber nicht davon ab, mich von oben bis unten nass zu spritzen. Ich stieß spitze Schreie aus und prustete vor Lachen. Endlich erwischte ich sie und kitzelte sie so lange durch, bis sie die Wasserpistole losließ. Als ich zum Gegenangriff ansetzen wollte, war das Wasser leer. Typisch. Kilian hatte mehr Glück. Er tollte mit den Kindern über den Rasen, lachte lauthals und rief ihnen immer wieder zu, dass er sie gleich voll erwischen würde. Mit seiner Waffe hatte er eindeutig mehr Erfolg als ich. Sie sah aus wie ein Weltraum-Maschinengewehr und besaß einen riesigen Tank. Aber ich sah genau, dass Kilian nicht richtig zielte, sondern die Kids nur ein bisschen an Armen und Beinen nass machte. Ich fand es schön, dass er Rücksicht auf sie nahm. Andersherum war das natürlich nicht der Fall. Und so waren sein schwarzes Shirt und seine Jeans auch schon ziemlich durchnässt.

Es kehrte ein kurzer Waffenstillstand ein, als schließlich alle am Brunnen nachladen mussten. Aber dann ging es munter weiter. Kilian stürmte nun auf Daniela zu, die sich gerade mit Sarah unterhielt. Schon von weitem schrie sie ihm zu, er solle sich unterstehen. Was bei anderen Mädels vielleicht Koketterie gewesen wäre, meinte Daniela todernst. Kein Lächeln kam über ihre Lippen. Ich war gespannt, was er jetzt machen würde. Ich hoffte, er würde sie nicht so leicht davonkommen lassen. Und ich wurde erhört. Sobald der erste Wasserstrahl sie traf, wurde sie furchtbar wütend. Sie beschimpfte ihn als kindisch und bezichtigte ihn, ihr Kleid ruiniert zu haben. Ich konnte das Geschehen allerdings nicht länger verfolgen, denn ich wurde nun von den kleinen Biestern umzingelt.

„Hilfe! Kilian, ich bin eingekreist!“, schrie ich lachend. „Ich brauche Verstärkung!“ Und tatsächlich ließ er sich nicht von dem Vorfall eben die Laune vermiesen und eilte heldenhaft an meine Seite. Plötzlich bog eines der Kinder mit Wasserbomben um die Ecke. Mir schwante Böses, aber ich konnte nichts mehr tun. Ein mit Wasser gefüllter Luftballon zerplatze mitten auf meiner Brust. Ein anderer an meinem Po. Jetzt war ich nicht nur ziemlich nass, sondern klatschnass. Kilian erging es nicht besser.

„Gnade!“, rief ich. „Wir hissen die weiße Flagge! Lasst uns Frieden schließen!“ Ich ließ mich ins Gras fallen und versuchte wieder zu Atem zu kommen. Die Kinder hatten ein Einsehen und suchten sich neue Opfer. Wahrscheinlich ihre Eltern. Kilian legte sich neben mich auf den Rasen.

„Puh, die haben ordentlich Feuer, deine Enkel.“

„Ganz die Großmutter“, triumphierte ich. Meine Bauchmuskeln taten schon weh vom vielen Lachen.

„Das hat Spaß gemacht!“, erwidert er.

„Ja, fand ich auch."

„Was war los bei deiner Führerscheinprüfung?", setzte er nach einer kurzen Pause an.

Das Thema würde mich noch bis an mein Lebensende verfolgen.

„Ich war aufgeregt und habe einen Radfahrer übersehen. Ich wollte grade bremsen, aber mein Fahrlehrer kam mir zuvor. Das war es dann mit der Prüfung."

„So was kann jedem passieren."

„Ja, ich weiß. Aber es ist mir passiert. Das ist mir total unangenehm. Fast jeder schafft die Prüfung beim ersten Mal."

„Und wenn schon. Es geht nicht um die anderen. Und wenn du zwei Anläufe brauchst, dann ist das eben so. Mach dir deshalb keinen Kopf!"

Ich war erleichtert, dass er nicht abfällig über die ganze Sache dachte. Und dass er mir Mut machen wollte, war wirklich süß.

„Wie läuft es mit dir und deinem Vater?", versuchte ich das Thema zu wechseln. Als sich sein Gesicht verfinsterte, bereute ich es sofort. „Wir müssen nicht darüber reden."

„Nein, schon gut. Es ist nicht wirklich einfacher geworden. Er hat mich mehr oder weniger gezwungen, mich für ein BWL-Studium einzuschreiben. Er würde mir sonst den Geldhahn zudrehen."

„Das ist ätzend."

„Ja, schon. Aber vielleicht habe ich diesen Tritt auch gebraucht. Ich habe mich eingeschrieben, aber mich sonst auch endlich ein bisschen umgesehen und versucht etwas zu finden, was mich anspricht." Er hielt kurz inne.

„Und? Hast du was gefunden?"

„Ich hab´ mir überlegt Sportwissenschaften zu studieren. Ich meine, ich mache gerne Sport – Surfen, Basketball, Fußball. Ich denke, das liegt mir. Und es macht mir Spaß. Ich habe mich also da auch mal eingeschrieben. Aber keine Ahnung, was ich später konkret mit dem

Studium machen will. Das hört sich jetzt irgendwie blauäugig an, oder?"

„Also blauäugig würde ich dich jetzt nicht gerade nennen." Ich sah ihm durchdringend in seine braunen Augen und grinste dann.

Als er verstand, was ich meinte, musste er lächeln. „Wie würdest du meine Augenfarbe dann nennen?"

„Schokoladenbraun." Das passiert, wenn man vor dem Sprechen nicht nachdenkt. Warum band ich ihm jetzt mitten auf die Nase, dass ich seine Augen toll fand?

„Das hört sich schön an. So hat sie noch niemand beschrieben." Wir sahen uns immer noch in die Augen. Flirtet er jetzt etwa mit mir? Ist das Flirten? Oder drehe ich jetzt schon komplett durch?

„Ja, ist mir spontan so eingefallen. Ich liebe Schokolade, deshalb sehe ich sie einfach überall", zerstörte ich den Moment. Falls es überhaupt je einen gegeben hatte. „Ich finde es gut, dass du dich auch für Sport eingeschrieben hast", redete ich sofort weiter. „Und die wenigsten, die studieren, wissen ganz genau, welchen Beruf sie später machen wollen. Außer Ärzte vielleicht. Aber da gibt es auch 1000 Fachrichtungen. Ich glaube, kaum einer weiß vorher schon, dass er Herz-Thorax-Chirurg werden will. Das kristallisiert sich dann eben mit der Zeit raus. Weil es ihm besonders Spaß macht, oder es ihm einfach liegt. Weil er vielleicht einfach gerne an narkotisierten Patienten rumschnippelt, weil man dabei nicht reden muss, oder so." Ich kam eindeutig ins Schwafeln.

„Ich denke, du siehst zu viel ‚Emergency Room'", bemerkte er grinsend.

„Erwischt", lächelte ich zurück.

„Ich weiß noch nicht, welche der zwei Optionen ich wirklich machen möchte", wurde er wieder ernst. „Ich warte jetzt mal auf die Zusagen. Aber mit meinem Notendurchschnitt von 2,0 müsste ich eigentlich bei beiden keine Probleme haben. Ich kann immer noch nicht glauben, dass wir jetzt mit der Schule fertig sind."

„Ja, wir haben beide das Fachabitur in der Tasche. Das ist krass. Und ziemlich cool."

„Weniger cool sind die nassen Klamotten."

Er hatte recht. Die Luft wurde langsam kühler, und unsere Körper waren auch nicht mehr aufgeheizt von der Wasserschlacht. „Am besten, wir gehen rein und trocknen uns ab. Keinen Bock auf eine Erkältung in den Sommerferien!", schlug ich vor.

Ich ging voraus und Kilian folgte. Daniela war nirgends zu sehen.

„Lass uns raufgehen", sprach ich über die Schulter, als ich sah, dass das Badezimmer im Erdgeschoss besetzt war.

Nico und ich hatten unser eigenes Bad. Dafür waren wir allerdings auch alleine für die Sauberkeit zuständig. Wir nahmen es damit nicht ganz so genau. Gerade heute hatten wir es nicht sehr ordentlich hinterlassen. Lockenstab und Co. lagen noch in der Gegend herum, und auf dem Boden war das ein oder andere Haar zu finden. Oder auch ein paar mehr. Ich nahm zwei frische Handtücher aus dem Schrank. Als ich mich umdrehte, zog Kilian sich gerade sein nasses T-Shirt aus. Völlig perplex stand ich da und rührte mich nicht mehr. Ich hatte ihn schon häufig beim Schwimmen oben ohne gesehen. Aber das war Jahre her. Und irgendwie hatte ich nicht damit gerechnet, dass er sich hier, vor mir, entblößen würde. Kilian hatte noch nicht bemerkt, wie ich ihn anstarrte.

Beweg dich, Ella! Mach irgendwas! Hör auf ihn anzuglotzen! Das ist unhöflich! Aber ich konnte einfach nicht aufhören. Er war wirklich attraktiv. Nichts als glatte Haut und ein paar Muskeln. Er hatte kein Sixpack, aber er war trainiert. In mir entstand der Wunsch ihn anzufassen. Über die glatte Haut zu streichen.

„Das T-Shirt ist nicht mehr zu retten. Aber ich glaube, die Hose lasse ich an, die trocknet so", er drehte sich um und hängte das Shirt über die Duschwand.

Mein Blick fiel auf seine Jeans. Genauer gesagt auf seinen Hintern in dieser Jeans. Und meine Gedanken machten sich selbstständig. Wie würde das Ganze wohl aussehen, wenn er die Hose nicht anlassen würde? Was trägt er für Unterwäsche? Weite Boxershorts? Einen Slip? Nein, auf keinen Fall. Bestimmt eine dieser engen Boxershorts-Modelle, keine Ahnung, wie man die nennt.

Mein Herzschlag beschleunigte sich. Kilian drehte sich um. Und sah, wie ich ihn immer noch anglotzte. Seine Augen weiteten sich kurz, als er bemerkte, was ich da eigentlich tat. Und dann wurden sie eine Nuance dunkler. Oder bildete ich mir das ein? Nein, irgendwo hatte ich gelesen, dass sich die Pupillen bei Erregung weiteten. Bei Erregung? Ella, du spinnst doch! Was soll das hier werden? Warum ist mir plötzlich so heiß?

„Ist da ein Handtuch für mich dabei?“, fragte er, blickte dabei aber nicht auf die Handtücher, sondern auf meine Brüste. Als ich das ebenfalls tat, durchfuhr mich ein Schreck, weil das Top an der schulterfreien Seite ein gutes Stück heruntergerutscht war und man jetzt freien Blick auf meinen schwarzen Spitzen-BH hatte, inklusive erigierter Brustwarze. Panisch zerrte ich das Top nach oben, drückte ihm ein Frotteetuch in die Hand und verließ mit den genuschelten Worten „Ich hole ein T-Shirt von meinem Vater“ den Raum. Schnell schloss ich die Tür und lehnte mich daneben an die Wand. Ich wollte erst mal zur Ruhe kommen. Was war das denn grade gewesen? Kilian ist nur ein Freund. Warum löst er dann so etwas in mir aus? Vielleicht war das aber auch ganz normal. Ein halbnackter Mann. Hormone. Das hatte überhaupt nichts mit ihm persönlich zu tun. Ich war schon längst über ihn hinweg. Mein Körper hatte mich gerade hinterrücks verraten. Aber steife Brustwarzen bekam man auch, wenn es einen fror. Mir war zwar immer noch ganz heiß, trotz nasser Klamotten, aber das konnte Kilian ja nicht wissen.

Ich eilte ins Ankleidezimmer meiner Eltern und

schnappte mir das erstbeste T-Shirt, das ich finden konnte. Es war weiß und schlicht. Ich war in diesem Moment froh, dass mein Vater überhaupt etwas anderes besaß als Hemden. Vor der Badezimmertür hielt ich noch einmal inne. Mein Herzschlag war wieder einigermaßen im normalen Bereich. Ich würde da jetzt einfach ganz lässig reinmarschieren und so tun, als wäre nichts gewesen. Es war ja auch nichts. Ich hatte ihn nur ein bisschen angestarrt und ihm meine Nippel in Spitzenunterwäsche gezeigt. Das macht man unter Freunden so. Kein Grund zur Panik! Augen zu und durch!

Also rauschte ich ins Bad, hatte allerdings nicht damit gerechnet, dass Kilian direkt hinter der Tür stand. Wahrscheinlich wollte er gerade sehen, wo ich blieb. Ich rauschte also nicht nur ins Bad, sondern auch mit vollem Schwung in ihn hinein. Wir schwankten beide kurz und klammerten uns aneinander fest, um nicht zu fallen.

„Hey, nicht so stürmisch“, raunte er und hielt mich sanft an den Armen fest. Eigentlich hätten wir jetzt loslassen können. Wir standen wieder sicher. Aber keiner von uns ließ los. Plötzlich lagen meine Hände auf seinem Rücken, und ich erkundete vorsichtig die nackte Haut. Das T-Shirt hatte ich fallengelassen. Ich schloss die Augen und atmete seinen Duft ein. Er roch ganz leicht nach Parfüm. Irgendwas mit Zeder. Ich liebte diesen Geruch. Ich hatte ein Kissen, das mit Zedernholz gefüllt war, und mit dem ich wunderbar einschlafen konnte. Aber nach Schlafen war mir gerade gar nicht. Er roch vertraut und einfach nur wahnsinnig gut. Als ich die Augen wieder öffnete war sein Gesicht ganz nah vor meinem. Er fuhr mit einer Hand meinen Arm entlang nach oben und legte sie auf meine Wange. Wir sahen uns an und alles was ich mir in diesem Moment wünschte, war ihn zu küssen. Und in seinen Augen las ich dasselbe. Also schloss ich meine Lider wieder und wartete auf diesen Moment, den ich schon so unglaublich lange herbeigesehnt hatte. Wartete darauf, dass endlich seine weichen Lippen meine berühren würden. Mein ganzer Körper stand unter Spannung. Jede Zelle war auf Kilian ausgerichtet.

„Kilian? Kilian, wo steckst du?“

Wir fuhren auseinander. Daniela war im Haus und suchte offensichtlich nach ihm. In mir herrschte ein einziges Gefühlsdurcheinander. Ich war enttäuscht, unbefriedigt, erschrocken und fühlte mich ertappt. Kilian schien es ähnlich zu gehen. Er trat einen Schritt zur offenen Tür und schrie in den Flur „Ich bin im Bad mich abtrocknen. Ich komme sofort runter.“

Dann kam er zurück und sah mich unschlüssig an. Er wirkte verwirrt.

„Hier.“ Ich streckte ihm das T-Shirt von meinem Vater entgegen, das ich aufgehoben hatte. Er zog es sich mit fahrigen Bewegungen über.

„Ich … ich muss gehen“, stammelte er.

Aber ich wollte ihn nicht gehen lassen. Ich wollte noch etwas sagen. Irgendetwas. „Schreibst du mir, für welchen Studiengang du dich entschieden hast?“, kam mir als erstes in den Sinn.

Erleichtert über dieses unverfängliche Thema lächelte er mich an. „Ja, das mache ich.“

„Was meinst du wäre passiert, wenn sie nicht nach ihm gerufen hätte?“, fragte Jennifer. Ich musste mit irgendjemandem zusammen meine Gefühle sortieren. Alles war durcheinandergeraten. Also hatte ich mir das Festnetztelefon aus dem Wohnzimmer geholt und Jen angerufen.

„Dann hätten wir uns geküsst.“ Da war ich mir sicher.

„Das ist echt der totale Wahnsinn! Und du dachtest, er will nichts von dir!“

„Er will auch nichts von mir. Er ist mit Daniela zusammen. Das eben war so eine komische Hormon-Sache.“

„Komische Hormon-Sache? Das war total romantisch!“ Jen hatte diesen schmachtenden Tonfall wirklich drauf.

„Du siehst überall nur Romantik. Was war daran bitte romantisch?“

„Ihr wurdet von euren Gefühlen übermannt. Ihr habt euch umarmt. Und das Beste: Er hat seine Hand an deine Wange gelegt! Das kenn ich bis jetzt nur aus Filmen und Büchern. Hach. Schade, dass ich nicht dabei war.“

„Äh, nein. Nicht wirklich.“

„Ihr wurdet also nur von dieser Trulla aufgehalten“, stellte Jennifer fest.

„Auf der einen Seite hasse ich sie wirklich dafür, dass sie uns gestört hat. In diesem Moment wollte ich ihm einfach nur nah sein. Aber wenn ich länger darüber nachdenke – wohin hätte das geführt? Er hätte sie betrogen. Das wäre wirklich schrecklich und widerlich gewesen, auch wenn ich sie nicht leiden kann. Wahrscheinlich wäre es super peinlich geworden, und wir hätten es verheimlichen müssen. Und er wäre wieder zu ihr zurück. Auch wenn es mir schwerfällt, aber ich glaube, es war gut so.“

„Und ich glaube das gar nicht. Ich bin mir sicher, dass er etwas für dich empfindet. Ihr versteht euch so gut. Bei der Wasserschlacht hatte er Spaß mit dir und nicht mit ihr. Sie passt überhaupt nicht zu ihm. Vielleicht hat er das noch nicht erkannt, aber ich bin mir sicher, das wird er noch. Achtung, ich zitiere …“

„Das ist unabwendbar. Aber danke, dass du jetzt schon Vorwarnungen gibst. Sorry, ich hab´ dich unterbrochen. Du zitierst also …“

„Kein Hindernis aus Stein hält Liebe auf. Was Liebe kann, das wagt sie auch.“

„Sehr melodramatisch. Shakespeare?“

„Fast. Eine etwas abgewandelte Version aus Romeo und Julia mit Leonardo DiCaprio und Claire Danes. Die sind wirklich ein absolutes Traumpaar. Hach. Leider nur im Film. Aber noch besser würden eigentlich Leo und Kate

Winslet zusammenpassen."

„Wenn du meinst."

„Ja, aber ich glaube, Ella und Kilian wären auch ein wirklich gutes Paar."

„Ja, vielleicht wären sie das. Aber da wird nichts draus. Und jetzt lass uns besser das Thema wechseln, bevor ich doch noch anfange zu heulen!"

„Okay. Dann lass uns über das Studium sprechen. Hast du was gehört?"

„Nein. Ich warte jeden Tag auf die Antwort der Fachhochschule. Ich mache schon die ganze Familie wahnsinnig, weil ich dauernd frage, ob die Post schon da war, und ob was für mich dabei war. Das ist so nervenaufreibend. In der einen Minute denke ich, dass meine Mappe super gut ist. Und dass es eigentlich keinen Grund gibt, mich nicht aufzunehmen. Und in der anderen Minute glaube ich, dass ich alles falsch gemacht habe und frage mich, warum ich dieses statt jenes Foto eingereicht habe."

„Hast du das Bild von Kilian eigentlich jetzt in die Mappe getan oder nicht?

„Ja, habe ich. David hat so lange auf mich eingeredet. Er meinte, es würde echte Emotionen transportieren."

„Er hat Recht."

„Ja, und er weiß gar nicht wie sehr. Oder ich glaube, er weiß es doch. Ich wollte es eigentlich nicht einreichen. Es ist so persönlich. Er hat es nicht mal selbst gesehen. Und ich konnte ihn unmöglich fragen. Ich konnte es ihm nicht zeigen. Ich hatte Angst, er würde alle meine Gefühle herauslesen."

„Wahrscheinlich hätte er nur gesagt: ‚Hey, cooles Foto von mir', und ihm wäre überhaupt nichts aufgefallen. Er ist schließlich keine zartbesaitete Künstlerseele."

„Ja, du hast Recht. Aber das Risiko war mir zu hoch."

„Ich finde, wenn er dir schon keinen Kuss schenkt, dann kann er wenigstens deine Eintrittskarte zum Studium sein."

„Ich weiß nicht, was ich tun soll, wenn sie mich nicht nehmen."

„Sie werden dich nehmen. Denn du hast Talent. Die können gar nicht anders, wenn sie deine Arbeiten sehen."

„Schön, dass wenigstens eine von uns diese Zuversicht hat", schnaufte ich. „Ich beneide dich echt ein bisschen, dass du deine Zusage für das Tourismusmanagement-Studium schon bekommen hast. Du weißt jetzt schon genau, wie es für dich im Herbst weitergeht."

„Ich freue mich schon riesig! Ich hoffe, dass mir das Studium dabei hilft die Welt zu entdecken. Und auch meine Wurzeln. Naja, dabei hilft mir ja erst mal meine Mama." Seit ein paar Monaten hatte Jen den ausgeprägten Wunsch nach Indien zu reisen. Sie wollte sehen, wie das Land so war, aus dem ihr Vater stammte. Auch wenn sie kein Bedürfnis verspürte nach ihm zu suchen. Das erstaunte mich. Wer weiß, vielleicht bereute er heute, ihre schwangere Mutter damals sitzengelassen zu haben. Wenn ich nicht wüsste, wer mein Vater wäre, würde ich ihn zumindest einmal treffen wollen. Nur um zu sehen wie er spricht und mir seine Mimik und Gestik anzuschauen. Aber Jennifer war glücklich ihren Stiefvater zu haben. Ihre Mutter hatte ihn kennengelernt als Jen zwei Jahre alt war. Für sie war er ihr Papa, und sie liebte ihn genauso wie ihren 14-jährigen Halbbruder. Ihre Mama wollte Jennifer den Wunsch nach Indien zu reisen erfüllen. Sie hatte für die Semesterferien im März eine Rundreise gebucht – für sich und ihre Tochter.

„Ich freu´ mich wirklich sehr für dich, der Indien-Trip wird bestimmt der Hammer! Und es ist genial, dass das mit dem Studienplatz bei dir geklappt hat." Und das meinte ich ehrlich. Natürlich war ich ein bisschen neidisch, aber nicht, weil ich es ihr nicht gönnte. Ganz im Gegenteil. Bei mir blieb es eben noch ein bisschen spannend.

KAPITEL 4
Jahr: 2003
Alter: 20

Beim fünften Freizeichen nahm endlich jemand ab.

„Lorenz."

„Hallo Mama, hier ist Ella!"

„Ella! Hallo mein Schatz. Wie geht es dir? Wo bist du gerade?"

„Ich bin in Madrid am Bahnhof, in einer Telefonzelle. Wir warten auf den Zug nach Barcelona. Spanien ist wirklich toll. Ich bin verliebt in Tapas. Vielleicht wäre das auch mal was für dein Sommerfest. Wie laufen denn die Vorbereitungen?" Ich drückte den Telefonhörer fester an mein Ohr, die Verbindung war schlecht.

„Das Wetter ist grauenvoll. Es regnet schon den ganzen Tag, und es soll auch nicht aufhören. Das ist bestimmt ein Zeichen! Du bist das erste Jahr auf der Feier nicht dabei, und es regnet. Ich kann es immer noch nicht glauben, dass du nicht hier sein wirst. Mein Mädchen. Fährt in der großen, weiten Welt herum. Ganz allein." Die Stimme meiner Mutter klang wehmütig und besorgt.

„Ich bin nicht allein, Mama, sondern unterwegs mit Jennifer. Und ich bin mir ziemlich sicher, dass mein Fernbleiben nichts mit dem Wetter zu tun hat. Eher was mit Wahrscheinlichkeiten. Schließlich war es die letzten Jahre fast immer schön."

„Ich will auch mal mit ihr sprechen", hörte ich im Hintergrund meine Schwester rufen.

„Nico will dich gleich auch noch sprechen. Ist sonst alles gut? Hast du noch genügend Geld?"

„Ja, alles gut."

„Und ihr seid immer schön vorsichtig, du und Jennifer? Ihr bleibt immer zusammen!"

„Ja, wir sind vorsichtig. Wirklich, Mama. Es ist alles wunderbar."

„Gut, dann gebe ich dich jetzt mal weiter. Noch eine schöne Reise weiterhin. Papa ist grade noch Besorgungen machen, aber ich gebe dir Nico."

„Tschüss Mama, bis bald. Die Party wird auch im Haus bestimmt der Knaller."

„Hey, Schwesterlein. Wo treibst du dich rum?"

„In Madrid. Wir fahren gleich weiter nach Barcelona und danach über Frankreich nach Italien."

„Ich beneide dich echt. In Spanien wäre ich jetzt auch gerne. Und – schon einen rassigen Südländer an der Angel?"

„Bis jetzt noch nicht, aber mal sehen, was die Reise noch so bringt."

„Interrail war echt eine spitzen Idee von Jen. Sag´ ihr schöne Grüße!"

„Mach ich."

„Weißt du schon die neueste Neuigkeit von Kilian?"

Nein. Ich hatte schon seit ein paar Wochen nichts von ihm gehört. Seit dem Sommerfest vor zwei Jahren hatte sich zwischen uns so etwas wie eine SMS-Freundschaft entwickelt. Er hatte Wort gehalten und mir berichtet, dass er sich entschieden hatte doch BWL zu studieren. Seitdem lieferten wir uns ein- bis zweimal im Monat Wortgefechte per Kurznachrichten. Wir schrieben oftmals einen ganzen Abend lang hin und her. Aber nie nahm einer von uns den Hörer in die Hand und rief den anderen an. Als hätten wir eine geheime Absprache getroffen, dass wir die Distanz der SMS nutzen würden um in Kontakt zu bleiben, unsere Freundschaft aber nie wirklich zu vertiefen. Oder besser: nie wirklich greifbar zu machen. Aber die letzte Nachricht von ihm war tatsächlich schon länger her. Ich hatte mir nichts dabei gedacht, da Semesterferien waren, und jeder unterwegs oder im Urlaub war. Ich genoss mein Fotografie-Studium in vollen Zügen, aber die Prüfungsphase war immer extrem anstrengend. Auch ich war froh über eine Sommerpause. „Nein, keine Ahnung. Erzähl!“

„Er ist nach Australien abgehauen!“

„Was meinst du damit? Er macht in Australien Urlaub?“

„Nein. Er hat keinen Bock mehr auf sein Studium und will sich eine Auszeit nehmen. Ist Hals über Kopf aufgebrochen. Will den ganzen Tag surfen und den Kopf frei kriegen. Fragt sich nur wovon?! Ursula ist voll im Schock. Und Tom ist total ausgeflippt. Sarah hat mir erzählt, dass die Stimmung bei ihnen zu Hause aktuell unter dem Gefrierpunkt liegt. Eiszeit sag ich da nur.“

„Das ist echt heftig. Er hat mir gar nichts gesagt.“ Ich spürte einen Stich.

„Da bist du nicht die einzige. Scheint so, als stand Dani letzte Woche bei seinen Eltern auf der Matte und hatte auch keinen Schimmer, dass ihr Liebster nach Down Under abgezischt ist.“ Nico klang ein kleines bisschen gehässig. Und auch ich war nicht erhaben über dieses Gefühl. „Wow. Das kann ich mir gar nicht vorstellen, dass er so was macht. Da muss doch irgendetwas passiert sein.“ Das klang alles ziemlich unüberlegt.

„Nicht, dass ich wüsste. Wahrscheinlich war es eine Kurzschlussreaktion, und zu Semesterbeginn ist er wieder zu Hause.“

„Wahrscheinlich …" Ich war total perplex. Was war nur in ihn gefahren? „Ich muss jetzt leider aufhören, Nico. Mein Kleingeld ist gleich aus."

„Alles klar. Dann mach´s gut, Ella! Und komm wieder heil nach Hause! Wir werden dich heute auf dem Sommerfest vermissen!"

„Ich vermiss euch auch!"

Jennifer saß am Bahnsteig und hatte auf unsere beiden riesigen Rucksäcke aufgepasst.

„Wir haben noch ein bisschen Zeit. Wollen wir uns da drüben in das Café setzen, bis der Zug kommt?", fragte sie mich.

„Ja klar, lass uns das machen!"

Wir wuchteten unser Gepäck hoch und ergatterten den letzten freien Platz. Wir bestellten uns Churros – frittierte Teigstangen, die man in Kaffee tunkt. Eine spanische Spezialität, die wir in den letzten Tagen schätzen gelernt hatten.

„Na, alles in Ordnung bei deiner Familie?", fragte Jen.

„Ja, alles klar. Sie bereiten im Moment das Sommerfest vor, aber leider regnet es. Ein bisschen wehmütig bin ich schon, dass ich heute nicht dabei sein kann. Weil es das erste Mal ist. Aber ich denke, eine Pause ist gar nicht so schlecht. Dann freue ich mich nächstes Jahr umso mehr darauf. Und ich bin so froh, dass wir diese Reise zusammen machen."

„Ich auch!"

„Nico hat mir Neuigkeiten von Kilian erzählt." Mit diesem Satz hatte ich ihre gesamte Aufmerksamkeit. Sie dachte ja immer noch, dass wir beide ein verhindertes Pärchen waren, das irgendwann den Weg zueinander finden würde. Total lächerlich. Ich war wirklich froh, dass wir gute Freunde geworden waren. Wenn auch SMS-Freunde. Aber nur, weil wir nicht telefonierten und uns fast nie sahen, war unsere Freundschaft nicht weniger wert. „Er ist nach

Australien abgehauen, ohne jemanden etwas zu sagen. Nicht mal Daniela. Er will wohl surfen und den Kopf freibekommen“, erklärte ich Jen, was ich gehört hatte.

„Was? Er hat sein Studium geschmissen?“ Sie sah mich entsetzt an.

„Keine Ahnung! Ich denke, er hat es nur unterbrochen. Aber er hat darüber kein Wort verloren. Ich hab´ ein bisschen länger nichts von ihm gehört, aber mir nichts dabei gedacht. Ich bin echt eine miese Freundin! Bei ihm ist irgendwas Krasses los, und ich habe keinen Schimmer davon.“

„Du bist keine schlechte Freundin. Und ich weiß das aus sicherer Quelle“, beruhigte mich Jennifer. „Vielleicht war das eine Kurzschlussreaktion?“

„Ja, das meinte Nico auch. Aber ich muss wissen, was da los ist und wie es ihm geht!“ Ich zog mein Handy aus einer der vielen Seitentaschen meines Trekkingrucksacks. SMS aus dem Ausland zu verschicken war wirklich extrem teuer. Aber das hielt mich nicht davon ab, Kilian sofort eine Nachricht zu schreiben: „Was ist los bei dir? Geht es dir gut? Ich mache mir Sorgen! Bist du wirklich in Australien?“

Ich rechnete nicht mit einer schnellen Antwort. Aber schon nach wenigen Minuten piepte mein Handy.

„Es geht mir gut. Du brauchst dir keine Sorgen zu machen. Das Ganze ist eine längere Geschichte. Und SMS aus Australien sind ziemlich teuer ;-) Ich schick´ dir eine E-Mail.“

„Wir müssen dringend in ein Internetcafé!“, meinte ich sofort zu Jennifer.

„Was hat er denn geschrieben?“ Sie sah mich neugierig an.

„Dass es ihm gut geht und er mir alles in einer E-Mail erklärt. Wir sollten zahlen. Wo ist denn der Kellner? Der war schon ewig nicht mehr an unserem Tisch.“ Ich sah mich hektisch um. Ich war angespannt und wollte am liebsten sofort wissen, was bei Kilian los war, und wie es ihm wirklich ging. Denn, dass alles in Ordnung war, konnte nach dieser Hauruck-Aktion ja wohl kaum wahr sein.

„Ganz ruhig! Erstens geht unser Zug gleich. Vorher schaffen wir es also sowieso nicht an einen Rechner mit Internetzugang. Und außerdem muss er seine E-Mail ja auch erst mal schreiben." Jen sah mich an, als wäre ich ein kleines Kind, dem man versuchte etwas Kompliziertes zu erklären.

„Du hast Recht. Ich will nur wissen, wie es ihm geht. Ich sollte mich beruhigen. Es ist ja nichts Schlimmes passiert. Hoffentlich."

„Das glaube ich auch. Sonst wären seine Eltern ja wohl kaum wütend auf ihn."

„Wahrscheinlich hat es etwas mit dem Studium zu tun. Er war sich ja nie ganz sicher, ob er die richtige Wahl getroffen hat. Oder ob er doch lieber Sportwissenschaften studieren hätte sollen. Aber sein Vater hat ihn immer unter Druck gesetzt. Und man will seinen Eltern ja auch gefallen. Ich glaube, er hat sich letztendlich doch ihm zuliebe für Betriebswirtschaft entschieden. Und jetzt bereut er es wahrscheinlich."

„Aber dann gleich nach Australien abzuhauen? Ist ja auch nicht wirklich eine Lösung. Er kann doch immer noch das Studium wechseln. Dann hat er zwar vier Semester verloren, aber bevor er damit unglücklich ist …"

„Ja, klar kann er das. Aber er hat aktuell immerhin schon die Hälfte des Studiums rum. Das ist schon ein großer Schritt, jetzt noch mal zu wechseln. Und seine Eltern werden ihn dabei wahrscheinlich nicht unterstützen. Das heißt, er stünde ohne Geld da."

„Und wie macht er das jetzt ohne Geld in Australien?"

„Das ist eine der tausend Fragen, die mir unter den Nägeln brennen. Ich bin wirklich extrem gespannt auf seine Mail."

„Jetzt sollten wir aber echt langsam los, sonst fährt der Zug ohne uns ab. Barcelona, wir kommen!" Jennifer reckte ihre Faust in die Luft und schmetterte eine Fanfare. Endlich blickte auch der Kellner zu uns herüber und registrierte, dass wir zahlen wollten. Ich musste lachen und ließ mich von ihrem Enthusiasmus anstecken. Es brachte sowieso nichts noch weitere Mutmaßungen über Kilian und seine Beweggründe anzustellen. Ich musste seine E-Mail abwarten. Also: Jetzt wieder zurück in den Urlaubsmodus.

Der Zug war proppenvoll. Wir bekamen keinen Sitzplatz und machten es uns deshalb, an unsere Rucksäcke gelehnt, im Gang auf dem Boden einigermaßen bequem.

„Das ist ja fast so schlimm wie in Indien", zeterte Jen. Von der Reise, die sie im März mit ihrer Mutter unternommen hatte, war sie mit vielen Eindrücken zurückgekehrt – guten und schlechten. Volle Straßen und Verkehrsmittel gehörten zu den weniger guten. Ihr Fazit nach dem Urlaub war eindeutig ausgefallen: „In mir steckt höchstens zu 20 Prozent eine Inderin. Dass ich zur Hälfte indische Gene haben soll, kann einfach nicht stimmen!"

Sie fühlte sich durch und durch als Europäerin, auch wenn das asiatische Land und die Kultur sie tief beeindruckt und auch begeistert hatten. Ihr exotisches Aussehen war allerdings nicht wegzudiskutieren, genauso wenig wie ihre Vorliebe für extra scharfes Essen.

Wir vertrieben uns die Fahrzeit damit zu lesen. Jennifer war ganz in ihren Liebesroman versunken, während ich mich durch einen etwas langatmigen Krimi quälte. Nach einiger Zeit gab ich auf. Ich erhob mich und ging ein bisschen im Gang auf und ab, um mir die Beine zu vertreten. Als ich aus dem Zugfenster sah und die Landschaft an mir vorbeirauschte, wanderten meine Gedanken wieder zu Kilian zurück.

Es war ein komisches Gefühl ihn am anderen Ende der Welt zu wissen. So unerreichbar. Auch wenn wir fast immer nur per SMS kommuniziert hatten, hätte ich ihn doch jederzeit besuchen können. Oder anrufen. Er war nicht ganz greifbar, aber trotzdem immer noch in meiner Nähe. Das jetzt, fühlte sich nach einer Trennung an. Dabei war das totaler Unsinn. Egal wie lange er in Down Under blieb, wir konnten uns genauso gut E-Mails schreiben. Es würde sich doch eigentlich nichts ändern? Warum fühlte es sich dann so an?

KAPITEL 5
Jahr: 2005
Alter: 22

Ich stand vor dem Spiegel in meinem alten Zimmer und sah mich an. Mittlerweile war ich – dank Nicos Unterricht – auch selbst in der Lage meinem Gesicht mit ein bisschen Schminke mehr Glanz zu verleihen. Heute mit Hilfe von ein wenig goldenem Glitzerpuder. Meine langen, braunen Haare hatte ich zu einem Pferdeschwanz zurückgebunden. Ich trug eine schwarze Jeans und ein T-Shirt in olivgrün mit einem Adler auf der Vorderseite, der aus goldenen Glitzersteinen bestand. Ich war ganz zufrieden mit meiner Aufmachung. Auch wenn ich mir einen flacheren Bauch und schlankere Schenkel gewünscht hätte. Ich zog mir meine Lippen mit glänzendem Lipgloss nach. Es war schön, wieder für ein paar Tage in meinem Elternhaus zu sein. Endlich wieder mehr Platz, als in dem winzigen Zimmer im Studentenheim. Die Stadt, in der ich studierte war etwa 250 Kilometer entfernt. Keine Strecke, die ich sehr häufig überwand. Ich freute mich heute sehr auf das Sommerfest. Ich war absolut begeistert vom diesjährigen Motto

„Indien“, inspiriert von Jennifer. Ich hatte sie mit dem Einverständnis meiner Mutter eingeladen auch zu kommen, aber wie fast jedes Jahr, feierte ihr Bruder heute seinen Geburtstag. Wir hatten den Garten den ganzen Tag mit orientalischen Laternen, bunten Tüchern und bestickten Kissen in einen Bollywood-Traum verwandelt. Die Farben pink, orange und rot dominierten und machten einfach gute Laune.

Das Catering wurde von einem indischen Restaurant übernommen, und mir lief jetzt schon das Wasser im Mund zusammen, wenn ich an die Samosas und Mango-Lassis dachte, die ich mir heute noch einverleiben würde. Das Wetter war herrlich, alle Zeichen standen also auf grün für einen wunderbaren Abend.

Und es gab noch ein Highlight: Nach fast drei Jahren würde ich Kilian endlich wiedersehen. Erst seit einer Woche war er aus Australien zurück. Er hatte seine Zelte dort abgebrochen und zog wieder in die alte Heimat. Wir hatten schon ein paar SMS ausgetauscht, die ersten, seit er vor zwei Jahren nach Australien verschwunden war. Seitdem hatten wir uns nur noch per E-Mail ausgetauscht. Den Anfang hatte die Nachricht gemacht, in der er mir sein überstürztes Verschwinden erklärt hatte. Es war tatsächlich eine Kurzschlussreaktion gewesen. Er hatte damals in seinem BWL-Studium festgesteckt und sich absolut unglücklich gefühlt. Er hatte den Studiengang wechseln wollen, aber sein Vater hatte sich quergestellt. Auch seine Beziehung zu Daniela war schon lange nur noch am Dahintröpfeln gewesen. Er hatte das dringende Bedürfnis gehabt, von all dem wegzukommen. Also hatte er beschlossen sich ein Urlaubssemester zu nehmen und sich einen Traum zu erfüllen: Surfen in Australien. Er war mit seinem Brett schon an vielen Stränden der Welt unterwegs gewesen. Aber die Heimat der Kängurus und Kiwis zog ihn magisch an. Also hatte er sein ganzes Erspartes zusammengekratzt und war in einer Nacht- und

Nebelaktion verschwunden, ohne sich zu verabschieden. Er hatte in Australien gejobbt – als Surflehrer für Touristen und als Kellner in einer Strandbar. Nach einem Jahr hatte er sich dann entschlossen, sein Studium dort weiterzuführen. Zwischen Palmen und Wombats. Und jetzt war er zurück. Und ich sehnte mich danach ihn endlich einmal wieder persönlich zu treffen. So sehr ich unsere E-Mail- und SMS-Konversationen liebte, vermisste ich es doch, ihn bei unseren Gesprächen zu sehen: sein Gesicht, sein Lächeln, seine Reaktionen.

Als ich in den Garten trat, waren noch keine Gäste da. Ich setzte mich zu meiner Mutter an einen der vielen Tische mit Bodenkissen und Sitzsäcken.

„Du siehst hübsch aus, mein Schatz“, begrüßte sie mich.

„Danke, du aber auch.“

Meine Mama hatte sich passend zum Thema in einen roten Sari gehüllt. Zu ihren blonden langen Haaren sah das exotische Kleidungsstück noch ungewöhnlicher aus.

„Willst du auch ein Bindi?“ Sie reichte mir einen Bogen mit ornamentalen Stickern, die man sich auf die Stirn zwischen die Augen kleben konnte. „Es ist ein Geschenk von der Familie, die das Catering für uns gemacht hat.“

Ich entschied mich für ein grünes Bindi mit goldenen Elementen.

„Klebst du es mir auf?“, fragte ich sie.

„Natürlich, komm her zu mir!“ Sie drückte mir den Aufkleber sanft zwischen die Brauen, dann sah sie mir in die Augen. Es war dieser forschende Blick, den nur Mütter draufhatten. Als würden sie dir damit direkt in deine Seele schauen.

„Geht es dir gut?“ Sie brach den Blickkontakt immer noch nicht ab.

„Ja, Mama, mir geht es gut. Das Studium läuft wunderbar. Ich habe meinen Abschluss so gut wie in der Tasche. Ich muss nur noch meine Diplomarbeit schreiben.“

„Ich weiß, dass dein Studium gut läuft. Und das ist fantastisch. Aber was ist mit der Liebe?“

„Was soll damit sein?“

„Gibt es denn niemanden mit dem du dein Leben gerne teilen möchtest, zumindest eine Zeit lang?“

Die Frage kam nicht unerwartet. Meine Mama machte sich Sorgen um mein Liebesleben, das tat sie schon seit einiger Zeit. Aber etwas war neu. Das Gesicht, das vor meinem inneren Auge aufblitzte. Es war Kilians Gesicht. Aber Kilian war ein Freund. Ich wollte doch mein Leben nicht mit ihm teilen. Gut, es gab da diese Verliebtheit als Teenager. Und diesen Moment im Badezimmer vor vier Jahren. Aber das war schon längst abgehakt. Zwischen uns hatte sich eine Freundschaft entwickelt, die mir wirklich wichtig war. Nicht mehr und nicht weniger. Mein Unterbewusstsein schien das allerdings ein wenig anders zu sehen.

„Ah, es gibt also jemanden“, schloss meine Mutter aus der Denkpause.

„Nein. Gibt es nicht. Naja, vielleicht. Es ist kompliziert.“

„Warum ist es kompliziert?“

„Weil ich diese Person schon lange kenne und wir Freunde sind.“ Ich hoffte, ich hatte nicht zu viel verraten. Ich wollte auf keinen Fall, dass sie wusste, dass es sich um Kilian handelte. Er war immerhin der Sohn ihrer besten Freundin. „Und eigentlich ist es gut so, wie es ist.“

„Bis auf das Wort ‚eigentlich‘“, bemerkte sie.

Ich seufzte. Es war gruselig, wie oft sie Recht hatte. „Hast du einen Rat für mich?“

„Naja, ich kenne die Hintergründe zu wenig. Aber ich denke, mit das Wichtigste im Leben ist es, auf sein Herz zu hören. Denn wenn man es ignoriert, hat das meistens negative Folgen.“

„Und wenn man nicht genau versteht, was einem sein Herz sagen will?“ Mich ließ es jedenfalls oft verwirrt zurück.

„Dann sollte man besser zuhören", entgegnete sie.

Ich stöhnte. Das brachte mich keinen Schritt weiter. Auf sich zu hören war ein absolut weiser Ratschlag. Aber auch wahnsinnig schwierig. Zumindest für mich. Entweder es sprachen ganz viele Stimmen auf einmal, oder es herrschte absolute Stille.

„Ah, da kommen die ersten Gäste." Meine Mutter stand mit einer Eleganz von ihrem Bodenkissen auf, die mir unbegreiflich war. Wie konnte man sich nur so grazil bewegen? Noch dazu mit diesen ellenlangen Beinen. Waren die einem nicht ständig im Weg? Ich schaffte das nicht mal mit meinen kurzen. Ich wuchtete mich aus der sitzenden Position hoch, und elegant wäre dabei wohl das allerletzte Wort gewesen, das einem Beobachter dazu eingefallen wäre. Dann ging ich hinter meiner Mama her um die Ankömmlinge zu begrüßen. Ich sah auf ihre schmalen Hüften, die sich sanft hin und her bewegten und seufzte. Bei so einer Mutter war es wirklich schwierig ein gesundes Selbstbewusstsein zu entwickeln. Ich hatte zumeist das Gefühl, in ihrem Schatten zu stehen. Sie war wunderhübsch, hatte eine top Figur, und klug war sie auch noch. Einem Vergleich konnte ich niemals standhalten. Aber jeder Mensch war eben anders. Ich musste endlich lernen auf mein Anderssein stolz zu sein. Und dieses Ideal aus dem Kopf zu bekommen. Denn ich war schließlich Schneewittchen. Und jeder weiß, dass der Prinz Schneewittchen so verfallen war, dass er sich sogar im vermeintlich toten Zustand in sie verguckte. Das muss Liebe sein! Und die gab es für mich auch. Ich musste sie nur finden. Oder besser gesagt ihn.

Ich hob den Blick und trat einen Schritt neben meine Mutter um zu sehen, wer schon eingetroffen war. Sie begrüßte gerade ganz herzlich Ursula. Sie war mit ihrer Familie wie immer eine der ersten. Neben ihr stand Kilian. Aber nicht der Kilian, den ich kannte. Es war ein braungebrannter Kilian, mit Locken, die ihm bis auf die Schultern hingen. Er steckte in einem engen Shirt, das über seinen Muskeln spannte und seine Arme waren von oben bis unten tätowiert. Er sah gut aus, bis auf die Tattoos. Obwohl … keine Ahnung. Aber die augenscheinlichste Veränderung war die: Er sah nicht mehr aus wie ein Junge, er sah aus wie ein Mann. Anders konnte ich es nicht beschreiben. Er kam auf mich zu und begrüßte mich mit zwei angedeuteten Küsschen auf die Wangen.

„Hey Ella, was geht ab?"

„Hi! Wow, du siehst anders aus!"

„Es ist auch schön dich zu sehen", machte er mich auf meine kleine Unhöflichkeit aufmerksam.

„Natürlich ist es schön dich zu sehen. Ich kann es gar nicht glauben, dass wir uns endlich wiedersehen! Du bist so braun. Jetzt siehst du wirklich so aus, wie man sich einen Surferboy vorstellt. Bis auf die fehlenden blonden Haare vielleicht", versuchte ich die Stimmung etwas aufzulockern. Irgendwie war er erstaunlich ernst, für seine Verhältnisse.

„Ich brauche dringend was zu trinken. Wir sehen uns später noch, ja?", überging er meinen Kommentar und machte sich ohne eine Antwort abzuwarten auf den Weg zur Bar. Ich stand völlig perplex da und fühlte mich wie bestellt und nicht abgeholt. Was war das denn? Hatte ich das gerade versaut? Gut, der Einstieg war vielleicht nicht so charmant, ich war eben überrascht gewesen. Aber in allererster Linie freudig überrascht. Das hatte ich doch dann auch noch rübergebracht, oder?

„Hi Ella!", riss mich Sarah aus meinen Gedanken.

„Hi. Schön dich zu sehen. Sag mal, was ist denn mit Kilian los?"

Sarah verdrehte die Augen. „Der Typ ist so mega anstrengend. Erst verzieht er sich für zwei Jahre nach Australien, dann kommt er zurück und hat eine Laune zum davonlaufen."

Ich hatte ihn nie launisch erlebt. Allerdings war das wohl

eine Gefühlsregung, die sich schlecht per geschriebenem Wort vermitteln ließ. In seinen Mails klang das zumindest nie an. Ich wollte unbedingt herausbekommen, was da los war. Aber zuerst musste ich noch mehr Gäste begrüßen, die nach und nach eintrudelten.

„Der spinnt wohl!“, ärgerte sich meine Schwester lauthals.

„Wer spinnt?“ Ich trat zu ihr. Sie stand mit Sarah an einem Stehtisch unter einem Pavillon, dessen Dach im Inneren komplett mit indischen Stoffen ausgekleidet war. Es roch nach Räucherstäbchen, die meine Mutter überall im Garten verteilt hatte. Die Dämmerung hatte bereits eingesetzt, sodass man die ersten orientalischen Laternen mit bunten Glaseinsätzen leuchten sah. Eigentlich war alles sehr stimmungsvoll. Nico hatte allerdings irgendetwas die Stimmung verhagelt.

„Kilian. Der hat sie echt nicht mehr alle.“

„Wieso, was ist denn passiert?“, fragte ich sie.

„Er ist mir so richtig blöd gekommen. Wir haben uns gerade über unsere Berufe unterhalten. Ich habe Sarah erzählt, dass ich nach meiner Ausbildung gerne als Maskenbildnerin beim Film arbeiten möchte. Und er hat sich einfach ins Gespräch eingemischt und mich angeblafft von wegen, ich hätte keine Ahnung von der richtigen Welt. Ich sollte mich nicht in Hirngespinsten verlieren. Im wahren Leben kann sowieso keiner das machen, was er wirklich will. Ist voll ausgetickt. Und richtig laut geworden. Ich wusste gar nicht, was ich sagen soll! Stell dir das mal bei mir vor! Und er hatte schon eine mega Fahne. Eindeutig zu tief ins Glas geschaut. Aber trotzdem. Das geht echt gar nicht.“

„Mein Bruder ist total neben der Spur“, fügte Sarah noch hinzu. Das allerdings war ziemlich offensichtlich.

„Wo ist er denn jetzt hin?“, fragte ich die beiden.

„Ich glaube in diese Richtung.“ Sarah zeigte bedeutungsschwer zur Bar.

Hier lief etwas ganz gewaltig schief. Ich musste Kilian finden und mit ihm reden. Was war nur los? Warum war er so frustriert? Er war doch gerade mal seit einer Woche wieder zurück. Vermisste er Australien? Oder die Menschen dort? Oder etwa einen ganz besonderen Menschen? Er hatte nie etwas von einer festen Freundin erzählt. Nur von vielen Dates. Sehr vielen Dates. Und wahrscheinlich waren daraus fast so viele One-Night-Stands geworden. Er sprach mit mir nicht im Detail darüber, aber er machte genügend Andeutungen. Er war ein kleiner Casanova. Das war absolut nicht meine Welt. Aber ich verurteilte es auch nicht. Jeder sollte das so machen, wie es für ihn richtig war. Solange jede der Parteien wusste, worauf sie sich einließ. Im Moment hielt ich daran fest, dass Sex für mich nur in einer Beziehung wirklich Sinn machte. Ich hatte noch nie nur eine Nacht mit einem Kerl gehabt, und ich wollte das auch nicht ändern. Genau genommen hatte ich erst mit einem Mann Sex gehabt, dem sommersprossigen Cedrik. Natürlich gab es Verabredungen – auch ein, zwei kurze Beziehungen. Aber nichts davon hatte mich wirklich erfüllt. Die Schmetterlinge waren immer recht schnell wieder in den Sinkflug gegangen. Vor allem nach der Szene mit Kilian im Badezimmer. Diese Art von Verlangen hatte ich seitdem nie wieder gespürt. Ich war auf der Suche danach. Aber bisher hatte ich es nicht mehr wiedergefunden. Dafür fand ich Kilian endlich an der Bar. Er stritt sich mit seinem Vater.

„Hör auf mir ständig zu sagen, was ich zu tun und zu lassen habe! Ich kann so viel trinken, wie ich will. Ich bin 22 Jahre alt", schrie Kilian. Er war wirklich laut. Die Gäste in der Umgebung sahen alle zu ihm und Tom hin.

„Kilian, bitte mach hier keine Szene. Das können wir zu Hause besprechen …"

„Was willst du denn besprechen? Mit dir kann man gar nicht sprechen! Sobald ich ein Thema anspreche, das dir nicht passt, machst du sowieso dicht." Killian lallte noch nicht, aber dass der Alkohol seine Zunge gelöst hatte, war für jeden ersichtlich. Er hielt eine Flasche Whiskey umklammert.

„Das stimmt so nicht. Ich will das jetzt hier nicht diskutieren. Das ist ein Fest. Du bist unhöflich gegenüber den Gastgebern.“ Bisher war er ruhig geblieben, aber langsam wurde auch Tom etwas ungehalten.

„Wie gut, dass du zumindest eine brave Tochter hast. Dann wiegt ein missratener Sohn nicht ganz so schwer.“

„Du redest Unsinn.“ Tom versuchte ihm den Alkohol abzunehmen, aber Kilian stieß ihn zurück.

„Fass mich nicht an! Lass mich doch einfach in Ruhe!“, schrie er, drehte sich um und verschwand im dunklen Bereich des Gartens.

Ich war während des Streitgesprächs immer nähergekommen. Mittlerweile stand ich direkt neben Kilians Vater und sah ihn fassungslos an. „Was ist denn nur los mit ihm?“, fragte ich.

„Er gibt mir die Schuld an allem, was bei ihm schiefläuft“, erwiderte Tom. Okay. Das schien mir doch etwas übertrieben. Kilians Papa war sicher kein Vorzeigevater, aber er trug auch nicht die Verantwortung für alles. Und wie Kilian es eben selbst gesagt hatte: Er war alt genug um eigene Entscheidungen zu treffen und sein Leben selbst in die Hand zu nehmen.

„Das meint er bestimmt nicht so. Er ist betrunken“, versuchte ich Tom zu beschwichtigen. Er sah mitgenommen und betroffen aus. Kraftlos setzte er sich auf einen Barhocker.

„Doch, er meint das genau so. Und ich fürchte, er hat nicht ganz unrecht.“

Ich sah ihn an und wartete, ob er noch etwas erzählen würde. Ich wollte ihn nicht drängen. Schließlich war ich nur die Tochter von Freunden, der er sich wahrscheinlich nicht unbedingt anvertrauen wollte. Aber es schien, als hätte er Redebedarf. Und ich war eben gerade da.

„Er ist unglücklich mit seinem Studium. Er weiß nicht, was er danach machen soll. Er fühlt sich eingeengt, seit dem ersten Tag seiner Rückkehr. Und ich habe ihn in dieses Studium gedrängt. Das weiß ich. Ich habe Fehler gemacht. Ich wollte unbedingt, dass er einmal die Firma übernimmt. Ich fürchte, ich habe damit das genaue Gegenteil erreicht." Er sah mich gar nicht an, während er sprach, sondern blickte einfach ins Leere.

„Ich glaube,das solltest du ihm sagen. Nicht mir." Endlich sah er mich an. Sein Blick rührte mich. Vielleicht konnte ich mit Kilian reden und ihn wieder zur Vernunft bringen. "Ich gehe ihn jetzt suchen", sagte ich deshalb.

Tom nickte. "Ja, sieh nach, wie es ihm geht!"

Ich lief in die Richtung, in die Kilian vorher verschwunden war. Ich fand ihn unter einem alten Ahorn, die Whiskeyflasche hielt er immer noch umklammert.

Ich setzte mich im Schneidersitz gegenüber von ihm hin und sagte erst einmal nichts. Ich wartete ab, ob er von sich aus sprechen würde. Aber er blieb stumm. Mit dem Rücken an den Baumstamm gelehnt, starrte er auf die Flasche. Seit ich da war, hatte er nichts daraus getrunken. Sie war nur noch halb voll.

„Ich könnte auch einen Schluck vertragen", sprach ich ihn an. Auf der einen Seite stimmte das, der Abend lief ja nicht gerade harmonisch ab. Auf der anderen Seite wollte ich den Alkohol vor ihm in Sicherheit bringen. Es war wahrscheinlich nicht besonders klug, wenn er noch mehr trinken würde. Ich streckte ihm auffordernd den Arm entgegen. Und tatsächlich gab er mir die Flasche. Ich nahm einen kräftigen Schluck. Allerdings hatte ich vorher noch nie Whiskey getrunken. Das Zeug brannte sich meine Speiseröhre hinunter, meine Augen weiteten sich, und ich musste ziemlich husten. Ich verzog angewidert das Gesicht.

Belustigt blickte er mich an. „Je mehr du trinkst, desto besser schmeckt es."

„Ich habe nicht vor, diese Erfahrung so schnell zu

wiederholen."

Er lachte. Es war allerdings kein positives, angenehmes Lachen, sondern eher eins von der zynischen, verbitterten Sorte.

„Was soll das alles?", fragte ich deshalb.

„Da musst du schon ein bisschen genauer werden."

„Ich meine dein ganzes Verhalten. Wir sehen uns endlich mal wieder, und du hast nichts Besseres zu tun, als mich nach einer absolut seltsamen Begrüßung einfach stehen zu lassen? Du pöbelst Nico wegen ihrer Arbeit an. Du streitest dich mit deinem Vater in aller Öffentlichkeit, bist unhöflich und rennst dann weg. Ist das genau genug?"

„Oh ja, das ist es", zischte er. „War ja klar, dass du dich auf die Seite von meinen Eltern schlägst!"

„Was? Also Moment mal. Ich habe mich nicht auf die Seite von deinem Vater geschlagen. Ich habe die Situation eben nur objektiv wiedergegeben. Und was soll das bitte heißen, dass es klar wäre, dass ich so reagiere?"

„Bei euch muss immer alles geradlinig laufen, sonst passt es nicht in euer verdammtes Weltbild! Sobald jemand nicht sofort eine Ahnung hat, was er mit seinem Leben anfangen will, ist alles Mist. Warum müsst ihr die Dinge immer so schrecklich ernst nehmen? Du brauchst mich gar nicht so anzusehen. Du warst doch genauso geschockt wie alle anderen, als ich nach Australien gegangen bin. Als hätte ich einen Massenmord begangen. Ich wollte einfach mal etwas für mich tun. Ich wollte mir über Dinge klarwerden, ein Abenteuer erleben. Ich wollte mich nicht sofort in eine Schablone pressen lassen: Schulabschluss, Studium, Beruf. Wo bleibe ich dabei? Ich komme einfach unter die Räder. Aber das ist euch egal!"

Ich musste schwer schlucken. Seine Anschuldigungen trafen mich, auch wenn kaum etwas davon stimmte.

„Du tust mir unrecht. Ich war geschockt, als ich hörte, dass du nach Australien gegangen bist. Aber nicht, weil du einen anderen Lebensweg gewählt hast. Sondern weil du einfach so abgehauen bist, ohne jemandem etwas zu sagen. Du hast dich nicht verabschiedet. Wir haben uns alle große Sorgen um dich gemacht. Ich habe mir Sorgen gemacht. Ich dachte, es müsste etwas Schlimmes passiert sein, dass du Hals über Kopf das Land verlässt."

„Es ist auch etwas Schlimmes passiert! Das ganze Leben hier hat mich eingeengt und mir die Luft zum Atmen genommen. Ich hatte das Gefühl, ich konnte nichts mehr frei entscheiden. Mein Weg war vorausgeplant. Aber nicht von mir, sondern von meinem Vater. Er hat mich permanent unter Druck gesetzt – dieses Studium, die Firma. Nichts, was ich tue, ist ihm jemals gut genug. Die ganze Zeit dreht sich alles um meine Schwester. Das Wunderkind. Die, die alles richtig macht." Er war wieder auf 180. Seine Stimme bebte vor Wut. „Gib mir die Flasche zurück", befahl er mir.

„Nein."

„Jetzt gib mir die verfickte Flasche zurück!"

„Nein, das werde ich nicht tun."

„Naja, vom Ficken verstehst du ja auch nicht viel."

Das traf mich hart. Sehr hart. Das war unterste Schublade. Das tat mir sogar physisch weh. Mein ganzer Körper spannte sich an, meine Muskeln verkrampften und alles schmerzte, bis tief in mein Innerstes.

Ich blickte ihn an. „Wie kannst du es wagen, so mit mir zu sprechen?" flüsterte ich. Ich sah, wie sich Bedauern über seine zornigen Gesichtszüge legte. Aber das stimmte mich nicht milde. Ganz und gar nicht. „Du bist so ein arroganter, egoistischer Scheißkerl. Die ganze Zeit geht es immer nur um dich. Wie du dich fühlst, was mit dir los ist. Du beschwerst dich, dass die anderen nicht an dich denken, aber du denkst kein bisschen an die anderen. Haust einfach ab, ohne dich zu verabschieden und lässt alle in Sorge zurück. Hast du darüber schon mal nachgedacht? Hast du dich dafür eigentlich schon mal bei deinen Eltern entschuldigt? Dein Vater hat Fehler gemacht. Das hat er vorhin sogar mir gegenüber zugegeben. Aber es war sicherlich alles nicht allein seine Schuld. Du hättest nicht BWL studieren müssen. Du bist ein eigenständiger Mensch. Du hättest für mehr Zeit kämpfen können. Du hättest Vorschläge machen können. Dass du jetzt unglücklich bist, ist letztendlich deine eigene Schuld. Denn jeder ist für sein Glück selbst verantwortlich. Du kannst nicht immer nur alles auf andere schieben. Und wenn du denkst, dass es dir besser geht, wenn du gemein zu mir bist, dann kann ich dir nur sagen, da mach ich nicht mit."

Ich hatte mich in Rage geredet und war immer lauter geworden. Die letzten Sätze hatte ich geschrien. Ich atmete tief durch. Soll ich ihn jetzt einfach stehen lassen? Ich war wütend, ich war enttäuscht und ich war verletzt. Ich stand auf.

„Ella …", versuchte Kilian mich aufzuhalten.

„Und hör verdammt noch mal auf mich Ella zu nennen!", brüllte ich ihn an. Jetzt war ich außer Kontrolle. So schnell ich konnte, drehte ich mich um und ließ ihn alleine zurück. Tom kam mir entgegen.

„Ich würde noch kurz warten, bevor du zu ihm gehst. Wir hatten ebenfalls Streit", sagte ich im Vorbeigehen zu ihm. Aber ich hielt nicht an. Ich musste weg von hier. Denn ich hatte nicht nur Kilians Dämonen ins Gesicht geblickt, sondern auch meinen eigenen.

KAPITEL 6

Jahr: 2006
Alter: 23

„Ich weiß, dass du dich auch alleine schminken kannst. Aber ich würde das eben heute gerne für dich machen. Sei kein Spielverderber, und lass deine kleine Schwester ein bisschen üben!“ Nico klimperte übertrieben mit ihren Wimpern und sah mich mit ihrem bestens einstudierten Dackelblick an.

Wer konnte da schon widerstehen?! Ihre dunkelroten Lippen standen heute im Kontrast zu ihrer hellen Haut und ihren blonden Haaren. Ihr Nagellack hatte exakt dieselbe Farbe wie der Lippenstift.

Ich hatte mich extra in Schale geworfen, denn er würde heute Abend auch kommen. Ich trug ein kurzes, schwarzes Chiffonkleid ohne Ärmel, dazu ein auffälliges Kropfband aus dunklen Perlen und an den Füßen schwarze Doc Martens. Ein bisschen Grunge, ein bisschen Gothik – passend zum Thema des heutigen Abends: Vampire. Unsere Mutter hatte Lust auf Veränderungen und stellte das Sommerfest dieses Jahr unter dieses doch leicht kontroverse

Motto. Das Buch „Twilight“ war gerade ziemlich populär und das Thema Vampire in aller Munde. Meiner Meinung nach hätte das alles ja besser zu einer Halloweenparty gepasst. Aber Mama ließ sich nicht davon abbringen. Deshalb waren also Schwarz und Rot dieses Mal die dominierenden Partyfarben. Das Wetter spielte ihr außerdem in die Karten. Es gab eine Sturmwarnung. Der Himmel war grau verhangen, und der Wind peitschte ums Haus. Dass die Party dieses Mal drinnen stattfinden musste, störte ausnahmsweise überhaupt nicht. Wir hatten überall mehrarmige, silberne Kerzenleuchter verteilt. Es gab schwarze Tischdecken und Kissen. Die Ecken der Räume waren mit rotem Licht angestrahlt. Und statt normaler Gläser gab es silberne Kelche, edles Silberbesteck und silberne Teller. Mama hatte mal wieder sämtliche Partyverleiher in der Umgebung abgeklappert um die perfekte Atmosphäre zu schaffen. Statt Blut gab es allerdings nur blutroten Punsch, und auch das Buffet in der Küche war für Normalsterbliche gedacht.

„Also gut. Aber keine schwarzen Lippen oder andere Gruseligkeiten“, bat ich.

„Na klar. Du sollst ja auch nicht aussehen wie ein Grufti, sondern wie ein sexy Vampir.“

„Das ist keine Kostümparty! Also bitte halt dich zurück!“

„Ist ja gut. Wie wär´s mit roten Lippen und die Augen dann ganz dezent?“

„Ich vertraue dir.“

„Du wirst es nicht bereuen.“

„Hey Mädels, wo seid ihr?“, schrie Sarah durchs Haus.

„Oben im Badezimmer“, riefen wir beide gleichzeitig.

Wenige Augenblicke später stieß sie die Tür auf und umarmte uns nacheinander. „Ich liebe das Thema der heutigen Feier“, schwärmte sie. „Ich habe das Buch gerade fertiggelesen und es ist der Hammer! Ich hätte auch gerne einen Edward.“

„Ella scheint auch endlich ihren Edward gefunden zu haben“, grinste Nico in die Runde.

„Hä, ich verstehe nur Bahnhof!“ Irgendwie ging dieses Gespräch gerade an mir vorbei.

„Hast du Twilight denn noch nicht gelesen?“, fragte Nico entsetzt.

„Äh, nein. Hab ich was verpasst?“

„Sie fragt allen Ernstes ob sie was verpasst hat. Pfff.“ Nico stieß hörbar Luft aus. “Allerdings! Du hast Edward verpasst. Den schärfsten Vampir aller Zeiten.“

„Jen hat mir davon erzählt. Aber nachdem sie erwähnt hat, dass die Vampire in diesem Buch in der Sonne glitzern, hatte ich eindeutig keine Lust mehr es zu lesen. Ich meine, was soll das?“, fragte ich ehrlich verständnislos.

„Zugegeben, das ist etwas speziell. Aber ich sage nur: künstlerische Freiheit. Die Autorin wollte glitzernde Vampire, also hat sie sich welche geschrieben“, erwiderte Nico. „Auf jeden Fall ist Bella mächtig verliebt in Edward. Genauso wie du gerade. Du läufst nur noch mit diesem Grinsen durch die Gegend. Das ist unheimlicher, als jeder Vampir es sein könnte.“

Ich musste kichern. Ja, da war vielleicht wirklich etwas Wahres dran. Ich schwebte tatsächlich auf Wolke sieben. Ich war glücklich verliebt und das war ein exorbitant geniales Gefühl. Wir waren seit ein paar Monaten zusammen, und ich hätte mir niemals vorstellen können, wie schön es war, einen festen Freund zu haben. „Ich bin allerdings nicht verliebt in Edward, sondern in Timo.“

„Ich bin so gespannt auf ihn. Ich weiß noch nicht mal, wie er aussieht!“, tönte Sarah.

Ich überlegte kurz, wie ich ihn beschreiben sollte.

„Er ist der heißeste Asiate, den ich je gesehen habe! Er hat diese krassen Wangenknochen und seine Augen sind fast schwarz“, sprang Nico mir bei.

„Äh ja, da ist was dran.“ Ich grinste. „Du kannst dir aber auch selbst ein Bild machen. Ich glaube, auf meiner Kamera müssten noch ein paar Fotos von ihm drauf sein. Sie liegt draußen im Flur auf der Kommode. Magst du sie mir schnell holen?“

Sarah brachte mir meine heiß geliebte Spiegelreflex. Ich hatte mir zwar gerade ein neues Modell geleistet, aber privat war meine erste eigene Kamera immer noch im Einsatz. Das hatte allerdings eher sentimentale Gründe. Ich klickte mich durchs Menü und zeigte Sarah ein Bild, das ich erst neulich von Timo geschossen hatte. Er lächelte in die Kamera mit diesem intensiven Blick, den ich so an ihm mochte. In diesem Licht sahen seine Augen wirklich fast schwarz aus.

Sarah setzte sich neben mich auf den Badewannenrand und riss mir die Spiegelreflexkamera aus der Hand, um sich das Foto genauer ansehen zu können. „Nicht von schlechten Eltern würde ich sagen. Der ist ja wirklich total süß.“

„Und er ist schon 29 Jahre alt. Und hat mit einem Freund zusammen eine eigene Werbeagentur geründet. Ich meine, wie cool ist das denn?“, schwärmte Nico weiter.

Ich freute mich, dass Timo ihr so gut gefiel, und natürlich war ich auch ein bisschen stolz auf meinen Freund. Mein Freund. Das hörte sich wirklich richtig gut an. Er war mit mir zusammen angereist und hatte auch schon meine Eltern kennengelernt. Wir würden heute beide hier übernachten. In meinem alten Kinderzimmer. Ich schmunzelte bei dem Gedanken.

„Und da ist er schon wieder, dieser debile Verliebtheitsblick. Ich hoffe wirklich, dass ich nicht so aussehe, wenn es mich mal erwischt“, scherzte Nico.

„Na dann musst du mit deinen Pinseln und Schwämmchen heute wohl ein kleines Wunder vollbringen, das mich nicht mehr ganz so dämlich aussehen lässt“, konterte ich.

„Ich bin wirklich gut. Die Beste sozusagen. Aber das ist selbst für mich eine echte Hausnummer.“ Sie schnaufte pathetisch. „Aber ich wäre nicht Nico, die Supermaskenbildnerin von Film und Fernsehen, wenn ich nicht auch ein debiles Grinsen einfach wegretuschieren könnte. Wie gut, dass du eine Schwester mit Superkräften hast. Herausforderung angenommen."

„Superkräfte, ja?", fragte Sarah lachend.

Ich musste mich sehr zusammenreißen nicht mitzulachen, da Nico mir gerade Lippenstift auftrug. Eine schier unlösbare Aufgabe. Irgendwann platze es doch aus mir heraus. Eine Superheldin, bewaffnet mit Puderquaste und Lockenstab, das war einfach eine urkomische Vorstellung.

Die Stimmung war sehr gelöst, und ich fühlte mich rundum wohl. Wie in Zuckerwatte. Rosafarbene Zuckerwatte.

„Wie habt ihr euch eigentlich kennengelernt?", fragte Sarah mich.

„Ich war mit ein paar Studienkolleginnen in einer Karaoke Bar …"

„Sag jetzt nicht, er kann auch noch singen!", platzte es aus ihr heraus.

Ich lächelte vielsagend. Sie griff sich ans Herz. Diese Bewegung war allerdings so enthusiastisch, dass sie das Gleichgewicht verlor und in die Badewanne plumpste – auf deren Rand sie eben noch gesessen hatte. Ich konnte sie gerade noch am Arm packen, sodass sie nicht mit voller Wucht in die Wanne knallte. Jetzt war es Nico, die einen Lachanfall erlitt.

„Alles in Ordnung? Hast du dir wehgetan?", fragte ich Sarah. Sie streckte ihre Glieder in der Badewanne aus und blieb dann einfach liegen.

„Ich glaube es ist alles okay. Gar nicht so ungemütlich hier", sinnierte sie. „Dein Typ hat mich einfach voll umgehauen. Dabei habe ich ihn noch nicht mal leibhaftig gesehen!"

„Na dann solltest du dich wirklich in Acht nehmen,

wenn du ihn später triffst. Nicht, dass du dann in Ohnmacht fällst oder so", grinste Nico und nahm die Arbeit an meinem Gesicht wieder auf.

„Apropos. Kilian kann heute Abend leider nicht kommen. Den hat´s voll erwischt. Der liegt mit einer Erkältung flach", erklärte Sarah unbedarft.

Seinen Namen zu hören, ließ mich nicht kalt. Seit unserem Streit auf dem letzten Sommerfest herrschte zwischen uns Funkstille. Ich hatte immer auf eine Entschuldigung gewartet, die aber nie kam.

Nico zuckte ebenfalls leicht bei der Erwähnung seines Namens. Sie wusste, wie nah mir die ganze Sache mit ihm ging. Aber Sarah war nicht im Bilde. Was gut war.

„Wie geht es deinem Bruder eigentlich?", stellte Nico für mich die Frage, die mich brennend interessierte, die mir aber nicht über die Lippen kam.

„Ziemlich gut, würde ich sagen. Nach dem Stress letztes Jahr, als er aus Australien zurückkam, ist zu Hause endlich wieder etwas Ruhe eingekehrt."

„Hat sich die Sache mit deinem Papa und Kilian wieder eingerenkt? Die hatten ja einen ziemlich heftigen Streit, auf der Indien-Party", rang ich mich nun doch durch nachzufragen.

„Ja, das hat wohl jeder mitbekommen. Das war sowas von peinlich. Aber sie haben sich noch am selben Abend ausgesprochen. Und seitdem läuft es echt gut."

„Studiert er denn jetzt noch BWL?" Ich wollte wirklich wissen, wie es ihm ging, und das wurmte mich gewaltig.

„Ja, er ist wohl zur Vernunft gekommen. Keine Ahnung warum. Aber ich glaube das Wichtigste war für ihn von zu Hause auszuziehen. Er hat sich recht schnell eine WG gesucht, obwohl er ja in der selben Stadt studiert. Aber er braucht diesen Freiraum. Unter einem Dach mit meinem Pa, das war für ihn einfach nix. Und mein Verhältnis zu Kilian hat sich auch ziemlich verbessert. Früher hat er sich nie wirklich für meine Musik interessiert. Aber jetzt kommt er sogar manchmal freiwillig zu einem Konzert." Sie lächelte ein bisschen verlegen. „Aber er kann trotzdem immer noch ziemlich nerven! Dauernd hat er eine andere Flamme am Start. Ich hab´ es echt aufgegeben mir die Namen zu merken."

„So, ich bin fertig mit deinem Make-up. Schau mal in den Spiegel, ob es dir gefällt!" Ich war sehr dankbar über Nicos Unterbrechung. Ich hatte jetzt eindeutig genug gehört – von Kilian. Zeit ihn wieder aus meinem Kopf zu verbannen. Meine Schwester hatte wie immer ganze Arbeit geleistet: Blutrote Lippen, viel Rouge und dezent geschminkte Augen verliehen mir ein leicht verruchtes Aussehen. Das passte nicht unbedingt zu mir, aber zu dem Outfit und dem Thema des Abends. Und manchmal war es ja auch schön, in eine andere Rolle zu schlüpfen.

Das Fest war in vollem Gange. Auf Grund der etwas beengten Platzverhältnisse drinnen gab es nur eine kleine Tanzfläche. Aber die nutzte ich konsequent aus. Mir war an diesem Abend einfach nach Tanzen. Meine Lebensfreude brauchte ein Ventil. Timo hatte eine ganze Zeitlang mit mir das Tanzbein geschwungen. Aber jetzt stand er am Rand und war mit meinem Vater in ein Gespräch vertieft. Er trug eine auffällige Weste mit einem Muster, das man erst aus der Nähe als kleine, aneinandergereihte Pistolen erkennen konnte. Außerdem hatte er ein schwarzes Hemd an, dessen Ärmel aufgekrempelt waren und dazu eine dunkle Skinny-Jeans. Seine Statur war eher androgyn als muskulös. An seinen Fingern steckten mehrere silberne und schwarze Ringe. Er war sehr stylisch, aber auf eine erwachsene, stilvolle Art. Mit seinem Modegeschmack stach er eindeutig aus der Masse hervor. Als Teilhaber einer Werbeagentur war das sicherlich ein Vorteil. Aber auch mir gefiel es gut, dass er ein bisschen speziell war.

Ich beobachtete ihn von der Tanzfläche aus. Sein schwarzes Haar war an den Seiten kurz rasiert und oben etwas länger geschnitten. Sein Gesicht war wahnsinnig hübsch: symmetrisch, mit betonten Wangenknochen und ausdrucksstarken Augen. In die Unterhaltung mit meinem Vater war er völlig vertieft. Wenn er sich für etwas oder jemanden interessierte, hatte diese Sache oder Person seine volle Aufmerksamkeit. Wie ich es geschafft hatte in seinen Fokus zu gelangen, war mir immer noch unbegreiflich.

In der Karaokebar war es feucht-fröhlich zugegangen. Es war ein kleiner Laden. Ich hatte ihn singen gehört und war vom ersten Moment an völlig hin und weg gewesen. Wie er da auf der Bühne stand, in einem karierten Anzug, der jeden anderen wahrscheinlich zehn Jahre älter gemacht hätte. Er sah darin einfach nur lässig aus. Und seine Stimme! Tief. Kräftig. Ganz anders, als man sie ihm seinem Aussehen nach zuschreiben würde. Er sang sich mit Frank Sinatras `Fly me to the Moon´ direkt in mein Herz. Als er später dann neben mir an der Bar anstand, konnte ich nicht an mich halten. Ich quasselte irgendetwas total bescheuertes über Asiaten und Karaoke. Aber anstatt genervt von meinem Spruch über Stereotype zu sein, fand er mich witzig. Und wir kamen ins Gespräch. Und heute war er hier bei mir. Auf dem Sommerfest. Und unterhielt sich offenbar blendend mit meinem Vater. Das kam mir alles ganz unwirklich vor.

Er hob seinen Blick und sah, dass ich ihn anstarrte. Ein fragender Ausdruck erschien auf seinem Gesicht. Er wandte sich wieder kurz meinem Vater zu, kam dann aber sofort zu mir auf die Tanzfläche. Er nahm meine Hand und zog mich etwas auf die Seite.

„Ein Penny für deine Gedanken. Was war das eben für ein Blick?"

„Man nennt sie Gedanken, weil sie im Kopf stattfinden und nicht für jedermann bestimmt sind", lächelte ich ihn an.

„Aber ich bin doch nicht jedermann."

„Nein, das bist du wirklich nicht. Aber lass mir doch

noch ein paar Geheimnisse!"

„Dafür bin ich einfach zu neugierig." Er strich mir eine Strähne hinters Ohr und kam mit seinem Mund ganz dicht heran. „Wie wäre es mit einem Kuss als Bezahlung, wenn du schon den Penny verschmähst?", flüsterte er.

Ich bekam eine Gänsehaut am ganzen Körper. „Den Kuss bekomme ich auch so", feixte ich.

„Denkst du?" Er sah mich herausfordernd an.

„Du hältst es niemals den ganzen Abend aus, ohne mir einen Kuss zu geben", stichelte ich weiter.

„Da hast du vollkommen Recht." Er küsste mein Ohr und dann den Hals abwärts. „Ich halte es keine Sekunde mehr aus, ohne einen Kuss von dir." Und schon waren seine Lippen auf meinen, und dieses Gefühl, das ich so lange gesucht hatte, war wieder da. Und diesmal hielten die Schmetterlinge sich wacker in meinem Bauch. Keine Bruchlandungen. Dafür schon seit Monaten wilde Loopings. Wahrscheinlich waren die Schmetterlinge auf „Red Bull". Anders konnte ich mir ihr Durchhaltevermögen nicht erklären.

Timos Kuss wurde immer leidenschaftlicher. Schneller. Härter. Nichts anderes war wichtig. Die Umgebung verschwamm, und ich ließ mich treiben.

„Und ich glaube, ich brauche noch mehr von dir, als diesen Kuss", flüsterte Timo wieder in mein Ohr. Er nahm abermals meine Hand und zog mich zwischen den feiernden Menschen hindurch bis zum Treppenhaus. Er schob mich an die Wand und küsste mich erneut. Ich vergrub eine Hand in seinen Haaren, mit meiner anderen Hand fuhr ich in die Gesäßtasche seiner Jeans und packte seinen Hintern. Er stöhne in meinen Mund. Mein Unterleib stand in Flammen. Ich wollte nur noch eines: mit ihm alleine sein. Diesmal zog ich an ihm und lotste ihn in mein Zimmer.

Ich hatte vor Timo nicht viel Erfahrung in sexueller Hinsicht gesammelt. Aber er war überhaupt nicht mit den

Männern, mit denen ich bisher zusammen gewesen war, zu vergleichen. Ich hatte noch nie jemanden getroffen, der so genau wusste, was er tat. Timo war wahnsinnig aufmerksam. Und das machte ihn zu einem fantastischen Liebhaber. Und zum ersten Mal konnte ich es wirklich genießen. Ich dachte nicht über die Speckröllchen an meinem Bauch, die runden Hüften und meine Cellulite nach: Weil er mir das Gefühl gab, begehrenswert zu sein. Weil er seine Finger nicht von mir lassen konnte. Weil er mir sagte, wie schön ich für ihn sei. Und weil er mit meinem Körper ebenso entspannt umging wie mit seinem eigenen: Der nicht vor Muskeln strotze, der nicht vom Sport gestählt war und der so wunderbar mit dem meinem zusammenpasste.

Wir liebten uns hier in meinem alten Kinderzimmer, und ich war froh, dass die Party unten in vollem Gange war und mein Stöhnen in der lauten Musik unterging.

Einen Orgasmus später lagen wir nebeneinandergekuschelt im Bett. Timo war eingedöst, und ich strich gedankenverloren über seine nackte Brust. Ich lauschte seinem gleichmäßigen Atem und roch seinen Duft, der mich ganz leicht an Zimt erinnerte. Ich konnte nicht schlafen, war noch wie berauscht. Ich dachte an meine berufliche Zukunft. Seit einem halben Jahr war ich bei einer Fotografin als Assistentin festangestellt. Ich musste noch einiges lernen, und das war eine gute Gelegenheit. Aber auf lange Sicht würde ich mich gerne selbstständig machen. Mit einem eigenen kleinen Studio. Denn ich wollte meine Art zu Fotografieren mehr verwirklichen – meine Sicht der Dinge. Aktuell konnte ich noch nicht so kreativ sein, wie ich gerne wollte. Meine vielen Ideen und Vorschläge prallten oft an meiner erfahrenen und sehr routinierten Chefin ab. Es war teilweise sehr ernüchternd.

Langsam begann ich zu frieren, da wir auf der Decke lagen. Ich versuchte mein Bein vorsichtig unter dem von Timo herauszuziehen. Ich hatte mich gerade aufgesetzt, als er die Augen öffnete und mich verschlafen ansah. „Wo willst du hin?“

„Mich friert es, ich hole mir meinen Pyjama“, antwortete ich ihm.

Plötzlich umschloss er mein Handgelenk und zog mich mit einem Ruck zu sich herunter. Ich landete auf seiner Brust, und sofort schlang er die Arme um mich.

„Du kannst noch nicht gehen. Ich habe immer noch nicht genug.“ Seine Stimme war Verführung pur. Aber es war ein bisschen dick aufgetragen. Ich musste lachen.

„Hey, lachst du mich aus? Ich kann doch nichts dafür, dass ich nicht genug von dir bekommen kann. Ich bin süchtig nach dir.“ Er strich mir sanft über meinen Rücken hinunter zu meinem Po. Ich spürte, wie die Härte zwischen seinen Beinen wuchs und gegen meine empfindlichste Stelle drückte. Mein Lachen erstarb und wich einem wohligen Stöhnen.

„Und wie es aussieht, bist du auch nicht ganz abgeneigt.“ Ich hörte das Lächeln in seiner Stimme. „Aber wenn du unbedingt deinen Pyjama anziehen willst, dann stehe ich dir natürlich nicht im Weg“, raunte er, während seine Finger die Innenseite meiner Oberschenkel entlang strichen. In einer fließenden Bewegung dreht er uns um. Nun lag er auf mir. Während er mit einer Hand meine rechte Brustwarze stimulierte, nahm er die linke in den Mund und saugte daran. Ich atmete zischend ein.

Er hob den Kopf. „Und?“

„Und was?“, ich konnte mich nicht mehr konzentrieren.

Er küsste sich seinen Weg über den Bauch immer weiter nach unten. Bis dahin wo es sich so richtig gut anfühlte. Alle Empfindungen konzentrierten sich auf die Stelle, die er mit seiner Zunge liebkoste. Mein Körper fühlte nur noch. Mein Stöhnen ging in leichtes Wimmern über. Er hielt inne. „Möchtest du deinen Pyjama immer noch anziehen?“

„Welchen Pyjama? Warum hast du aufgehört?“

Er lachte – rau und sexy. Und dann machte er endlich

weiter.

KAPITEL 7

Jahr: 2007
Alter: 24

„Schade, dass Timo auf Geschäftsreise ist.“ Nico lehnte an der Theke, hinter der ich stand und Cocktails mixte.

In den letzten Monaten hatte sich das zu einer Art Hobby von mir entwickelt. Angefangen hatte alles mit einem Rezept- und Bildband über Drinks. Meine Chefin bekam den Auftrag und übertrug den größten Teil der Verantwortung auf mich. Ich war sehr froh darüber. Endlich mal etwas, das mich herausforderte. Und um das ich mich eigenständig, ohne großartige Einmischungen ihrerseits kümmern konnte. Mit der Arbeit an dem Buch entdeckte ich auch den Spaß den es machte, Getränke zu mixen. Deshalb hatte ich dieses Jahr angeboten, auf dem Sommerfest die Bar zu managen. Normalerweise stellte meine Mutter dafür extra jemanden ein, oder man bediente sich einfach selbst. Aber heute hatte ich den Job übernommen. Da Timo geschäftlich in Paris war und nicht mit mir feiern konnte, machte es mir nichts aus, den größten Teil des Abends hinter der Theke zu stehen. Sie war im Garten unter einem Pavillon untergebracht, ganz in der Nähe des Buffetzelts. Außerdem hatte es den großen Vorteil, dass die meisten Gäste früher oder später bei mir aufliefen, und ich so niemanden verpasste. Ich war eindeutig die Smalltalk-Queen des Abends. Aber manche, wie zum Beispiel meine Tante, blieben auch ein kleines Weilchen und setzten sich zu mir. Dafür standen ein paar Barhocker bereit. Gerade hatte sich meine Schwester auf einem niedergelassen. Der Hocker hatte eine Lehne und war mit einer weißen Husse überzogen. Überhaupt war alles weiß. Die Pavillons, die Tischdecken, der größte Teil des Essens und die Kleidung der Gäste. Meine Mutter hatte letztes Jahr bei der Vampirparty Gefallen daran gefunden, auch einen Dresscode aufzurufen. Diejenigen, die es gewagt hatten, sich heute nicht daran zu halten, mussten sich nicht nur spitze Kommentare von ihr gefallen lassen, sondern stachen auch aus der Menge heraus wie schwarze Schafe. Nur bei den Kindern war meine Mutter gnädig. Ein Zweijähriger in weißen Klamotten war erfahrungsgemäß eben nicht lange weiß. Da war es besser von vornherein mit Mustern gegenzusteuern.

Ich selbst trug ein kurzes, weißes Hemdblusenkleid, das meine Taille mit einem ebenfalls weißen Stoffgürtel betonte. Meine Ohren zierten goldene Kreolen, und meine Füße steckten in ebenfalls goldenen Gladiatorsandalen.

„Wo ist eigentlich deine bessere Hälfte?“, fragte ich Nico.

„Meinst du Sebastian? Mit dem ist es doch schon längst wieder aus.“

„Seit wann das denn? Ihr seid doch noch letztes Wochenende zusammen in Rom gewesen“, bemerkte ich verwundert.

„Rom im August war wirklich eine megamäßige Schnapsidee. Viel zu heiß! Und mit dem Kerl dorthin zu fahren, die noch viel größere.“

„Das tut mir leid.“ Meine Schwester hatte in letzter Zeit

nicht viel Glück gehabt mit ihren Beziehungen.

Sie winkte ab. „Kein Drama. Er war mit Sicherheit nicht DER Eine."

„Meinst du wirklich, dass es DEN Einen gibt?", sinnierte ich.

„Nein, das war nur so dahingesagt. Ich glaube schon, dass es mehrere Menschen gibt, mit denen wir uns gut verstehen und wo Liebe möglich ist. Es gibt doch Frauen da draußen, die sich zwischen zwei Partnern nicht entscheiden können. Vielleicht ist die Frage eher, mit welchem man sich vorstellen kann, lange zusammenzuleben. Am besten bis zum Lebensende. Mir würde allerdings einer schon mal reichen."

„Was willst du trinken?"

„Irgendwas, das nicht weiß ist. Ich möchte diesen Perfektionismus durchbrechen!"

„Das hast du doch schon", lächelte ich sie an. Zu ihrem hautengen weißen Minikleid trug sie pinke Schuhe und einen pinken Gürtel. Ich mixte ihr passend dazu eine Pink Lady.

„Guten Abend, die Damen!"

Ich erkannte die Stimme nicht sofort. Aber als meine Schwester nicht gleich zurückgrüßte, blickte ich auf und sah in Schokoaugen. Verdammt! Ich wusste, dass er heute hier sein würde. Es war also keine Überraschung. Und trotzdem traf mich sein Anblick unvorbereitet.

„Aha, der werte Herr traut sich zu uns", stieg Nico nun doch noch auf seine Begrüßung ein. „Mutig, mutig."

„Ihr werdet es mir nicht leichtmachen, oder?"

„Das hast du messerscharf erkannt. Beziehungsweise wird sie es dir nicht leichtmachen." Nico deutete auf mich. „Denn wir beide haben uns ja in der Zwischenzeit schon das ein oder andere Mal gesehen."

Kilian hatte sich tatsächlich schon bei Nico für seinen Ausraster entschuldigt. Zwei Jahre war der jetzt her. Immerhin war sie oft bei seiner Schwester zu Hause, und beide lebten in der selben Stadt. Da lief man sich unweigerlich über den Weg. Aber ich hatte ihn tatsächlich bei jenem Sommerfest zuletzt gesehen und auch das letzte Mal mit ihm Kontakt gehabt. Keine einzige Zeile – ob E-Mail oder SMS – war ich ihm seither wert gewesen. Ich hatte versucht das Ganze so weit wie möglich von mir wegzuschieben. Aber die Freundschaft mit ihm war mir sehr wichtig gewesen. Und dass er das alles wegen eines blöden Streits einfach aufgab, das hatte mich sehr verletzt. Aber ich konnte einfach nicht auf ihn zugehen. Er war in dem Gespräch ausfallend geworden. Er hatte mich beschuldigt und verletzt. Und ja, ich war auch nicht gerade nett gewesen und hatte ihn angeschrien. Aber ohne eine Entschuldigung konnte ich ihm einfach nicht verzeihen. Obwohl … wenn ich so in mich hineinhorchte, hatte ich ihm eigentlich schon verziehen. Es war so lange her. Er war betrunken gewesen und verzweifelt. Aber mein Stolz hielt mich davon ab, ihm das zu zeigen.

„Dann lass ich euch besser mal alleine." Sie glitt elegant vom Barhocker. Dann nahm sie die Tafel, auf der das Wort „Bar" stand, und schrieb mit dem an der Rückseite befestigten Kreidestift „vorübergehend geschlossen" darauf. Sie entfernte sich von der Theke und lehnte das Schild einige Meter weiter an einen Stuhl. Dann schnappte sie sich ihren Drink und teilte allen ihr entgegenkommenden Gästen mit, dass die Bar kurzzeitig zu war. Meinen Vater, der auch in unsere Richtung steuerte, hakte sie einfach unter und zog ihn mit sich. Weg von uns.

Ich hatte noch nichts zu Kilian gesagt. Er nahm sein Handy aus der Hosentasche, legte es auf den Tresen und setzte sich. In dieser Zeit sah ich ihn mir genauer an. Er trug seine Haare wieder um einiges kürzer. Seine Locken umspielten aber immer noch das Gesicht. Er war auch nicht so gebräunt wie vor zwei Jahren. Er hatte sich an den Dresscode gehalten: weiße Jeans und weißes Shirt. Seine dunklen Tattoos an beiden Armen stachen umso deutlicher hervor.

„Was möchtest du trinken?“, richtete ich das Wort an ihn. „Hast du vielleicht einen alkoholfreien Cocktail?“ Er sah mich fragend an. Ich nickte und begann ihm etwas zusammenzumischen. Die Stimmung war schrecklich verkrampft. Ich war froh, meinen Händen eine Beschäftigung geben zu können. Ich war nervös. Und mein Herz pumpte. Es war mir wichtig, was er jetzt sagen würde. Ich musste mir eingestehen, dass es mir sogar sehr wichtig war. Bitte entschuldige dich! Bitte sei wieder mein Freund! Lass es so werden wie früher!

„Du musst wissen, ich habe mit Alkohol ein paar schlechte Erfahrungen gemacht“, unterbrach er meine Gedanken.

„Ist das so?“ Mir war klar, dass er auf den Abend vor zwei Jahren anspielte.

„Ja. Ich habe mich da mal ziemlich zum Deppen gemacht.“

Ich zog beide Augenbrauen hoch.

„Und noch viel Schlimmeres. Ich habe jemandem Unrecht getan. Und ich war nicht sehr nett zu dieser Person. Dabei wollte sie mir nur helfen. Und das hat sie. Sie hat mir den Kopf gewaschen, und danach konnte ich klarer sehen.“

Ich schaffte es nicht ihn anzuschauen. Ich wollte es gerne. Ich wollte es ihm nicht absichtlich noch schwerer machen. Aber ich konnte ihn auf keinen Fall ansehen. Denn ich traute mir und meinen Emotionen nicht. Und vor ihm zu weinen kam absolut nicht in Frage.

„Erkenntnis ist der erste Schritt zur Besserung. Dann ist doch alles gut“, presste ich hervor, während ich das Getränk im Shaker mixte.

„Nein, gar nichts ist okay, ich war nämlich zu feige mich danach zu entschuldigen. Und jetzt ist die Person immer noch sauer auf mich.“

„Zurecht, wie ich finde.“

„Ja, sie hat jedes Recht der Welt dazu. Aber ich vermisse sie. Und ich hoffe, sie kann mir verzeihen."

„Dafür müsstest du dich ja erst mal entschuldigen."

„Es tut mir leid. Risi. Bitte. Es tut mir wirklich leid. Ich hab´ das damals nicht so gemeint. Ich war ein Idiot. Ein betrunkener Idiot."

Er hatte mich wieder Risi genannt. Ich blickte ihn an. Ich konnte nichts dagegen tun, aber mir standen Tränen in den Augen. „Und dafür hast du zwei Jahre gebraucht? Zwei Jahre!"

Er schloss einen kurzen Moment die Augen. „Ich hatte erst mal mit mir selbst zu tun. Und mit meinem Vater. Du hast mir wirklich geholfen, auch mal seine Sicht einzunehmen. Das was du damals zu mir gesagt hast, das hat mir wirklich die Augen geöffnet. Und dann habe ich versucht das mit meiner Familie wieder geradezurücken. Und Konsequenzen zu ziehen. Ich habe mich dafür entschieden das BWL-Studium durchzuziehen, weil ICH es so will. Ich bin aus dieser Opferrolle raus. Und hab´ mir eine WG gesucht. Ich brauchte räumlich Distanz zu meinem Vater. Und das hat sich alles wirklich gut entwickelt. Aber dann war schon so viel Zeit vergangen, und ich dachte, du willst mich bestimmt erst mal nicht sehen, nach unserem Streit. Ich wollte ein bisschen Gras über die Sache wachsen lassen. Ich hatte so oft das Handy in der Hand und wollte dir schreiben. Aber das hat sich falsch angefühlt – mich per SMS zu entschuldigen. Dann war ich letztes Jahr auf dem Sommerfest krank. Da hatte ich fest vorgehabt, mit dir zu reden. Und dann hat Sarah mir erzählt, du wärst total verliebt und frisch mit einem absoluten Wahnsinnskerl zusammen. Dann hat mich irgendwie der Mut verlassen. Ich dachte, vielleicht brauchst du jetzt gar keinen Freund mehr. Vor allem keinen, der so von der Rolle ist."

„Und was hat sich jetzt geändert? Machst du das heute, weil wir uns über den Weg laufen, damit es nicht peinlich wird? Falls das so ist, kann ich dich beruhigen. Ich nehme deine Entschuldigung an. Es ist alles in Ordnung. Es wird nicht mehr komisch sein, wenn wir uns das nächste Mal sehen." Ich stellte ihm seinen Cocktail hin und wendete mich ab. Ich fing an, die Box mit den Garnierungen farblich zu sortieren.

„Nein, deshalb mache ich das hier nicht. Du hast mich falsch verstanden. Ich vermisse dich. Ich möchte, dass wir wieder Freunde sind. So wie vorher. Ich vermisse unsere Mails und unsere SMS-Konversationen. Ich vermisse deine Ehrlichkeit. Dass ich dir alles sagen kann. Dass du mich verstehst. Du fehlst in meinem Leben, Risi!"

Ich stand wie versteinert da und war völlig ergriffen von seinen Worten. Er hatte mich vermisst. Anscheinend genauso sehr, wie ich ihn. Ich drehte mich zu ihm. „Ich war so enttäuscht, dass du uns einfach aufgegeben hast. Unsere Freundschaft." Schon wieder traten mir Tränen in die Augen.

„Das war nie meine Absicht. Bitte glaub mir das!"

Ich nickte nur und wischte nervös an meinen Augen herum.

„Darf ich dich jetzt umarmen?" Er sah mich unsicher an. Ich konnte wieder nur nicken. Er umrundete die Bar und schloss mich in seine Arme. Und ich war so wahnsinnig erleichtert. Ich war einfach nur glücklich, dass diese ätzende Episode endlich ein Ende gefunden hatte. Ich kuschelte mich in seine Umarmung. Er roch immer noch nach diesem Parfüm mit Zeder. Es roch nach Zuhause. Zuhause? Wie kommst du denn jetzt darauf? Wegen des Kissens. Das hatte ich ja als Kind und Jugendliche immer daheim gehabt. Das mit Zedernholz gefüllte Kissen. Das muss es sein.

Er war ein gutes Stück größer als ich. Und so lag mein Kopf direkt an seiner Brust. Ich hörte sein Herz, das recht schnell pochte. Es war ihm also auch wichtig gewesen. Leider flossen jetzt doch ein paar Tränen.

„Ich glaube, du solltest mich loslassen. Ich versaue dir gerade dein weißes T-Shirt." Ich löste mich von ihm.

Er drehte sich weg und griff nach einer Serviette. Dabei nuschelte er ganz leise etwas. Es hörte sich an wie: „Am liebsten würde ich dich nie wieder loslassen." Oder hatte ich mir das nur eingebildet?

Kilian drehte sich wieder um und reichte mir zwei Servietten. Ich tupfte mir die Augen damit ab. „Was hast du gerade gesagt?", fragte ich ihn.

„Nichts besonderes, ich meinte nur, ich sehe eben mal nach Servietten."

Oh Mann, da habe ich mir aber was zusammenfantasiert. Das waren sicher die Glückshormone, die gerade durch meinen Körper zischten. Die brachten alles durcheinander.

„Ist die Bar wieder offen?", rief mir einer der Gäste von weitem zu.

„Musst du hierbleiben, oder wollen wir uns irgendwo hinsetzen und auf unsere Versöhnung anstoßen?" Kilian sah mich fragend an.

Ich rief zurück: „Die Bar ist wieder offen, allerdings mit Selbstbedienung." Das schrieb ich auch auf das Schild und stellte es wieder direkt zur Theke. Dann schenkte ich mir ein Glas Weißwein ein, und wir machten uns auf die Suche nach einem freien Platz. Wir ließen uns auf einer Gartenbank nieder und prosteten uns zu.

„Wie geht es dir?", fragte er mich. „Du siehst wirklich gut aus. Also ich meine, du siehst so aus, als ob es dir wirklich gut ginge", stammelte er etwas unsicher.

„Ja, danke. Das tut es. Ich habe bei der Arbeit gerade mein erstes größeres Projekt betreut. Ein Rezeptbuch für Drinks."

Er hielt seinen Cocktail in die Höhe „Ah, verstehe. Der ist übrigens wirklich gut. Kompliment!"

Ich lächelte ihn an. „Ja, ich bin seitdem ein bisschen infiziert, was das angeht. Es macht mir Spaß. Ich bin grade ganz zufrieden mit meinem Job. Meine Chefin überträgt mir immer mehr Verantwortung. Aber ich möchte mich so bald wie möglich selbstständig machen. Dann habe ich auch mehr Zeit um mal eigene Projekte verfolgen zu können. Ich würde gerne eine Ausstellung machen, zu einem bestimmten Thema. Das ist aber noch nicht spruchreif."

„Wow, das hört sich alles ziemlich cool an. Das hat mich an dir immer schon beeindruckt, dass du ein klares Ziel verfolgst. Du weißt genau, was du willst und arbeitest darauf hin. Auch wenn es nicht immer einfach ist."

„Naja, der Weg ist noch weit. Aber ich bin mir sicher, dass ich richtig bin. Ich liebe das, was ich tue. Deshalb fühlt es sich für mich gut an, auch wenn vielleicht nicht das große Geld auf mich wartet." Nach einer kurzen Pause sprach ich weiter. „Wir überlegen im Moment, ob wir wieder zurück in die Stadt ziehen wollen. Timo ist ursprünglich auch von hier. Und er hat schon länger überlegt eine Zweigstelle der Werbeagentur zu eröffnen. Ich könnte mich dann selbstständig machen. Und am Anfang würden wir uns gegenseitig ein bisschen helfen und uns Aufträge zuschanzen, bis alles läuft. Also wahrscheinlich profitiere ich da eher von ihm als umgekehrt." Ich hatte lange über das Thema nachgedacht, seit Timo es vorgeschlagen hatte. Es war eine große Sache für mich. Es würde auch bedeuten, dass wir beide zusammenzogen. Ich wollte das. Aber es war eben ein unsicherer Schritt. Ich hatte noch nie mit jemandem zusammengewohnt. Und die Selbstständigkeit war auch nicht ohne. Meine Eltern würden mir das Kapital für die ersten Anschaffungen wie Studioausstattung und Equipment leihen. Das war eine riesige Hilfe, denn so musste ich keine Zinsen bezahlen. Einen Kredit zu bekommen wäre auch nicht so einfach gewesen, fast ohne Sicherheiten. Ich hatte also großes Glück. Es wäre auch schön, wieder in derselben Stadt wie meine Eltern und meine Schwester zu wohnen. In derselben Stadt wie Kilian. Das alles würde ich ihm gerne erzählen. Aber ich fühlte mich noch etwas befangen nach der ganzen Sache.

„Man sollte jede Hilfe annehmen, die man kriegt. Ich würde mich auf jeden Fall sehr freuen, wenn du wieder hier wohnst.“ Kilian zog die Beine auf die Bank und umschlang sie mit seinen Armen. Auch er wirkte ein kleines bisschen nervös. Nicht so selbstsicher wie sonst.

„Ich würde mir dann mit Timo hier zusammen eine Wohnung suchen. Das fühlt sich ein bisschen beängstigend an, weil ich bisher immer alleine gewohnt habe. Außer mit meiner Familie natürlich.“

„Ihr versteht euch gut, du und Timo, oder?“, hakte Kilian nach.

„Ja. Das tun wir. Ich bin sehr glücklich mit ihm.“

„Dann ist das doch ein konsequenter Schritt. Und wenn es nicht klappt, kannst du dir immer noch was Eigenes suchen. Und du hast hier ein Sicherheitsnetz. Deine Familie und deine Freunde sind hier. Du bist bei mir jederzeit willkommen, wenn ihr Streit habt, oder irgendetwas anderes ist.“

„Danke für das Angebot. Ich weiß das zu schätzen.“ Ich fand es wirklich süß, dass er mir das anbot. Immerhin hatten wir zwei Jahre keinen Kontakt gehabt.

„Und ich meine das wirklich ernst“, setze er noch hinterher.

„Wie läuft es bei dir? Hast du dich mit dem Betriebswirtschaftsstudium ausgesöhnt?“, lächelte ich ihn an.

„Ja, irgendwie schon. Ich habe die Vor- und Nachteile auf eine Liste geschrieben.“ Ich sah ihn etwas ungläubig an.

„Doch, tatsächlich. So was tun Leute, die eben nicht so ganz genau wissen, was sie für den Rest ihres Lebens machen wollen. Sie versuchen sich mit den Pro- und Contra-Argumenten einen Überblick zu verschaffen.“

„Und, hat es geklappt?“

„Ja, die Vorteile haben bei Weitem überwogen. Und ich kann mir langsam auch wirklich vorstellen mal die Firma von meinen Eltern zu übernehmen. Als Betriebsleiter. Ich habe da ein paar Ideen im Hinterkopf. Aber die sind auch noch nicht spruchreif. Zuerst möchte ich in einem anderen Unternehmen Erfahrungen sammeln. Ich will nicht gleich nach dem Studium zu meinem Vater in die Firma. Ich denke, da würde mich auch keiner der 40 Mitarbeiter so richtig ernst nehmen. Und das zu Recht. Erst mal muss ich sehen, wie andere es so machen. Und wie das Ganze läuft. Ich fand schon immer die Marketingkurse sehr interessant. Vielleicht gehe ich in diese Richtung und steige dann später in einer solchen Position in der Schreinerei ein. Bisher kümmert sich keiner um diesen Bereich, und ich denke, da gibt es einiges zu optimieren. Die Betriebsleitung ist erst interessant, wenn mein Vater wirklich in Rente gehen möchte. Und ich habe so das Gefühl, dass das noch ein wenig dauern wird.“ Er lächelte dabei, also fand er es nicht weiter schlimm.

„Ich finde es schön, wie du über deine Pläne redest. Ich hab´ mir wirklich Sorgen um dich gemacht, dass das alles nichts für dich ist und du da untergehst. Aber so wie du jetzt darüber sprichst, habe ich ein richtig gutes Gefühl. Und von wegen planlos: Das hört sich für mich schon nach einem ziemlich konkreten Plan an. Das freut mich wirklich für dich.“ Ich war ehrlich erleichtert, dass sich alles zum Guten gewendet hatte.

„Irgendwann muss man eben doch erwachsen werden, oder? Da führt kein Weg daran vorbei.“

„Ja, ich fürchte auch. Aber ich denke, man sollte es trotzdem nicht so wahnsinnig ernst nehmen. Man muss nicht alles genau so machen, wie es andere von einem erwarten. Oder die Gesellschaft. Wer sagt denn, dass der geradlinige Weg immer der bessere ist? Er ist vielleicht schneller. Aber er ist auch asphaltiert und langweilig, und man kommt nur an wenigen Aussichtspunkten vorbei. Aber die kurvige Strecke ist mitunter spannender. Es gibt viel mehr zu entdecken. Und man nimmt sich auch mehr Zeit für das Schöne, weil man eben gar nicht so schnell vorankommen kann. Wegen der ganzen Steine die dort liegen, und weil der Weg öfter mal dicht am Abgrund vorbeiführt. Letztendlich gibt es keinen richtigen Weg. Sondern nur einen, der sich richtig anfühlt. Und das ist eben bei jedem Menschen ganz verschieden."

„Das ist ein schöner Vergleich. Gefällt mir."

„Nein. Sorry. Jetzt hab´ ich rumphilosophiert. Das war alles total schräg. Vergiss einfach, was ich gesagt habe." Irgendwie war mir mein neunmalkluger Ausbruch gerade eben plötzlich peinlich. Ich wollte auf keinen Fall, dass es so rüberkam, als wolle ich ihn belehren. Erst denken, dann reden, Ella! Dein altes Problem!

„Nein, überhaupt nicht. Ich fand es wirklich eine anschauliche Metapher. Total logisch. Mach das doch jetzt nicht kaputt! Deine Worte treffen bei mir wirklich meistens ins Schwarze. Ich habe immer das Gefühl, dass du genau weißt, wie ich empfinde und es dann einfach in Worte packst. Und ich denke dann jedes Mal: ‚Hey, genauso habe ich das gemeint. Genau das lag mir auf der Zunge, aber ich konnte es nicht beschreiben.'"

Die Tanzfläche war ein gutes Stück von uns entfernt, aber die Musik war trotzdem bis hierher gut zu hören. Gerade startete der neue Song von „Ich + Ich": Vom selben Stern. Ich mochte die Melodie sehr gerne. Aber es war das erste Mal, dass ich wirklich auf den Text achtete. Und er ging mir durch und durch, grub sich tief in meine Seele. Weil er genau das ausdrückte, was ich in dem Moment empfand.

Du bist vom selben Stern
Ich kann deinen Herzschlag hörn
Du bist vom selben Stern
Wie ich
Weil dich die gleiche Stimme lenkt
Und du am gleichen Faden hängst

Weil du dasselbe denkst
Wie ich[1]

Ich blickte zu Kilian und sah ungläubig, wie er die Zeilen lautlos mitsang. Und als er mir in die Augen sah, begann ich auch zu singen, aber laut. Und er stimmte ein. Dabei blickten wir uns die ganze Zeit an. Und zum zweiten Mal teilten wir einen magischen Moment. Mein Atem ging schneller, mein Körper kribbelte. In meiner Brust war da dieses Gefühl. Ein Ziehen. Irgendwie schmerzhaft und zugleich schön. Wie Zartbitterschokolade. Süß, aber auch ein bisschen herb. Warum denke ich bei Kilian eigentlich schon wieder an Schokolade?

Ich wusste nicht, was das war. War das Freundschaft? Ging das darüber hinaus? Ich spürte eine tiefe Verbundenheit mit Kilian. Und so wie er mich ansah, spürte er das auch. Nachdem das Lied geendet hatte, mussten wir beide lachen.

„Ich bin wirklich froh, dass zwischen uns wieder alles gut ist“, ergriff er zuerst das Wort.

„Ja, das bin ich auch.“ Ich unterbrach den Blickkontakt und setzte mich wieder gerade hin. Vielleicht muss man es gar nicht in Worte fassen, was wir sind. Vielleicht gibt es dafür keine Worte. Vielleicht braucht es kein Korsett, weil unsere erstaunlichen Gefühle füreinander es doch sprengen würden. Ich atmete tief durch. Die Nachtluft war angenehm frisch. Da sah ich jemanden auf uns zukommen. Und er sah genauso aus wie Timo.

Was machte Timo denn hier? Sollte er nicht eigentlich morgen erst aus Paris zurückkommen? Und neben mir saß Kilian. Ich hatte keine Ahnung warum, aber auf das Aufeinandertreffen der beiden war ich ganz und gar nicht vorbereitet. Aber jetzt war es sowieso zu spät. Keine Vorbereitung mehr möglich. Wie auch immer die

---

[1] Auszug aus dem Songtext von Ich + Ich, Autorin: Annette Humpe

ausgesehen hätte. Er war da. Ich stand auf, und er umarmte mich stürmisch. Ich freute mich ihn zu sehen, aber ich war auch verwirrt. Er küsste mich ausgiebig auf den Mund, was mir vor Kilian unangenehm war. Warum das denn? Ich beendete den Kuss recht schnell. „Das ist ja eine Überraschung! Was machst du denn hier?“, fragte ich ihn.

„Das Meeting war schneller beendet als gedacht, und da habe ich versucht heute noch einen Rückflug zu bekommen. Und es hat geklappt. Ich weiß doch, wie wichtig dir und deiner Familie das Sommerfest ist. Also habe ich beschlossen dich zu überraschen! Freust du dich?“

„Na klar. Ich kann´s noch gar nicht glauben. Das ist toll!“

Inzwischen war auch Kilian aufgestanden und wartete darauf, dass unsere Begrüßung endete. Ich entwand mich den Armen meines Freundes und trat einen Schritt zurück. Dann stellte ich beide einander vor. Timo war hoch erfreut Kilian kennenzulernen. Er wusste von unserem Streit, und dass er mir wirklich nahegegangen war. Er schlug meinem Sandkastenfreund kumpelhaft auf die Schulter „Schön dich mal kennenzulernen. Ich hab´ schon einiges über dich gehört. Sieht so aus, als hättet ihr das Kriegsbeil endlich begraben, oder?“

Kilian sah etwas verdutzt aus. Vielleicht hatte er nicht damit gerechnet, dass ich meinem Freund von ihm erzählt hatte.

„Ja, ich hatte endlich die Eier mich zu entschuldigen.“

Timo grinste. „Sie hat´s dir nicht leichtgemacht, oder?“

„Nein, das hat sie nicht“, grinste Kilian zurück.

Ich weiß nicht, was ich erwartet hatte. Vielleicht ein bisschen Eifersucht auf Timos Seite. Keine Ahnung. Jedenfalls nicht, dass sich beide anscheinend auf Anhieb sympathisch waren. Als das Gespräch dann auf irgendein Computerspiel kam, das anscheinend beide zockten, war ich schon fast abgemeldet.

Timo war ungeplant hier erschienen und hatte es

natürlich nicht geschafft dem Dresscode zu entsprechen. Er trug einen schwarzen Anzug und ein schwarzes T-Shirt. Dazu ganz viel silbernen Schmuck. Er sah wie immer richtig gut aus. Kilian und Timo wirkten in ihren unterschiedlichen Outfits nebeneinander wie Engel und Teufel. Hell und Dunkel. Tag und Nacht. Weiße und dunkle Schokolade. Ella, du solltest ernsthaft überlegen dein Gehirn untersuchen zu lassen. Was soll das die ganze Zeit mit der Schokolade? Das wird langsam ziemlich seltsam. Hör auf damit! Sofort!

Ich hatte wieder meinen Platz hinter der Bar eingenommen und mixte Cocktails für die Gäste. Timo und Kilian saßen auf der anderen Seite des Tresens und waren schon seit über einer Stunde in eine lebhafte Unterhaltung verstrickt. War ich am Anfang noch etwas irritiert darüber gewesen, konnte ich dem jetzt einiges abgewinnen. Immerhin waren das da – meinen Vater natürlich ausgenommen – meine beiden Lieblingsmänner. Wie genial war es eigentlich, dass sie sich so gut verstanden? Es würde keine Eifersüchteleien geben, und ich konnte einen festen Freund und einen besten Freund haben. Besser ging es nicht!

„Hast du Kilian eigentlich schon erzählt, dass wir vorhaben hierher zu ziehen?", wandte sich Timo unvermittelt an mich. Er sagte es so, als gäbe es überhaupt keinen Zweifel. Als wäre das alles schon in trockenen Tüchern.

„Ja, aber ich habe gesagt, dass wir noch am überlegen sind", antwortete ich.

„Eigentlich bist nur du am überlegen. Was hältst du davon, Kilian?"

„Ich fände es natürlich cool, wenn Risi wieder zurückkommen würde. Dann würde unsere zukünftige Konversation hoffentlich nicht nur aus SMS und E-Mails bestehen."

„Risi?", fragte Timo erstaunt.

„Ja, das ist mein Spitzname für Ella. Es gab da mal eine Kochaktion, die nicht ganz so gut geendet hat. Seitdem ist sie Risi für mich. Und sie hat auch schon mal ganz vehement klargestellt, dass sie es komisch fände, wenn ich sie wieder Ella nennen würde." Er zwinkerte mir zu. Mein Gesicht wurde ganz heiß. Denn genaugenommen hatte ich ihn ja angebrüllt und nicht gebeten. Das war mir jetzt ziemlich unangenehm. „Das tut mir übrigens auch leid. Das war nicht so gemeint. Natürlich darfst du mich Ella nennen."

„Nein, schon gut. Risi gefällt mir viel besser. Ich weiß gar nicht, warum ich aufgehört habe dich so zu nennen", sinnierte er.

„Nette Geschichte. Aber ich hoffe, ich soll dich jetzt nicht auch so nennen? Schneewittchen, Nicos Spitzname für dich, gefällt mir nämlich viel besser." Timo sah mich fragend an.

„Nein, niemand SOLL mich so nennen. Und du schon gar nicht, du musstest mein Risi-Bisi schließlich auch nicht essen. Deshalb, und nur deshalb, genießt Kilian dieses Privileg."

„Ja, Alter, das war nämlich die absolute Zumutung. Keine Ahnung wie sie es hinbekommen hat matschigen Reis anbrennen zu lassen. Ich hoffe, sie kocht jetzt besser." Kilian und Timo lachten. „Naja, ich würde sagen, sie sollte eher beim Cocktailmixen bleiben." Timo hielt Kilian seine Hand hin, und der klatsche ab.

„Moment mal, ihr könnt euch beide doch nicht einfach gegen mich verschwören! Ihr solltet eigentlich auf meiner Seite sein", tat ich entrüstet.

„Wer verschwört sich da gegen eine meiner Töchter?" Mein Vater trat an die Bar und setzte sich auf den letzten freien Hocker.

„Wir haben nur gerade darüber geredet, dass Ellas Kochkünste, naja, sagen wir mal – noch ausbaufähig sind", erklärte Timo.

„Ah ja, da habe ich auch ein paar Geschichten auf Lager." Das wurde immer besser: Jetzt machte mein Vater auch noch mit. „Das gibt es doch nicht. Immer auf die Kleinen! Ihr wisst aber schon, dass ich hier die Getränke verwalte. Und wie ich sehe, ist euer Bier gleich alle."

„Du würdest uns doch nicht verdursten lassen, nur weil wir die Wahrheit aussprechen, oder?" Kilian starrte mich scheinbar entsetzt an.

„Das muss ich mir ehrlich gesagt noch schwer überlegen." Ich versuchte ein unergründliches Gesicht aufzusetzen.

„Ich fürchte, Männer, ich muss da ein bisschen Widergutmachung leisten. Entschuldigt mich!" Timo stand auf und umrundete die Bar. „Wie wär´s mit einem Kuss zur Besänftigung?"

„Pfff, du immer mit deinen Küssen. Darauf bin ich das letzte Mal auch schon nicht eingestiegen."

„Das stimmt. Aber wenn es ein ganz fantastischer Kuss wäre? So einer, der dich echt von den Socken haut?" Timo war immer näher gekommen und legte jetzt seine Hände auf meine Hüften.

„Aber der müsste wirklich ziemlich fantastisch sein."

„Das krieg ich hin …"

Ich hörte, wie sich Kilian und mein Vater unterhielten. Und so konnte ich mich ganz auf Timos Zärtlichkeit einlassen. Und er hatte wirklich nicht zu viel versprochen. Als der Kuss endete, schnappte sich Timo drei Bierflaschen, öffnete sie und stellte sie auf den Tresen. Als ich hoch sah, traf mein Blick den von Kilian. Er sah mich einen Moment ganz seltsam an, blickte dann aber wie ertappt schnell zu meinem Vater. Dieser Ausdruck. Ich konnte ihn nicht direkt zuordnen. Aber etwas daran fühlte sich komisch an. Timo brachte einen Trinkspruch aus, und wir stießen alle an. Der Moment war vergessen.

Ich wollte diesen ereignisreichen Abend unbedingt mit

Jennifer teilen und tippte ihr eine SMS: „Der Abend heute ist krass. Kilian hat sich bei mir entschuldigt, und wir haben uns wieder vertragen. Es war ganz schön emotional. Und dann ist Timo doch noch auf der Feier aufgetaucht, obwohl er eigentlich in Paris sein sollte. Und du wirst es nicht glauben, aber die beiden verstehen sich blendend."

Keine 20 Sekunden später klingelte mein Telefon. Es war Jen. Ich trat aus dem Pavillon, machte einige Schritte zu den Bäumen und brachte mich außer Hörweite.

„Hi Jen, was gibt's?"

„Was es gibt? Beim Lesen deiner SMS ist mir fast das Herz stehengeblieben! Das gibt es! Kilian hat sich entschuldigt? Ich will alles ganz genau wissen."

Also erzählte ich ihr haarklein, was sich zugetragen hatte. Als ich bei unserem Moment mit dem Lied angekommen war, das uns in diesem Augenblick in irgendeiner Weise verbunden hatte, konnte sie sich nicht mehr zurückhalten.

„Ich kann das einfach nicht glauben. Ihr beide treibt mich noch in den Wahnsinn. Jetzt habt ihr sogar schon ein Lied zusammen."

„Das ist nicht UNSER Lied. Das war nur ein Moment. Ein zugegeben sehr besonderer Moment."

„Ella, ganz ehrlich. Das ist das romantischste, das ich seit langem gehört habe. Und du weißt, ich inhaliere Liebesfilme und –Bücher."

„Du siehst immer überall nur Romantik. Dabei ist es einfach eine ganz besondere Verbundenheit. Immerhin sind wir am selben Tag, im selben Krankenhaus, zur selben Zeit geboren. Das muss doch etwas bedeuten. Ich weiß nicht, welche Gefühle das sind. Sie lassen sich eben nicht in eine Schublade stecken. Es ist Freundschaft. Vielleicht ein bisschen mehr."

„Ein bisschen? Dazu fällt mir spontan ein Zitat aus Stolz und Vorurteil ein: ‚Ich sollte dir sagen, dass du mich ganz und gar verzaubert hast, und dass ich dich liebe, liebe,

liebe.'"

„Ich liebe Timo. Ich werde wahrscheinlich bald mit ihm zusammenziehen. Er nimmt mich so, wie ich bin und gibt mir das Gefühl begehrenswert zu sein. Wir sind jetzt schon über ein Jahr zusammen. Das ist meine längste Beziehung bisher. Das mit Kilian ist nicht definiert. Ich war mal verliebt in ihn, aber jetzt ist mir seine Freundschaft viel wichtiger. Ich …"

Hinter mir knackte ein Zweig. Ich drehte mich um und sah Kilian wenige Meter entfernt von mir stehen. Das darf nicht wahr sein. Bitte lass das nicht wahr sein! Seit wann steht er da? Ist er gerade erst gekommen? Hört man überhaupt was aus der Entfernung? Er steht höchstens vier Meter weg. Da hört man was. Aber die Musik ist relativ laut. Hilfe! Das ist so unfassbar peinlich! Was soll ich denn jetzt tun?

Ich sah ihn ertappt an. Er sah mich überrascht an.

Was hat er gehört? Jetzt weiß er, dass ich mal in ihn verknallt war. Ist doch kein Problem. Doch, das ist ein riesiges Problem!

„Ella, bist du noch dran?"

Ganz ruhig, Ella! Einfach cool bleiben. Tu so, als wäre nichts gewesen!

Ich dachte an meine Mutter, die mir jetzt bestimmt wieder zu Humor geraten hätte. Aber wie bitte soll ich das mit Humor nehmen? ‚Ja, jetzt weißt du, dass ich dich mal ein bisschen angeschmachtet habe. Witzig, oder? Zum Brüllen komisch.' Gar nicht witzig! Überhaupt nicht witzig! Das wird alles kaputt machen. Wir können nie wieder unbefangen miteinander umgehen. Das ist eine Katastrophe!

KAPITEL 8
Jahr: 2009
Alter: 26

Ich saß mit meinen Eltern auf der Terrasse im Schatten und schlürfte Eistee. Die Vorbereitungen für das Fest waren fast alle abgeschlossen. Die Sonne feierte ihre eigene Party. Das Thermometer zeigte weit über 30 Grad an. Ich versuchte mich so wenig wie möglich zu bewegen, um nicht noch mehr ins Schwitzen zu geraten. Meine Augen waren starr auf die beiden Volleyballspieler gerichtet, die sich gerade auf unserem Rasen ein Match lieferten. Das Motto lautete dieses Jahr „Sport, Spiel und Spaß“. Und auch wenn die Feier noch nicht gestartet war, testeten Kilian und Timo schon mal das Netz, das sie eben aufgebaut hatten.

Wir hatten die letzten Stunden damit verbracht alle möglichen Spiel- und Sportmöglichkeiten im Garten zu platzieren: Boccia, Twister, Tischtennis und sogar ein riesiges Schachspiel. Ich war regelrecht erschöpft von der Arbeit in der Bullenhitze. Aber die Jungs hatten sogar noch Energie übrig um Sport zu treiben. Das überstieg eindeutig meine Vorstellungskraft. Ich schenkte mir Tee nach. Die

Eiswürfel waren bereits geschmolzen. Sofort wanderte mein Blick wieder zurück zum Volleyballspiel. Ich musste ehrlich gestehen, dass ich vor allem zu Kilian starrte. Was allerdings nicht verwunderlich war, denn er war oben ohne. Und er hatte in letzter Zeit wirklich viel Sport gemacht. Sehr viel Sport. Ich beobachtete fasziniert das Spiel seiner Muskeln.

Kilian und Timo kannten sich heute seit genau zwei Jahren. Und sie waren richtig gute Freunde geworden. Wir machten viel gemeinsam, manchmal auch Doppeldates – Kilian hatte ständig eine neue Frau an seiner Seite. In dieser Hinsicht wurde es nie langweilig mit ihm. Er war immer noch ein Frauenheld, durch und durch.

Timo und ich waren vor etwa eineinhalb Jahren wieder zurück in die Stadt gezogen und hatten uns eine gemeinsame Wohnung genommen: eine Dachwohnung mit großer Terrasse und schicker Einbauküche mit viel Edelstahl. Timo zahlte den Großteil der Miete. Als Fotografin musste ich mir erst noch einen Namen machen. Und ich musste für mein kleines Studio ebenfalls Miete aufbringen. Aber es lief ganz gut – dafür, wie kurz ich erst im Geschäft war. Nach einigen Anlaufschwierigkeiten klappte auch das Zusammenleben mit Timo wunderbar. Das einzige Streitthema war das Putzen. Er bot an uns eine Putzkraft zu bezahlen, aber ich hatte dabei ein ungutes Gefühl. Er gab schon genug Geld für uns aus. Ich fühlte mich schlecht, weil ich aktuell noch so wenig beitragen konnte. Die meisten meiner Aufträge kamen derzeit über Timos Werbeagentur. Aber das Feedback war durchwegs positiv. Was mich hoffen ließ, dass sich bald herumsprechen würde, dass ich gute Arbeit ablieferte.

Seit ich wieder hier war, war der Kontakt zu meiner Familie wieder enger geworden. Und auch der zu Kilian. Nach dem Schreckmoment auf dem vorletzten Sommerfest dachte ich schon, alles wäre vorbei. Aber anscheinend hatte er nichts von dem Telefonat mit Jennifer mitbekommen. Er hatte mir damals nur zugerufen, dass sie noch ein paar

Kästen Bier aus dem Keller holen würden und war dann mit Timo Richtung Haus verschwunden. Auch danach war er völlig normal zu mir gewesen, woraus ich schloss, dass er nichts gehört haben konnte. Ich war so wahnsinnig erleichtert gewesen. Der Brocken, der mir vom Herzen gehüpft war, war zentnerschwer gewesen.

Unsere E-Mail und SMS Freundschaft weitete sich aus. Wir telefonierten regelmäßig und trafen uns auch hin und wieder alleine – ohne Timo. Vor allem, wenn der auf Geschäftsreise war. Dann veranstalteten wir Serienabende mit tonnenweise Chips und Popcorn. Zu fast allen Serien, die sich Timo weigerte mit mir zu schauen, konnte ich Kilian überreden: „Alias", „Two and a Half Man" und sogar „Gossip Girl". Nur bei „Greys Anatomy" streikte er. Dabei löste diese Krankenhausserie mein heiß geliebtes „Emergency Room" absolut würdig ab. Ich konnte einfach nicht ohne Liebesdramen rund um den OP-Tisch auskommen. Kilian sah das leider anders. Für ihn war es eindeutig zu viel Drama.

Er war ein wichtiger Teil meines Lebens geworden. Er war mein bester Freund. So wie Jen meine beste Freundin war.

„Kein schlechter Anblick, die beiden", bemerkte meine Mutter.

„Mama! Das ist mein Freund, über den du da redest."

„Dein Freund ist aber nicht derjenige, den du die ganze Zeit anstarrst", erwiderte sie trocken. Ich fühlte mich ertappt.

„Man wird ja wohl noch schauen dürfen." Auf der Suche nach Unterstützung blickte ich zu meinem Vater.

„Ich muss dringend noch im Keller nach den Federballschlägern suchen", zog er sich aus der Affäre und damit auch von dannen.

„Na wunderbar", murmelte ich. Jetzt war ich der Inquisition schutzlos ausgeliefert.

„Wie ist es eigentlich damals ausgegangen, mit dem Jungen? Die komplizierte Situation. Du weißt schon. Worüber wir gesprochen hatten."

„Daran kannst du dich erinnern? Das ist doch ewig her ..."

„Natürlich kann ich mich daran erinnern. Was ist daraus geworden? Hast du auf dein Herz gehört?" Sie sah mich interessiert an.

„Mama, das klingt so furchtbar kitschig", erwiderte ich abfällig.

„Mag sein. Das Leben verträgt aber manchmal ein bisschen Kitsch. Lass es mich anders ausdrücken: Hast du herausgefunden, was du gefühlt hast und was du wolltest?"

Ich dachte an den Abend unseres Gesprächs zurück. Ich hatte mich im Anschluss furchtbar mit Kilian gestritten. Dabei war ich so aufgeregt gewesen, ihn endlich wiederzusehen. Danach hatte sich gar nicht mehr die Frage nach meinen Gefühlen gestellt. Und seit wir uns wieder versöhnt hatten, war ich mit Timo zusammen. Also gab es auch nichts nachzudenken. Vielleicht wäre es sogar fatal, zu viel zu grübeln. „Nein, das habe ich nicht. Es hat sich von selbst erledigt", sagte ich deshalb schnell.

Sie machte ein unzufriedenes Gesicht. „Das hatte ich befürchtet."

„Wieso befürchtet? Bei mir ist alles gut. Ich liebe Timo."

„Ja, ich weiß", bemerkte sie etwas resigniert.

„Dann ist doch alles gut. Ich verstehe nicht, was du von mir willst?"

„Ich will gar nichts von dir. Ich möchte nur, dass du glücklich bist. Und ich weiß aus eigener Erfahrung, dass Dinge, die man verdrängt, einen immer wieder einholen."

„Ich habe das nicht verdrängt. Jedenfalls nicht absichtlich. Es stand einfach nicht mehr zur Debatte. Fertig, aus." Es war mir zuwider, diese alten Verwirrungen noch einmal auszugraben.

„Das Problem mit Gefühlen ist, dass sie sich nicht

einfach abschalten lassen. Auch wenn man sich das noch so sehr wünscht."

„Ich habe immer noch Gefühle für diese Person, aber nicht so wie du denkst. Es ist wirklich alles in Ordnung Mama. Mach dir keine Sorgen!"

Sie sah mich eindringlich an. „Es freut mich wirklich für dich, wenn das so ist. Das ist wunderbar. Aber falls es doch nicht so sein sollte und falls du das irgendwann bemerkst, dann hör´ nicht auf deinen Verstand. Hör auf deinen Bauch, hör´ auf dein Herz – wie immer du es auch nennen magst! Manchmal muss man im Leben unliebsame Entscheidungen treffen, die einem Angst machen. Aber dieses Wagnis ist mitunter der einzige Weg zum Glück. Und solche Entscheidungen kann man nicht mit dem Kopf treffen. Denn sie machen meistens keinen Sinn. Aber deshalb sind sie trotzdem richtig."

Ich begriff nicht, warum sie mir das erzählte. Ich stand nicht vor so einer Wahl. Ganz bestimmt nicht. „Das hört sich so an, als musstest du mal so eine Entscheidung treffen."

„Ja, das musste ich."

„Erzählst du mir davon?"

Sie überlegte kurz. „Bevor ich deinen Vater kennenlernte, war ich mit einem anderen Mann verlobt", ließ sie dann die Bombe platzen.

Ich starrte meine Mutter ungläubig an. Davon hatte ich noch nie gehört.

„Ja, wir wollten heiraten. Er war wie ich. Gut strukturiert, ordentlich, zielstrebig. Es war alles scheinbar perfekt. Wir waren drei Jahre zusammen. Dann lernte ich Bernd kennen. Er war das genaue Gegenteil: chaotisch, spontan, unberechenbar. Ich kannte ihn erst einen Monat. Er machte mir Avancen. Ich stieg natürlich nicht darauf ein. Aber er berührte etwas in mir. Ich konnte das nicht greifen, aber es war da. Und dein Vater ließ nicht locker. Er schaffte es immer wieder Zeit mit mir zu verbringen. Er holte mich von der Arbeit ab und begleitete mich nach Hause. Oder er war genau dann im Tennisclub, wenn ich auch spielte. Dann bekam er einen Job in einer anderen Stadt angeboten. Am anderen Ende des Landes. Und er nahm ihn an. Er wollte, dass ich mitkomme. Natürlich war das zuerst unvorstellbar. Aber du kennst das Ende der Geschichte." Sie lächelte in sich hinein.

„Du bist mit ihm mitgegangen? Einfach so, obwohl du ihn kaum kanntest?"

„Ja, das bin ich. Ich habe ein einziges Mal etwas getan, das nicht logisch war. Und es war die beste Entscheidung meines Lebens. Aber mit meinem Verstand hätte ich sie niemals getroffen."

„Das war doch bestimmt schrecklich für deinen Verlobten", mutmaßte ich.

„Es brach ihm das Herz und mir ein Stück weit auch. Es war die schwierigste Wahl, die ich jemals treffen musste."

„Ich hoffe, ich muss so eine Entscheidung niemals fällen. Ich weiß nicht, ob ich das könnte."

„Das hoffe ich auch für dich, mein Schatz. Das hoffe ich sehr."

„Was macht ihr denn für ernste Gesichter?" Timo und Kilian traten an unseren Tisch und ließen sich jeweils auf einen Stuhl fallen.

„Wir sind einfach nur fassungslos, wie ihr bei dem Wetter Sport treiben konnt", lenkte ich ab.

„Es ist doch schön, wenn einem so richtig der Schweiß runter läuft. Ich dachte, Frauen finden das sexy", grinste mich Timo an und lehnte sich zu mir herüber.

„Bleib bloß weg von mir", lachte ich. Aber er dachte gar nicht daran und umarmte mich fest. Ich kreischte auf „Igitt! Jetzt bin ich auch reif für die Dusche. Vielen Dank." Ich war nicht wirklich sauer und gab ihm das mit einem Kuss zu verstehen.

„Wie wär´s, wenn wir alle zur Abkühlung in den Schwimmteich springen würden?", schlug Kilian vor.

„Weltbeste Idee! Ich bin dabei“, stimmte Timo zu.

„Ich auch. Aber ich muss mich erst umziehen. Dann bringe ich gleich Handtücher mit. Wir treffen uns dann unten.“ Die Jungs trugen schon ihre Badeshorts. Timo musste nur noch sein Shirt ausziehen.

„Viel Spaß euch. Ich schau mal nach Papa. Der scheint bei der Suche nach den Federballschlägern verschollen zu sein“, ergänzte meine Mutter.

Ich stand in meinem beerenfarbenen Bikini vor dem Ganzkörperspiegel in meinem ehemaligen Zimmer. Meine Eltern hatten es inzwischen zum Gästezimmer umgebaut und mit neuen Möbeln eingerichtet. Der Spiegel war allerdings immer noch derselbe. Aber ich war nicht mehr dieselbe unsichere Person, die damals in den Spiegel geblickt hatte. Ich hatte mich verändert und gelernt meinen Körper so anzunehmen, wie er war: rundlich, mit weiblichen Formen und einigen Dellen und Dehnungsstreifen. Ich sah immer noch meine vermeintlichen Schwachstellen, aber noch mehr sah ich die positiven Seiten: meine schöne Oberweite, meine Taille, meine schlanken Waden.

Mit Yoga hatte ich es zwar nicht geschafft wirklich abzunehmen, aber ich hatte meinen Körper gestrafft. Und wenn ich jetzt in den Spiegel blickte, gefiel mir ganz gut, was ich da sah. Natürlich könnte es besser sein. Aber wer war schon zu 100% zufrieden mit seinem Körper? Selbst Models hatten meistens etwas an sich auszusetzen. Und die Frage, die sich mir einmal stellte, war auch: Für wen muss ich denn eigentlich perfekt sein? Ich muss es nicht für meine Eltern, denn ich bin ihr Kind, und sie lieben mich, wie ich bin. Ich muss es nicht für meine Freunde, denn wenn das eine Rolle spielen würde, was wäre das für eine armselige Freundschaft? Ich muss es nicht für meinen Freund, denn er ist heiß auf mich. Unerklärlich? Unglaublich? Wunderbar! Warum bin ich mir also nicht selber gut genug? Und als ich an diesen Punkt gekommen war, hatte sich meine Selbstwahrnehmung plötzlich stark verändert. Es war an erster Stelle nicht mehr wichtig, wie ich aussah, sondern ob ich mich wohlfühlte. Und das war wirklich mein Schlüssel zum Glück.

Ich verzichtete also darauf, mir ein Tuch um die Hüften zu schlingen, schlüpfte in meine Zehenschlapper und machte mich mit einem Stapel Handtücher auf den Weg zum Teich. Die Jungs trieben schon im Wasser und sahen zu mir auf, als sie mich näherkommen sahen. Ich hatte also eine Art von Auftritt, der mir früher wahnsinnig unangenehm gewesen wäre. Heute schaffte ich es, mit Stolz erhobenem Haupt – und nur ein klitzekleines bisschen eingezogenem Bauch – die Aufmerksamkeit sogar ein wenig zu genießen. Nachdem ich die Handtücher abgelegt hatte, ließ ich mich ins Wasser gleiten. Es war eine wirklich angenehme Abkühlung.

Der Schwimmteich war nicht so groß, dass man hätte meterweise Bahnen ziehen können, aber für ein bisschen herumplantschen reichte es allemal. Ich legte mich auf den Rücken und ließ mich einfach treiben. Plötzlich platschte es neben mir, und ein Schwall Wasser ergoss sich über mich. Prustend sah ich mich um. War ja klar, Nicos Auftritt war immer noch ein bisschen effektvoller als meiner. Ich musste schmunzeln. Meine Schwester wie sie leibt und lebt.

„Wird Zeit, dass ich mal ein bisschen Schwung reinbringe, in eure Rentner-Schwimmgruppe."

„Ich zeig dir gleich Rentner-Schwimmgruppe." Kilian schnappte sie sich und tauchte sie unter Wasser. „Viel zu frech, die jungen Dinger heutzutage", grinste er.

Nico revanchierte sich mit einem dicken Schwall Wasser, mitten in sein Gesicht. Auch Timo mischte sich ein, tauchte und zog sie an den Füßen unter die Wasseroberfläche. Ich sah eine Weile zu, beschloss aber, dass ich keine Lust hatte mitzumischen. Ich stieg aus dem Teich, legte mich auf den Holzsteg und ließ die Sonne meinen Körper trocknen. Ein Bein baumelte ins Wasser. Mit geschlossenen Augen dachte ich nach.

Nico war wie meine Mutter. Wenn sie einen Raum betrat oder zu einer Gruppe dazukam, konzentrierte sich die volle Aufmerksamkeit auf sie. Sie war wie die Sonne, die plötzlich aufging. Und alle anderen waren die Planeten, die darum kreisten. Ich war darauf nicht eifersüchtig. Naja, früher wohl schon, ab und an. Aber heute faszinierte mich dieses Phänomen eher. Ich weiß nicht, wie sie es anstellte. War es das, was sie sagte? Ihr Auftreten, ihre Ausstrahlung? Wahrscheinlich alles zusammen. Diese Art von Selbstbewusstsein hatte ich nicht. Noch nicht. Aber selbst wenn ich dieses Selbstvertrauen besäße, wäre ich wahrscheinlich trotzdem keine Sonne, sondern eher der Saturn. Ein cooler Planet, der mit seinen Ringen aus Eis heraussticht und nur auf den ersten Blick etwas kühl wirkt. Ja, der Vergleich hinkt vielleicht etwas, aber der Saturn ist eben mein Lieblingsplanet im Universum. Von der Erde natürlich abgesehen.

Nach einer Weile gesellten sich auch die anderen zu mir, nur Nico blieb weiter im Wasser. Timo schnappte sich einen Liegestuhl in der Nähe. Kilian setzte sich neben mich.

„Wie läuft es in der Arbeit?“, fragte ich ihn, immer noch liegend.

„Wirklich gut. Jetzt bin ich schon fast seit einem Jahr im Marketing. Und es macht mir echt Spaß. Je mehr ich mich mit der Materie beschäftige, desto mehr Ideen bekomme ich für den Betrieb meines Vaters“, erzählte er begeistert.

„Das hört sich gut an. Weißt du schon, wann du bei deinem Papa einsteigen willst?“, hakte ich nach.

„Ich dachte erst, ich will einige Jahre in anderen Unternehmen arbeiten. Aber irgendwie brennt es mir grade unter den Nägeln, meine Ideen zu verwirklichen und mich in den Familienbetrieb einzubringen. Und dort eine Modernisierung anzustoßen.“

„Das sind ja ganz neue Töne.“ Verwundert sah Timo zu

Kilian herüber. „Wo kommt das denn auf einmal her? Vor allem das Wort ‚Familie' aus deinem Mund zu hören? Wirst du etwa langsam sesshaft? Und, jetzt fällt es mir erst auf: Du hast heute ja gar keine neue Frau an deiner Seite! Kumpel, du lässt langsam echt nach. Müssen wir uns Sorgen machen?", feixte Timo.

Kilian winkte ab. „Ich habe nur von Familienbetrieb gesprochen. Zumindest fürs Erste", bemerkte er augenzwinkernd. „Aber du hast Recht, keine Frauengeschichten aktuell. Das wird mir langsam zu anstrengend, die immer wieder alle abzuwimmeln. Wenn sie einmal mit mir geschlafen haben, dann bekomme ich sie einfach nicht mehr los." Er bleckte die Zähne. Und bekam prompt von Nico wieder einen Schwall Wasser ab.

„Du bist so ein ekelhafter Chauvinist", warf sie ihm vor.

„War doch nur Spaß", versuchte er sich lachend zu verteidigen. „Nein, im Ernst. Ich hätte schon Lust, da mit meinem Vater zusammen etwas aufzubauen. Etwas richtig Großes. Aber ich brauche noch mehr Erfahrung, das weiß ich. Vielleicht in zwei oder drei Jahren. Mal sehen. Außerdem könnte ich mir so langsam auch mal eine feste Beziehung vorstellen."

„Sagt derjenige, der sich immer sofort eingeengt fühlt?!", konterte ich.

„Es muss ja nicht sofort sein, aber irgendwann hätte ich schon gerne was Festes. Heiraten und Kinder nicht ausgeschlossen. Der ganze Kram eben. Dieses Single-Leben geht mir auf Dauer auf die Nerven." Das war wirklich etwas ganz Neues aus seinem Mund.

„Ich fall´ echt vom Glauben ab. Kilian? Bist du es wirklich?", zog ihn Timo auf. „Er redet auch gleich noch von Kindern in der Mehrzahl. Halleluja. Das ist ja sogar bei uns noch meilenweit entfernt, und wir sind schon ein paar Jahre zusammen."

„Ist das so?" Ich sah ihn überrascht an. Einerseits war ich geschmeichelt, weil er von „uns" in der Zukunft sprach.

Wir hatten das Thema heiraten noch nie angeschnitten. Für mich fühlte sich das auch noch etwas zu früh an. Aber ich wollte auf jeden Fall gerne Familie haben. Natürlich noch nicht sofort. Aber auch nicht in allzu ferner Zukunft.

„Ja klar. Wir starten doch karrieremäßig gerade erst so richtig durch. Das hat für mich oberste Priorität. Dein Fotobusiness ist noch ganz am Anfang. Da musst du erst mal eine Menge Arbeit reinstecken", erwiderte er.

„Das weiß ich, ich will ja nicht jetzt gleich Kinder bekommen. Aber ich möchte auch nicht ewig damit warten." Irgendwie waren das hier der falsche Ort und die falsche Zeit für diese Unterhaltung. Die hätten wir besser unter vier Augen geführt. Aber seine Aussage ließ mir keine Ruhe, und ich wollte jetzt sofort wissen, was er über diese Sache dachte.

„Du hast doch noch ewig Zeit, bis deine biologische Uhr tickt. Du bist grade mal 26 Jahre alt. Heutzutage ist es völlig normal, wenn Frauen erst Mitte oder Ende 30 Kinder bekommen, nachdem sie ihre Karriere richtig an den Start gebracht haben", erwiderte Timo.

„Ende 30?", fragte ich geschockt. „Ich will doch keine alte Mama werden, die später alle für die Oma halten. Ich könnte mir eher Anfang 30 vorstellen. So in vier oder fünf Jahren vielleicht. Das ist genug Zeit, um beruflich Fuß zu fassen. Familie ist mir wichtig."

„Du übertreibst maßlos. Mit Ende 30 bist du doch noch nicht alt."

„Ich nicht, aber meine Gebärmutter", brachte ich es auf den Punkt. Nico kicherte und Timo seufzte. „Komm doch mal her zu mir Baby, ich bin hier so einsam!" Er klopfte neben sich auf die Liege. Ich wollte nicht, dass die Stimmung kippte, auch wenn ich absolut nicht seiner Meinung war. Aber jetzt war nicht der richtige Zeitpunkt um das auszudiskutieren. Ich raffte mich also auf und legte mich zu Timo auf die Liege. Er zog mich direkt auf sich und umarmte mich. „Hey, Schneewittchen. Wir sind doch ein Dream-Team, und wir können zusammen noch so viel erreichen und erfolgreich sein. Lass uns doch erst mal sehen, wo uns das alles hinführt, bevor wir uns Nachwuchs ans Bein binden!" Ans Bein binden? Was war das denn für ein Ausdruck? Das machte ziemlich klar, wie er über die Sache dachte. Ich musste schwer schlucken. Aber Meinungen konnten sich ändern, oder? Wer wusste schon, wie er in ein oder zwei Jahren darüber dachte. Ich schmiegte mich an ihn, brauchte jetzt seinen Halt, musste ihn spüren. Das war Timo. Ich liebte ihn. Er war meine Welt. Und das Hier und Jetzt war wichtig. Und das fühlte sich gut an. Er küsste meinen Hals und zog mit den Zähnen ganz leicht an meinem Ohrläppchen. Schließlich trafen seine Lippen die meinen, und mir wurde plötzlich sehr bewusst, dass eine Menge von meiner nackten Haut direkt auf seiner lag.

„Bäh, nehmt euch ein Zimmer! Beziehungsweise geht in irgendein Zimmer, wenn ihr so was macht!" unterbrach uns Nico. Timo grinste mich lasziv an. Das kam einer Aufforderung gleich. Und es war verdammt sexy. Aber nach dem Gespräch eben war mir einfach nicht danach.

„Keine Panik, das war nur ein Kuss. Ich wusste ja gar nicht, dass du so prüde bist", konterte ich Nicos Kommentar stattdessen und verließ meinen Platz neben Timo um mich wieder zu Kilian zu setzen. Ich musste das eben Gehörte erst einmal verdauen. Auf ein Schäferstündchen hatte ich jetzt definitiv keine Lust, auch wenn mein Körper da anscheinend anderer Meinung war, was meine Brustwarzen eindeutig zur Schau stellten. Möglichst unauffällig verschränkte ich die Arme vor meinen Brüsten.

„Pah, prüde! Sogar Kilian ist ganz rot geworden. Und der ist bekanntlich kein Kind von Traurigkeit", meinte Nico.

Verwundert blickte ich zu ihm. Es hatte ihn doch nicht wirklich gestört, oder? Erstaunlicherweise wich er meinem

Blick aus und starrte aufs Wasser, anstatt einen flapsigen Kommentar anzubringen. Was war denn jetzt los? Ich ließ meine Beine ins Wasser baumeln und strampelte ein bisschen herum. Er sah auf meine Füße und war plötzlich wieder ganz der Alte. Mit einem Grinsen im Gesicht beäugte er meine Pediküre. „Jeder Nagel eine andere Farbe. Ich glaube, ich habe ein Déjà-vu. Wir beide, vor etwa zehn Jahren, auch an diesem Steg? Kann das sein, dass das schon so lange her ist?“

Ich war mehr als überrascht, dass er sich an meine bunten Fußnägel von diesem Tag erinnerte. Er hatte sie damals nicht kommentiert. Ich dachte, sie wären ihm gar nicht aufgefallen. Dabei hatte ich sie in der Hoffnung regenbogenfarben lackiert, dass er etwas dazu sagen würde. Nachdem er mir das Jahr zuvor mitgeteilt hatte, wie sehr er meinen kleinen Farb-Tick mochte. Aber an jenem Abend hatte er die Feier frühzeitig verlassen, um sich mit Daniela zu treffen. Und ich blieb mit Liebeskummer zurück. Richtig teenagermäßigem Liebeskummer. Da musste ich 17 gewesen sein.

„Ja, ich glaube, das war vor genau neun Jahren. Wahnsinn wie die Zeit vergeht.“

Nico stieg aus dem Wasser und schnappte sich eines der Handtücher. Sie machte ein paar Schritte zu Timo und wedelte ihm damit vor den geschlossenen Augen herum. „Der ist doch tatsächlich eingepennt“, ließ sie verlauten. „Wir sollten ihm mit Sonnencreme irgendwas Lustiges auf den Bauch malen.“ Da keiner von uns auf den Vorschlag einging, machte sie sich achselzuckend auf den Weg zurück zum Haus.

„Deine Farbsortierleidenschaft ist also ungebrochen?“, nahm Kilian das Thema wieder auf.

„Ja, alles beim Alten. Letztens habe ich mich dabei erwischt, wie ich die Mikrofasertücher in unserer Abstellkammer farblich in die für mich richtige Reihenfolge gebracht habe. Da musste ich selbst lachen.“

„Und, wie kommt Timo mit dieser wirklich fiesen Marotte zurecht?“, fragte er ironisch.

„Er hat sich seinem Schicksaal ergeben. Ich habe allerdings seine Bücher mit meinen vermischt. Nur um die Buchrücken richtig sortieren zu können. Da war er erst mal ziemlich sauer. Er hatte wohl seine eigene Ordnung, nach Autor, oder so. Jetzt findet er nichts mehr. Aber hey, dafür sieht es schön aus. Außerdem brauche ich das für meinen Seelenfrieden. Das hört sich komisch an, ich weiß. Vielleicht sollte ich diese Zwangsstörung mal behandeln lassen. Ich habe schon ernsthaft darüber nachgedacht.“

„Solange sie dir nicht zu schaffen macht oder dich beeinträchtigt, ist doch alles in Ordnung, oder?“

“Ja, das stimmt. Aber ich wohne jetzt eben nicht mehr alleine, es tangiert also auch andere Menschen.“

„Timo wird schon damit klarkommen, wenn er mal ein bisschen länger nach einem Buch suchen muss“, grinste mich Kilian aufmunternd an. „Er ist ja kein Bücherwurm. Ich wusste zum Beispiel gar nicht, dass er mehr liest als Comics. Und ich glaube, er fände es sicher schade, wenn diese kleine, liebenswerte Marotte von dir plötzlich weg wäre. Also ich fände es schade.“

„Naja, liebenswert würde ich sie jetzt nicht gerade nennen“, schwächte ich das Kompliment ab, obwohl es mich sehr freute, dass er es gemacht hatte. Ich musste endlich mal lernen so etwas anzunehmen und nicht immer gleich gegenzuschießen. „Danke“, schob ich deshalb noch schnell hinterher.

Kilians Füße strampelten nun ebenfalls im Wasser. Mein Blick wanderte weiter nach oben und fiel auf seinen tätowierten Arm, direkt neben mir. Ich hatte die Motive mittlerweile schon sehr häufig gesehen und mir das ein oder andere auch von ihm erklären lassen. Die meisten Bilder hatten eine Bedeutung, ein paar waren aber auch nur Dekoration. Sie flossen alle ineinander über, den ganzen Arm entlang. Es sah aus wie ein Ärmel aus kleinen

Kunstwerken, den er trug. Die Tattoos endeten mit einem Ornament, das wie eine Art Klappe oben auf der Schulter saß. Beim anderen Arm war dieses Ornament identisch, aber sonst war er mit völlig anderen Motiven verziert.

Ich sah mir seine Tattoos genauer an. So aus der Nähe entdeckte ich einige Einzelheiten, die mir bisher noch nicht aufgefallen waren. Unter anderem sah ich zum allerersten Mal, dass sich zwischen einem Koikarpfen, einem Totenkopf und einem Surfbrett, ein kleiner Winnie Pooh versteckte. Er fiel nicht besonders auf, weil er im Gegensatz zu den meisten anderen Bildern nicht farbig war. Ich war so fasziniert, dass ich viel zu spät merkte, wie ich mit meiner Hand über die Tattoos fuhr und vor dem kleinen Bären gestoppt hatte. Wir waren zwar gut befreundet, aber diese Berührung fühlte sich plötzlich viel zu intim an. Ich nahm die Hand schnell weg und sah etwas verlegen in Kilians Gesicht, um zu überprüfen, ob es ihm unangenehm war. Er blickte mir direkt in die Augen und das so intensiv, dass ich für einen Moment alles vergaß. Meine Hand wanderte wieder zu seinem Arm, ohne dass ich diese Bewegung bewusst gesteuert hätte.

„Ich …", hatte keine Ahnung, was ich sagen wollte. „Ich …", versuchte ich es noch einmal „… was ist das für ein Tattoo? Das ist mir noch nie aufgefallen." Ich strich mit meinem Daumen um das Bild herum. Sein Blick wanderte zu meiner Hand, und er lächelte.

„Darf ich euch vorstellen? Das ist Winnie. Winnie, das ist Ella. Nur ich nenne sie Risi. Denk also nicht mal dran!", richtete er sich an die Zeichentrickfigur auf seiner Haut.

„Hallo Winnie", spielte ich mit. Aber dann wurde ich ernst. „Warum hast du Pooh den Bären auf deinem Arm? Ist das eine Kindheitserinnerung?"

„Jemand hat mir mal ein ziemlich passendes Zitat von ihm gesagt. Das hat mir mal wirklich geholfen und so gut gefallen, dass ich es auf diese Weise verewigen wollte."

Ich war sprachlos. Das war auch vor neun Jahren

gewesen, an derselben Stelle. Natürlich hatte er sich nicht meinen Namen auf den Arm tätowieren lassen. Das war Welten davon entfernt. Das Zitat hatte ja auch überhaupt nichts mit mir zu tun. Es hatte ihm einfach gefallen und zu der Situation mit seinen Eltern gepasst. Aber auf der anderen Seite hatte ICH es ihm gesagt, hier am Teich. Und daran würde ihn das Bild dann doch auch ein bisschen erinnern. Pah, was bildest du dir eigentlich ein, Ella? Du fantasierst dir da was zusammen. Werd´ endlich wieder klar im Kopf, und nimm gefälligst deine Finger von ihm.

Ich wollte die Hand gerade wegnehmen, als er seine auf meine legte. Ganz selbstverständlich, als wäre es das normalste der Welt. Oder vielleicht war es das ja auch. Für ihn. Für mich nicht.

„Ich habe es meinem Vater mal verraten, nachdem wir dieses klärende Gespräch hatten. Ich habe ihm erklärt, dass du diejenige warst, die mich immer wieder daran erinnert hat, auch mal einen anderen Blickwinkel einzunehmen. Er meinte, er sei dir eindeutig etwas schuldig“, erzählte er einfach locker weiter. Während meine Hand immer noch zwischen seinem Oberarm und seiner Hand lag.

„Gut zu wissen“, erwiderte ich und versuchte mich an einem Lächeln.

„Hey Leute, ich glaube, ich bin kurz eingepennt.“ Timo war gerade dabei sich aufzurichten, und Kilian ließ meine Hand blitzartig los.

Meine Mutter hatte dieses Jahr auf die Tanzfläche verzichtet. Sie wollte etwas Neues ausprobieren und fand, zum Motto würde gut eine Art Lagerfeuer passen. Deshalb stellte mein Vater, kurz bevor es dunkel wurde, an mehreren Orten im Garten Feuerkörbe auf. Die Gäste platzierten ihre Sitzgelegenheiten rundherum. Wir rösteten Marshmallows und Würstchen an langen Stecken und grillten Stockbrot.

Ich hatte Timo im Vorfeld gebeten seine Gitarre

mitzubringen. Gerade stimmte er ein Lied an und setze der Atmosphäre damit sozusagen das i-Tüpfelchen auf. Sobald seine Stimme erklang, verstummten die Gespräche, und alle lauschten gebannt dem Gesang. Ich war immer wieder tief beeindruckt, wenn ich ihn singen hörte.

Seine Version von „Wind of Change“ verursachte mir Gänsehaut am ganzen Körper. Ich konnte durchaus verstehen, was manche Groupies bewegte. Timo mit seiner Gitarre, seiner tiefen Stimme, wie er da so saß. Ich wusste wieder genau, warum ich mich damals in ihn verliebt hatte. Ich sah auf seine vollen, weichen Lippen und dachte daran, was er alles mit ihnen anstellen konnte. Und sie waren mein, diese fantastischen Lippen. Welch ein Glück hatte ich doch, diesen Mann an meiner Seite zu wissen. Was bedeutete da schon eine kleine Meinungsverschiedenheit über die Familienplanung. Das war alles Zukunftsmusik. Aber jetzt zählte der Augenblick. Jetzt zählte diese Melodie.

KAPITEL 9
Jahr: 2010
Alter: 27

Meine Schwester und ich saßen in der Küche. Es war der Tag des Sommerfests, und doch war dieses Jahr alles anders. Anstatt wie sonst immer um diese Uhrzeit durchs Haus und den Garten zu wuseln, lag meine Mutter auf einem Liegestuhl auf der Terrasse und schlief. Sie war mit einer warmen Decke zugedeckt. Es war nicht wirklich kühl, aber der Himmel war bedeckt. In letzter Zeit fror sie ständig. Sie war abgemagert. Nur noch ein Schatten ihrer selbst. Ihr fehlendes Haar kaschierte sie mit einem Turban in bunten Farben. Mit einer Perücke hatte sie sich nicht anfreunden können. Ihre Kopfbedeckungen waren immer farbenfroh und passten zu ihrem jeweiligen Outfit. Es war ihre ganz eigene Art zu zeigen, dass sie nicht aufgab.

Wir saßen drinnen und machten uns Sorgen. Seit ein paar Monaten schon waren wir ständig beunruhigt. Wir fürchteten uns davor, dass sie den Kampf gegen den Krebs doch noch verlieren könnte. Dass das Unaussprechliche passieren würde. Die Angst saß uns die ganze Zeit im

Nacken. Hatte sich dort festgekrallt. War nicht abzuschütteln. Wir hatten versucht meiner Mutter das diesjährige Sommerfest auszureden. Wir hatten sie bekniet sich Ruhe zu gönnen. Ein Jahr Pause wäre doch kein Problem. Nächstes Jahr, wenn es ihr wieder besserginge, würden wir dafür ein riesen Fest schmeißen – mit Feuerwerk und allem Drum und Dran. Wir würden dann ihre Gesundheit feiern und keine Kosten und Mühen scheuen. Aber sie war nicht davon zu überzeugen, ihr Fest abzusagen. Sie wollte sich nicht alles von dieser perfiden Krankheit nehmen lassen, wollte weiter am Leben teilhaben. Und sie nahm diese grauenvollen Worte in den Mund: „Vielleicht wird es kein nächstes Jahr für mich geben." Danach waren wir alle still. Wir hatten keine Argumente mehr. Wie könnte man auch gegen den Tod argumentieren? Er war der Trumpf, der immer stach. Aber nicht im positiven Sinne. Ganz und gar nicht. Und so hatten wir das Feuerwerk schon für dieses Jahr gebucht. Wir hatten einen Caterer bestellt, der sich um das Buffet kümmerte Leute für die Bar und ein Team aus Dekorateuren und Floristen, die unseren Garten in einen Strand verwandelten. Überall hingen Muscheln. Es gab einen Pavillon aus Schwemmholz, und vor unserem Schwimmteich hatten sie sogar eine größere Fläche Sand aufgeschüttet und Liegestühle und Palmen in riesigen Töpfen aufgestellt. Meine Mutter stürzte sich voller Elan in die Planungen, und mein Vater hatte einfach zu allen Verrücktheiten „Ja" gesagt und seine Kreditkarte gezückt.

Für mich fühlte sich das an wie eine Abschiedsfeier. Ich hasste diesen Aufwand, dieses Brimborium, die fremden Leute, die hier die ganze Zeit rumwerkelten. Ich fühlte mich einfach nur hilflos. Mein Vater versuchte gute Miene zu allem zu machen. Sogar Nico riss sich zusammen und war erstaunlich ruhig. Nur ich brodelte. Ich nahm meine Kamera, ging hinaus und schoss ein Foto von meiner schlafenden Mutter. Von dieser wunderbaren Frau, deren

Körper immer mehr verfiel. Ich hatte mich dazu entschlossen diesen Abend hinter der Kamera zu verbringen. Mich einerseits zu verstecken, Distanz aufzubauen und meiner Mama andererseits eine Erinnerung an dieses Fest zu schenken. Ich wollte ihr ein Fotobuch machen, das all die Blumen, Dekorationen und Menschen festhielt. Und das sie sich immer wieder ansehen konnte, sollte es ihr wieder richtig schlecht gehen. Diese Phasen kamen und gingen. Unaufhaltsam. Und sie wurden mehr und dauerten länger. Wie ich es hasste!

Timo konnte heute nicht hier sein. Ausgerechnet heute. Er musste kurzfristig einen Videodreh betreuen, da sich der Art Director gestern den Fuß gebrochen hatte und sein Teilhaber gerade Urlaub in der Karibik machte. Es war ein Notfall. Und ich hatte ihm gesagt, er solle gehen. Schließlich war es nur ein Sommerfest, das jedes Jahr stattfand. Es war zwar dieses Mal ein paar Dimensionen größer, aber es war kein Abschiedsfest. Das musste ich mir wieder und wieder vor Augen führen. Er würde nächstes Jahr wieder dabei sein können. Keine große Sache also. Und doch fühlte es sich für mich anders an. Ich hasste mich selbst dafür, dass ich nicht positiv sein konnte, so wie meine Mutter es sich wünschte. Dass ich mit ihr nicht das Leben feiern konnte. Aber ich sah einfach nur, wie es Stück für Stück aus ihr hinausrann. Und ich schaffte es nicht, über meinen Schatten zu springen. Der einzige Dienst, den ich ihr erweisen konnte, war es, Bilder zu machen. Und das würde ich tun. Ich würde mein Bestes geben. Zumindest in dieser Sache.

Das Klicken der Kamera hatte meine Mutter geweckt.

„Es tut mir leid, ich wollte dich nicht aufwecken. Schlaf einfach weiter!"

„Nein, ist schon gut, ich bin wach. Setz dich doch kurz zu mir!"

Ich nahm mir einen der Stühle und schob ihn in ihre Nähe.

„Ich weiß, heute ist ein schwieriger Tag für dich“, stellte sie fest.

„Bitte Mama, mach dir darüber keine Sorgen! Für mich sollte eigentlich überhaupt nichts schwierig sein. Diejenige, für die es schwierig ist, bist du.“

„Wir alle stecken gemeinsam in dieser Situation. Und es ist für keinen einfach damit umzugehen. Aber wenn uns dieser Schicksalsschlag etwas gezeigt hat, dann doch, dass man das Leben genießen sollte.“

Ich schwieg.

„Jeder geht damit anders um. Und das ist völlig in Ordnung. Ich verlange nicht, dass du heute hier freudestrahlend rumläufst und den Pausenclown spielst. Aber versuch dich nicht zu sehr zu sträuben, sollte dir doch mal nach einem Lächeln zumute sein!“ Sie sah mich aufmunternd an.

„Ich kann diese Angst einfach nicht abschütteln. Egal was ich versuche. Hast du denn keine Angst?“, fragte ich sie.

„Im Gegenteil. Ich habe eine Heidenangst. Angst ist nicht grundsätzlich schlecht. Sie ist in lebensbedrohlichen Situationen dafür da, um uns zu helfen – unsere Sinne zu schärfen und unseren Körper gegen Gefahren zu wappnen. Aber aktuell bringt sie mich nicht weiter. Deshalb versuche ich ihr nicht so viel Raum zu geben.“ Sie nahm meine Hand und drückte sie. Und ich fühlte mich armselig, weil sie mir Trost gab. Dabei sollte es doch eigentlich umgekehrt sein. Denn sie war krank und kämpfte um ihr Leben. Nicht ich.

Ich hatte ein Stativ aufgebaut und meine Kamera darauf befestigt. So konnte ich bessere Bilder vom Feuerwerk machen. Ich hatte mich den ganzen Abend von allen ferngehalten. Ich war zwar anwesend, aber immer schön hinter der Linse versteckt. Ich blockte längere Konversationsversuche sofort ab und vergrub mich in meine Arbeit. Jetzt hatte ich mein Equipment auf dem

Balkon positioniert um einen uneingeschränkten Blick auf die unmittelbar bevorstehende Feuerwerks-Show zu haben. Unvermittelt öffnete sich hinter mir die Tür, und mein Vater trat heraus. Selbst bei diesen Lichtverhältnissen konnte ich seine tiefen Augenringe erkennen. Er sah erschöpft aus. Auch von seiner sonstigen Fröhlichkeit war wenig zu spüren.

„Hier versteckst du dich also“, sprach er mich an.

„Ich verstecke mich nicht, ich versuche gute Aufnahmen vom Feuerwerk zu machen.“ Meine Antwort war etwas patzig. Das wollte ich eigentlich gar nicht. Er sah mich wissend an.

„Ja, vielleicht verstecke ich mich ein bisschen“, gab ich reumütig zu.

„Ich kann dich gut verstehen. Ich würde mich heute auch lieber verstecken.“ Nach einer kurzen Pause fügte er noch hinzu: “Kilian sucht dich. Ich glaube er macht sich Sorgen.“

„Könnt ihr bitte alle aufhören euch Sorgen um MICH zu machen? Das ist grotesk!“

„Wie läuft es mit den Bildern?“, lenkte er ab.

„Es läuft gut. Ist viel Schönes dabei. Ich werde sie gleich morgen auf dem PC ansehen und bearbeiten.“

„Das ist schön. Ich bin gespannt auf das Ergebnis. Ich muss wieder runter, bevor die Show beginnt.“ Er gab mir einen Kuss auf die Wange und verließ den Balkon.

Das Feuerwerk war wunderschön gewesen. Es hatte 15 Minuten gedauert und war selbst durch den Sucher ein Erlebnis gewesen. Ich packte gerade alles zusammen, als die Tür hinter mir sich erneut öffnete.

„Mein Vater ist eine alte Tratschtante“, entgegnete ich dem Neuankömmling. Ich erntete ein Lächeln.

„Er hat mir geraten das Wort ‚Sorgen‘ nicht in den Mund zu nehmen.“

„Mich wundert es, dass er dir nicht geraten hat mir und

meiner Laune ganz fern zu bleiben."

„Ich bin nicht so leicht abzuschrecken", erwiderte Kilian, während ich weiter einpackte. „Also, ich weiß nicht, wie es dir geht. Und ich kann es mir auch nicht annähernd vorstellen. Ich weiß nur, dass das eine absolut ätzende Situation ist. Aber ich finde ehrlich gesagt nicht die richtigen Worte, um dich zu trösten. Es gibt nur zwei andere Arten, wie ich dich also unterstützen kann: Entweder mit einer dicken fetten Umarmung oder mit einer Ablenkungsaktion. Ich entführe dich jetzt auf der Stelle aus diesem Haus und wir holen uns irgendwo einen Burger oder eine Pizza. Oder beides. Dieses Chichi-Essen heute ist wirklich nicht so mein Ding. Ich hatte vorher irgendwas mit Algen. Verstehst du? Algen! Ich bin doch kein Fisch. Also, wofür entscheidest du dich? Es gibt nur diese zwei Optionen."

Wie gerne würde ich mich jetzt in seine Arme werfen. Es war ein wirklich verlockendes Angebot. Aber dann würden alle Dämme brechen. Und das wollte ich nicht.

„Ich entscheide mich für die Entführung. Das Buffet war auch nicht so mein Fall. Kann ich vorher noch meine Jacke holen?"

„Geht klar. Ich bin schließlich ein lieber Entführer."

Zum ersten Mal an diesem Tag stahl sich ein kleines Lächeln auf mein Gesicht.

„Interessant. Ein lieber Entführer also. Na da bin ich ja erleichtert. Ich dachte schon, du wolltest mich fesseln und knebeln", erwiderte ich ironisch.

„Also wenn du darauf stehst …"

„Stopp. Kein Wort mehr!", befahl ich. Er lachte. Ich schulterte meine Ausrüstung und verdrängte alle Bilder, die sich in meinen Kopf geschlichen hatten, wie ich nackt und gefesselt vor ihm lag. Ich verfluchte mein Gehirn oder mein Unterbewusstsein oder was immer es auch war, das mir dieses völlig unpassende Kopfkino geschickt hatte.

Wir saßen auf einer Bank am Flussufer. Neben uns eine Tüte von McDonalds vollgestopft mit Burgern, Pommes und Chicken McNuggets. In unseren Händen hielten wir jeweils ein Stück Pizza mit extra Käse, in das ich gerade herzhaft biss. Ich stöhnte auf. Das war so lecker. Das Catering auf dem Sommerfest war eher speziell gewesen, aber ich hatte den ganzen Tag einfach auch so nichts herunterbekommen. Bis jetzt. „Ich verstehe zum ersten Mal den Begriff Soulfood wirklich. Das hier ernährt nicht nur meinen Körper, sondern ist auch Balsam für meine Seele," erklärte ich.

„Ja, das ist schon was ganz anderes als dieses Algen-Zeug. Es schüttelt mich immer noch, wenn ich dran denke."

Als alles vertilgt war fragte ich: „Und, wie sieht es mit Nachspeise aus? Ich glaube, nur Schokolade würde zu meinem Essensglück noch fehlen." Er öffnete seinen Rucksack und holte eine nicht ganz volle Flasche Whiskey und eine Flasche Cola heraus.

„Tada, hier ist die Nachspeise: Whiskey Cola."

„Oh nee. Meine letzte Erfahrung mit dem Gesöff hat mir eigentlich gereicht." Ich dachte an das brennende Gefühl in meiner Kehle zurück.

„Deshalb ist ja die Cola dabei."

„Und wo sind die Gläser, in denen man die Getränke mischen kann?"

Er sah mich etwas betreten an. „Ich musste improvisieren. An Gläser habe ich auf die Schnelle nicht gedacht. Es war schon schwierig genug, den Kellner zu bequatschen, eine ganze Flasche Alkohol rauszurücken. Ich hab´ ihm tausendmal erklärt, dass ich ein sehr guter Freund der Familie bin. Aber er hat mich einfach nicht ernst genommen", entrüstete er sich.

„Und wie hast du ihn schließlich überzeugt?"

„Indem ich gewartet habe, bis er nicht hinsieht."

„Du bist also nicht nur ein Entführer, sondern auch

noch ein Dieb!“

„Der Zweck heiligt die Mittel, oder? So, und ich zeige dir jetzt mal, wie das mit dem Mischen funktioniert.“ Er schraubte die Verschlüsse beider Flaschen ab und trank zuerst einen Schluck Cola, den er im Mund beließ. Dann setzte er die Whiskeyflasche an, gurgelte alles einmal durch, schluckte und sah triumphierend zu mir.

„Du bist verrückt!“, schimpfte ich lachend.

„So, jetzt du!“ Er reichte mir die Flaschen.

„Ich kann das nicht. Das ist doch total eklig.“

„Was ist daran denn bitte eklig? Ob im Glas vermischt oder im Mund, ist doch einerlei.“

Ich sah ihn skeptisch an. Aber warum eigentlich nicht? Heute war schon alles egal. Ich nahm die Flaschen entgegen und testete das Prozedere. Und es funktionierte erstaunlich gut. Auch wenn ich etwas zu viel Alkohol erwischt hatte. Ich musste lachen.

„Was machen wir hier eigentlich?“, fragte ich ihn.

„Wir machen uns einen schönen Abend und denken ausnahmsweise mal nicht an all das Schlechte und Nervige.“ Er hatte seine Ellbogen auf den Knien abgestützt, und seine Locken fielen ihm ins Gesicht. Ich sah ihn an und hatte dabei dieses warme Gefühl. Oder vielleicht kam das auch vom Whiskey.

„Ich bin froh, dass ich dich habe, Kilian“, sprach ich einfach das aus, was mir in den Sinn kam.

„Ich weiß.“ Er blickte mich lausbübisch an.

Ich rollte mit den Augen. „Du musst jetzt eigentlich sagen, dass du auch froh bist, mich zu haben.“

„Wo steht das? Gibt es dafür ein Drehbuch oder so?“

„Nein. Aber es wäre höflich. Es wäre nett. Und, bist du nicht der liebe Entführer?“

„Was bist du dann? Das neunmalkluge Entführungsopfer?“

„Ich geb´s auf.“ Ich schüttelte den Kopf.

„Ich mache eben nicht gerne das, was andere von mir

erwarten. Und schon gar nicht zu dem Zeitpunkt, wo sie es erwarten. Ich bin lieber undurchschaubar." Er wackelte mit den Augenbrauen, und ich musste lachen.

„Eher unberechenbar und ungehobelt."

„Lass es uns doch lieber als mysteriös bezeichnen." Kilian blickte in den Nachthimmel. „Sternenvoll heute."

„Du musst das Wort nicht wegen mir benutzen." Aber ich liebte es, wenn er es tat.

„Ich möchte es aber. Ich mag es. Die meisten Wörter mit „voll" am Ende sind fantastisch: wundervoll, geheimnisvoll, ehrenvoll, reizvoll, genussvoll, sternenvoll."

„Ich glaube eher du bist voll – sternhagelvoll", lachte ich.

Wir saßen noch eine Weile zusammen und vernichteten die Reste des Whiskeys. Ich konnte mich nicht erinnern, wann ich den letzten Rausch gehabt hatte. Das musste schon ewig her sein. Aber gerade war ich auf dem besten Weg die Herrschaft über meine Sinne zu verlieren.

„Lass uns versuchen ein Taxi zu kriegen", lallte Kilian.

„Gute Idee, bevor ich völlig ausgeknockt bin." Wir liefen los Richtung Straße. Aber eigentlich musste man es eher torkeln nennen. Kilian hatte wohl weit mehr erwischt als ich. Er schwankte bedenklich, so dass ich ihn unterhaken musste, damit er nicht fiel. Es war vier Uhr morgens, und die Stadt lag still da. Nur noch Nachtschwärmer waren unterwegs. Nach kurzer Zeit schon hatten wir Glück und konnten ein Taxi heranwinken. Ich half Kilian auf den Rücksitz und sagte der Fahrerin die Adresse meiner Eltern, die näher lag als seine Wohnung. Wahrscheinlich war niemand mehr wach, aber ich hatte ohnehin vorgehabt, dort im Gästezimmer zu übernachten. Als wir ankamen, überlegte ich kurz das Taxi weiter zu Kilians Adresse zu schicken. Die Wahrscheinlichkeit, dass mein bester Freund in diesem Zustand alleine seine Wohnung im vierten Stock erreichen würde, war allerdings äußerst gering. Also bezahlte ich und zog ihn aus dem Auto.

„Du kannst heute bei meinen Eltern schlafen. Ich mach dir einfach ein Bett im Wohnzimmer auf der Couch. In Ordnung?“ Wir taumelten zusammen über die Einfahrt. Kilian brummte etwas Unverständliches. Letztendlich war es egal, das Taxi war sowieso schon weg. Ich öffnete die Haustür und er ließ sich ohne Widerstand zu leisten von mir in den Flur schieben. „Aber du musst ganz leise sein! Meine Eltern und Nico schlafen schon“, flüsterte ich.

Er nickte und legte seinen Zeigefinger an meine Lippen. Naja, er versuchte es, traf aber nur meine Wange. „Psst. Leise sein. Ich bin fuchsmäuschen still.“

Ich musste kichern. „Fuchsmäuschenstill. Alles klar.“

„Pssst“, machte er wieder, weil ich nicht aufhören konnte zu lachen.

„Das heißt mucksmäuschenstill“, erklärte ich. Heute war er ausnahmsweise wirklich süß in betrunkenem Zustand. Ich hatte ihn da ja leider auch schon anders erlebt.

„Ich hol dir noch Wasser zum Trinken. Warte kurz hier, oder leg dich schon mal auf die Couch!“ Ich ließ ihn kurz stehen und hoffte, dass er keinen Blödsinn anstellen würde. In der Küche schaltete ich kein Licht an. Der Mond schien durch die Fenster, und es war hell genug, den Kühlschrank zu finden. Ich nahm eine Flasche Wasser heraus und trank einen großen Schluck. Als ich danach direkt ins Wohnzimmer ging, konnte ich Kilian nicht finden. Wo war er denn hin? Ich sah ins Bad im Erdgeschoss, aber hier war er auch nicht. Hoffentlich war er nicht bei Nico gelandet oder noch schlimmer, bei meinen Eltern. Ich eilte, so schnell das leise möglich war, die Treppe hinauf. Die Tür zu meinem alten Zimmer stand offen, und er lag im Bett unter der Decke. In dem Bett, in dem ich heute eigentlich schlafen wollte. Na toll. „Kilian!“ Ich rüttelte ihn ganz leicht. „Wach auf! Du bist im falschen Bett. Kilian.“

Er murmelte irgendetwas und öffnete dann seine Augen

und sah mich an. „Risi, ich bin auch sehr froh, dass es dich gibt. Sehr. Sehr froh“, nuschelte er. Dann schloss er sie wieder und war danach nicht mehr wachzubekommen.

Ich setzte mich kurz auf die Bettkante. Puh, bei mir drehte sich einiges. Ich schaffte es noch leicht schwankend auf die Toilette. Aber dann erwischte mich eine bleierne Müdigkeit. Auf dem Weg zu meiner Reisetasche zog ich meine Klamotten aus und ließ sie einfach auf dem Boden liegen. Dann zerrte ich blind den Pyjama heraus und streifte ihn mir über. Zwischendurch musste ich mich am Bettpfosten festhalten um nicht umzukippen. Denn jetzt drehte sich nicht nur einiges, sondern plötzlich alles. Ich wollte mich nur eben kurz hier ausruhen. Ich legte mich auf die andere Seite des Doppelbettes. Ich würde gleich runter gehen ins Wohnzimmer und auf der Couch schlafen. Ich wollte bloß einen Moment warten, bis der Schwindel sich gelegt hatte.

Ich war von irgendeinem Geräusch aufgewacht, aber ich wusste nicht von welchem. Hinter meiner Stirn hämmerte es. Was war gestern gleich noch mal los? Was ist das bitte für ein Geschmack in meinem Mund? Das fühlt sich an, als hätte ein Nagetier dort seinen Pelz hinterlassen. Außerdem spürte ich noch etwas Warmes, Weiches. Ich lag auf etwas Warmem und Weichem. Das war bestimmt Timo. Ich wollte gerade wieder weiterschlafen, als mir siedend heiß einfiel: Das konnte unmöglich Timo sein! Der war auf Geschäftsreise. Panisch öffnete ich die Augen und sah in Kilians Gesicht. Ach du liebe Zeit. Jetzt fiel es mir wieder ein. Ich war im Bett liegen geblieben. Ich wollte doch noch umziehen. Aber ich war sofort eingeschlafen und hatte wie ein Stein gepennt. Das war nicht optimal. Gar nicht optimal. Vor allem, weil ich gerade in Kilians Armen lag und nicht brav auf meiner Bettseite. Jetzt erst fiel mir auf, dass er wohl schon länger wach war. Er wirkte keinesfalls überrascht mich hier vorzufinden. Und er hatte nichts getan, um mich von sich zu schieben. Warum?

Mir wurde bewusst, wie nah ich ihm war. Er hatte sich nicht ausgezogen, sondern in Jeans und T-Shirt geschlafen. Er sah mich immer noch an und sagte nichts. Mein Gesicht lag auf seiner Schulter und mein linkes Bein hatte sich um seines gewickelt. Ich zog es langsam zurück. Bloß keine panische Reaktion. Das würde alles nur schlimmer machen. Ich setzte mich halb auf und sah ihn ein bisschen entschuldigend und auch ein wenig fragend an.

„Das ist der skurrilste Morgen danach, den ich jemals hatte“, setzte er an. „Erstens: Ich habe beim Aufwachen eine Frau im Arm, das ist eigentlich nicht so mein Fall: Ich bin kein Kuschelschläfer. Zweitens: Ich habe nicht mit ihr geschlafen. Und Drittens: Ich möchte sie unbedingt wiedersehen.“ Er grinste mich lausbübisch an. Und das Eis war gebrochen. Ich lächelte jetzt ebenfalls.

„Sorry, ich bin gestern hier eingeschlafen, obwohl ich eigentlich runter ins Wohnzimmer wollte.“

„Warum entschuldigst du dich? Ich habe mich einfach in dein Bett gelegt. Das war so nicht geplant. Ehrlich. Keine Ahnung, was ich mir dabei gedacht habe.“

„Ich glaube, du hast gestern gar nicht mehr so viel gedacht. Sieht fast so aus, als wären wir quitt“, schmunzelte ich.

„Jetzt darf ich also auch mal erleben, wie du morgens nach dem Aufstehen so aussiehst.“ Er wiegte seinen Kopf hin und her „Naja, mach dir nichts draus! Wie sagt man immer: Eine Schönheit kann fast nichts entstellen …“

„Du gemeiner Kerl!“ ich schnappte mir ein Kissen und ließ es auf ihn niedersausen. „Das ist mein Kater-Morgen-Gesicht. Mein normales Morgen-Gesicht sieht ganz anders aus: glatte, strahlende Haut, perfekt fallendes Haar, und aus meinem Mund kommt Aprikosengeruch. Und ich dufte überhaupt herzallerliebst.“ Schon hatte ich mir das nächste Kissen geschnappt und attackierte ihn damit.

„Oh, mein Kopf. Bitte nicht so wild! Ich darf nicht

lachen. Mein Schädel ist kurz vor der Explosion. Risi, bitte. Nimm Rücksicht auf deinen verkaterten One-Night-Best-Friend-Stand."

Wir lagen lachend nebeneinander und hielten uns beide nicht die Bäuche, sondern die Köpfe. Ich war so wahnsinnig erleichtert, dass das alles so entspannt abgelaufen war, ohne unangenehmes Rumgedruckse.

Ich drehte mich zu ihm. „Danke, dass du das so leicht und so wenig peinlich für mich gemacht hast."

„Danke für den schönsten und lustigsten Morgen danach, den ich jemals hatte." Er wendete sich ebenfalls mir zu und lächelte mich charmant an. Ein Mann zum Verlieben. Schoss es mir durch den Kopf. Hatte ich das jetzt wirklich grade gedacht? Die Frau, die ihn mal bekommen wird, ist zu beneiden. Ja, ich hatte das gedacht. Mein Gehirn war schon wieder auf Abwegen. Ich schob es auf den Restalkohol im Blut. Zeit sich aus dieser Situation zu verabschieden. Mit den Worten „Ich geh dann mal ins Bad", stand ich auf. Ich sammelte meine überall am Boden verstreut liegenden Kleidungsstücke auf und schnappte mir meine Reisetasche mit den Wechselklamotten. Ich war schon fast bei der Tür, als Kilian sich noch mal zu Wort meldete: „Ach übrigens, neckischer Pyjama. Sind das fliegende Einhörner?"

Ich drehte mich um, und wahrscheinlich lief ich knallrot an. Das war schließlich der Schlafanzug, den ich immer dann trug, wenn ich alleine nächtigte. Weil er einfach unheimlich bequem war, aber nicht unbedingt besonders vorteilhaft. Eher ein Männervergrauler. Was soll´s. Die peinlichste Situation hatte ich heute schon hinter mich gebracht. Da war das doch ein Klacks. „Sag mir einen vernünftigen Grund, warum Einhörner nicht fliegen sollten?" Ich sah ihn herausfordernd an. Die wenigen Sekunden, in denen er mich perplex anschaute, vielleicht waren es auch nur Millisekunden, nutzte ich um nachzuschieben: „Genau, es gibt nämlich keinen!" Ich drehte mich einmal im Kreis, damit er meinen Einhorn-Pyjama ausgiebig betrachten konnte, der schon ziemlich verwaschen und an den Beinen zu kurz war. Dann noch ein Knicks und schon war ich zur Türe hinaus. Bevor ich sie schloss, hörte ich noch sein Lachen. Und es ging runter wie Öl. Danke, Mama! Der Humor-Tipp bei Peinlichkeiten war Gold wert.

KAPITEL 10
Jahr: 2011
Alter: 28

Es schnürte mir die Luft zum Atmen ab. Wie ein imaginäres Band, das um meinen Brustkorb gespannt war und immer weiter zugezurrt wurde. Wir hatten so sehr gehofft, wir hatten gebangt, wir hatten gebetet und gezittert. Und dann – nur noch getrauert. Seit einem halben Jahr gab es da diese Leere. Dort, wo eigentlich sie sein sollte. Ich war wütend. Unglaublich wütend. Weil es ungerecht war. Weil es viel zu früh war. Weil ich sie noch gebraucht hätte. Weil sie ein guter Mensch war. Weil sie es nicht verdient hatte. Weil sie nie ihre Enkel sehen würde. Weil sie nicht bei meiner Hochzeit dabei sein würde. Weil ich nie mit ihr über Erziehungsfragen sprechen könnte. Weil sie nie eine Ausstellung von mir sehen würde. Weil ich sie nie wieder in den Arm nehmen könnte.

Sie hatte ein riesiges Loch in unserer Familie hinterlassen. Und keiner von uns wusste, wie er damit umgehen sollte.

Einer ihrer letzten Wünsche war es gewesen, die

Sommerfest-Tradition beizubehalten – ihre Feier weiterzuführen. Als Erinnerung, als ‚Ja' zum Leben, als Familienritual. Aber sie wusste nicht, was sie uns damit antat. Oder sie wusste es wahrscheinlich doch und hatte irgendeinen Plan, dass uns das helfen sollte. Aber so kurz danach fühlte ich bei allen Organisationsschritten einfach nur Schmerz. Ich vermisste sie so wahnsinnig. Und heute, hier beim Sommerfest, fehlte sie uns unsagbar.

Wir hatten ein paar Zugeständnisse an die Situation gemacht. Das hieß, wir hatten 20-30 Gäste weniger als sonst eingeladen. Wir wollten es etwas intimer halten. Den Vorschlag von ihr, ein Totenfest zu feiern, wie es in Mexiko üblich war, fanden wir unpassend. Wir brachten es einfach nicht über´s Herz. Wir hatten uns selbst um das Buffet gekümmert. Tanzfläche gab es keine. Dafür ein Duo mit einem Gitarristen und einer Sängerin, die ruhige Stücke spielten. Nichts zu Aufgedrehtes, aber auch keine melancholischen Nummern. Das Motto hieß ‚Erinnerungen'. Denn wir wollten uns bei diesem Fest noch einmal ganz besonders an sie erinnern. Wir hatten das Gefühl, das tun zu müssen. Sonst würden wir wahrscheinlich nie wieder ein ausgelassenes Sommerfest feiern können. Es sollte eine Art Abschiedsfeier werden, ohne den negativen Beigeschmack einer Trauerfeier, aber auch keine Partysause. Ganz ehrlich: Wir waren einfach vollkommen überfordert. Ich für meinen Teil hoffte, dass der Abend so schnell wie möglich vorbeigehen würde. Ich ging mit dieser ganzen Geschichte nicht besonders tapfer um. Und ich hatte kein Interesse daran, meine Trauer mit allen Gästen, die heute hier waren, zu teilen.

Ich stand in der Küche vor dem Kühlschrank. Allerdings hatte ich vergessen, was ich hier wollte.

„Ich hätte mir niemals vorstellen können, wie sehr ich ihr Gewusel einmal vermissen würde." Nico stand am Fenster und beobachtete das Treiben im Garten. „Warum regnet es heute eigentlich nicht? Das wäre doch passend gewesen. In Filmen regnet es immer bei Beerdigungen", setzte sie nach.

„Du weißt, dass es keine Beerdigung ist", antwortete ich ihr.

„Aber es fühlt sich so an, als wäre es eine. Vielleicht hätten wir doch die Party schmeißen sollen, wie Mama sie sich gewünscht hat. Diesen Día de los Muertos, oder wie das mexikanische Fest heißt. Das ist eine lebensbejahende Feier voller Farben. Es geht um den Tod, aber vor allem um die Liebe und den Respekt vor verstorbenen Familienangehörigen. Und wir machen hier ein Trauerspiel daraus. Das zieht alle nur noch mehr runter."

„Vielleicht hast du Recht, aber wir haben das vor ein paar Monaten so entschieden, weil es uns in diesem Moment richtig erschien. Es macht keinen Sinn, das jetzt in Frage zu stellen, wo es zu spät ist, um etwas daran zu ändern."

Mir kam endlich wieder in den Sinn, was ich eigentlich hier wollte: Essen holen, um das Buffet aufzufüllen.

Timo betrat die Küche und nahm mir einige der Tupperschüsseln aus der Hand, die ich aus dem Kühlschrank geholt hatte.

„Die Meisten haben sich schon verabschiedet und sind gegangen. Ich glaube, es ist nicht mehr nötig, dass du das Buffet auffüllst", meinte er vorsichtig.

Ich sah ihn resigniert an. Ich hatte eigentlich nur einen Grund gesucht, dem Ganzen da draußen zu entfliehen.

„Lass es uns lieber gleich abtragen! Das ist sinnvoller. Ich helfe dir", meinte er.

Ich nickte. Wir stellten die Boxen auf die Küchentheke, weil wir sie zum Umfüllen sowieso gleich wieder brauchen würden. Ich fühlte mich wie ein Roboter, der stumpfsinnig ausführte, ohne viel nachzudenken.

„Hey." Timo trat zu mir und umarmte mich. „Das war ein harter Tag. Aber gleich sind auch die Letzten weg, und wir können schlafen gehen."

„Das Problem ist nur, dass ich das Gefühl habe, dass es im Moment nur harte Tage gibt. Dass es egal ist, ob ich ins Bett gehe, weil der nächste Tag doch wieder genauso wird wie der vorherige.“

„Ich weiß, dass das jetzt unsensibel klingt. Aber es wird langsam Zeit, wieder nach vorne zu blicken.“

Ich verstand, was er mir damit sagen wollte. Und tief in meinem Inneren erkannte ich auch, dass er es gut meinte. Aber ich konnte das jetzt noch nicht annehmen. Ich löste mich aus der Umarmung.

„Du hast doch keine Ahnung, wovon du sprichst. Deine Mutter ist schließlich nicht gestorben“, spie ich ihm entgegen.

Er atmete hörbar ein und aus. „Nein, das ist sie nicht. Und du hast Recht, ich bin nicht in deiner Lage. Aber ich versuche mich in dich hineinzuversetzen. Ich tue mein Bestes um dich zu verstehen. Und ich gebe dir auch die Zeit. Nimm dir so viel davon, wie du brauchst, um den Verlust zu verarbeiten! Aber bitte versteh´, dass das alles auch nicht leicht für mich ist! Ich habe das Gefühl, ich darf dich nur noch behandeln wie ein rohes Ei. Egal was ich sage oder mache, du blockst ab oder fängst Streit an. Ehrlich gesagt weiß ich nicht mehr, wie ich mit dir umgehen soll. Sie ist jetzt seit einem halben Jahr tot, aber dir geht es immer noch so schlecht, als wäre es gestern passiert. Es tut mir unglaublich weh, dich so zu sehen. Willst du nicht doch noch mal über den Psychologen nachdenken?“ Er wirkte verzweifelt. Und das rührte mich irgendwie an. Aber nicht so sehr, wie es eigentlich sein sollte. Mein Partner war niedergeschlagen. Das sollte mir zu denken geben, mir wichtig sein. Aber in mir war so viel Kälte, und meine Seele war in einer Art Schockstarre gefangen.

„Es tut mir leid, aber ich kann das gerade nicht ändern. Es geht einfach nicht“, flüsterte ich.

Kilian betrat den Raum.

„Kein guter Zeitpunkt“, erklärte ihm meine Schwester, die sich während unserer Auseinandersetzung still im Hintergrund gehalten hatte.

„Was ist los?“, fragte er trotzdem.

„Ich kann ihr nicht helfen. Das ist los!“, platzte es aus Timo heraus. „Vielleicht schaffst du es, sie zu erreichen, mit eurer einmaligen Verbindung. Vielleicht kann sie ja mit dir reden. Muss doch für irgendwas gut sein, dass man zur selben Zeit am selben Ort geboren wurde.“ Er klang bitter und zum allerersten Mal hörte ich so etwas wie Eifersucht in Bezug auf Kilian heraus. Bisher war er mit unserer Freundschaft immer locker umgegangen. Eher das Gegenteil war der Fall. Wenn er keine Lust hatte zum Beispiel ein Konzert mit mir zu besuchen, schlug er von sich aus vor, ich solle Kilian fragen. Und auch die gemeinsame Nacht, die wir in einem Bett verbracht hatten, hatte ihn kalt gelassen. Er musste darüber nur lachen. Wir waren auch häufig zu dritt unterwegs. Nie hatte er auch nur angedeutet, dass ihn meine Beziehung zu Kilian in irgendeiner Weise störte. Was war plötzlich los? Ich verstand überhaupt nichts mehr.

„Komm Nico, lass uns das Buffet abräumen!“ Timo verließ den Raum, und ich hielt ihn nicht zurück. Meine Schwester folgte ihm seufzend.

„Was ist los zwischen euch?“, fragte Kilian, als beide draußen waren. Er sah genauso verwirrt aus, wie ich mich fühlte. Oder eigentlich war sein Blick eher irritiert. Mit dieser unterschwelligen Eifersucht hatte er wohl auch nicht gerechnet. Das erleichterte mich ein wenig. Nahm mir die Bedenken, dass ich irgendwelche Zeichen übersehen hätte.

„Er kann mit meiner Art zu trauern nicht umgehen. Ich verschließe mich. Ich lasse ihn nicht an mich heran. Ich kümmere mich nicht mehr wirklich um ihn, weil ich genug mit mir selbst zu tun habe. Und es tut mir auch leid, dass ich es ihm so schwermache. Aber ich kann einfach gerade nicht aus meiner Haut heraus“, fasste ich eher analytisch als emotional den Istzustand zusammen.

„Ich glaube, das weiß er alles. Aber er ist trotzdem frustriert dich so zu sehen und dir nicht helfen zu können." Kilian stand für seinen Freund ein, war emphatisch. Warum fiel mir das im Moment so schwer?

„Ja, das mag sein. Wahrscheinlich geht aber seine Geduld langsam zur Neige. Das ist kein Vorwurf. Nur eine Feststellung. Ich weiß, dass es schon lange schwierig mit mir ist. Seit ich von ihrer Krankheit erfahren habe. Und das ist jetzt schon bald zwei Jahre her. Da kann ihm niemand einen Vorwurf daraus machen, dass er langsam die Schnauze voll von meinen Launen hat." Als ich es aussprach, merkte ich, dass es stimmte. Ich machte nicht ihn für diese Krise, in der wir steckten, verantwortlich, sondern mich.

„So ist das nicht. Er liebt dich. Er ist nicht genervt von der Situation. Er weiß nur nicht, was er tun soll. Wie er damit umgehen soll. Und er hat Stress mit seiner Firma. Das ist alles auch viel für ihn."

„Ich weiß. Aber es ist erst ein halbes Jahr her. Er tut so, als wäre sie seit Jahren tot, und ich müsste längst darüber hinweg sein."

„Vielleicht muss er einfach mal ein bisschen raus und Kraft tanken. Und du tust in der Zeit das, was dir guttut. Wie wäre es, wenn ich mit ihm spontan für zwei Wochen wegfahren würde? Was hältst du davon?" Ich horchte in mich hinein, was ich dabei fühlte. Wollte ich eine Weile alleine sein? „Das ist eine gute Idee. Wenn das mit seiner Arbeit hinhaut. Vielleicht hilft uns das beiden", antwortete ich ihm schließlich.

„Und was wirst du dann tun?", fragte er mich.

„Ich werde endlich mal das Projekt anpacken, das ich schon so lange umsetzten wollte. Die Ausstellung, du weißt schon …"

„Das hört sich gut an. Das schwirrt dir doch schon ewig im Kopf herum."

Ja, es wurde Zeit, dass ich das Leben wieder anpackte.

KAPITEL 11

Jahr: 2013
Alter: 30

Heute war ein großer Tag für mich. Ein riesiger Tag. Ein gigantischer, um genau zu sein. Ich stand am Hintereingang des Zeltes und spielte nervös mit meiner Halskette herum. Ich hasste es, vor vielen Menschen zu sprechen. Aber dieses Mal hatte ich es mir so ausgesucht. Ich wollte allen erzählen, was ich mir bei diesem Projekt gedacht hatte, wie sehr es mich bewegte, und wie persönlich es in Wahrheit war. Aber die Theorie war nun mal eine ganz andere Sache als die Praxis. In der Theorie hatte sich das alles wunderbar angehört und angefühlt. Ich wollte die Menschen mit meinen Worten berühren und auch ein bisschen aufrütteln. Aber jetzt kam mir meine einstudierte Rede stümperhaft und hölzern vor. Wahrscheinlich würde das gleich der Gipfel der Peinlichkeit werden.

Ich fing an auf und ab zu laufen. Vielleicht sollte ich die Ausstellung einfach nur mit wenigen Worten eröffnen und fertig. Schließlich wusste keiner, was ich vorbereitet hatte. Also konnte es auch niemand vermissen. Und für große

Reden war ich schließlich nicht bekannt. Das war wohl die beste Lösung. Als ich diesen Entschluss gefasst hatte, wurde ich ein kleines bisschen ruhiger.

„Es war gar nicht so einfach, hier ein stilles Wasser aufzutreiben. Ich bin jetzt einfach in eure Küche gegangen und habe es aus dem Wasserhahn gezapft. Ich hoffe, das ist in Ordnung?" Jennifer sah mich fragend an. „Ich war schon kurz davor, dir puren Wodka als Wasser getarnt unterzujubeln, nur damit ich irgendetwas mitbringen kann."

„Danke, Jen." Ich nahm ihr das Glas aus der Hand und trank einen Schluck. „Aber Wodka wäre vielleicht gar nicht so schlecht gewesen", merkte ich an.

„So schlimm, ja?"

„Viel schlimmer!"

„Ich kann dir einen holen. Ein paar Minuten haben wir noch." Sie blickte mich fragend an.

„Nein, lieber nicht. Du wirkst außerdem beruhigender auf mich als Wodka", grinste ich.

„Na wenn das so ist, werde ich bis zu deinem Auftritt nicht von deiner Seite weichen."

Ich schlug die Hände vors Gesicht. „Nenn es doch nicht Auftritt! Das macht es wieder schlimmer. Ich habe meine Meinung geändert."

„Du willst doch Wodka?"

„Nein. Ich werde doch keine Rede halten."

„Warum das denn?", hakte Jennifer nach. In diesem Moment trat ein Kellner an uns heran. Auf einer Hand balancierte er ein Tablett mit einer Flasche Wasser und einem Glas. Seine andere Hand war formvollendet hinter seinem Rücken verschränkt. Er schien etwas außer Atmen. „Ich konnte doch noch stilles Mineralwasser auftreiben", richtete er das Wort an Jennifer und hielt ihr das Tablett mit einem strahlenden Lächeln hin. Und mit seinem Gesicht passierte etwas Unglaubliches: Hätte ich ihn vorher als eher durchschnittlich attraktiv eingeschätzt, verwandelte das Lächeln ihn völlig. Plötzlich wirkte er richtiggehend anziehend auf mich und ich würde ihn sogar als besonders hübsch bezeichnen. Auch Jen war das anscheinend nicht entgangen. Sie lächelte zurück, allerdings ohne etwas zu sagen. So standen wir drei ein paar Sekunden da und als ich schon an ihrer Stelle antworten wollte, wurde es noch wunderlicher – der Kellner zog seine linke Hand hinter dem Rücken hervor und streckte meiner besten Freundin eine pinke Rose hin. Jetzt wurde es wirklich interessant. Ein hübscher Mann, mit romantischer Ader – und ich durfte dabei sein, wenn das alles seinen Anfang nahm. Die Rose allerdings stammte ganz eindeutig von einem Strauch aus unserem Garten. Naja, ich war gewillt ihm diesen kleinen Diebstahl zu verzeihen. Schließlich diente es einer guten Sache. Wie gerne würde Jen endlich einmal glücklich mit einem Partner sehen. Und aktuell sah es so aus, als wäre dieser Gedanke gar nicht so abwegig. Denn meine Freundin mit dem wunderschönen karamellfarbenen Teint errötete tatsächlich wahrnehmbar. Ganz verlegen nahm sie die Rose und bedankte sich artig. So schüchtern kannte ich sie überhaupt nicht.

„Ich bin übrigens Ties. Und wie heißt du?"

„Jen. Also eigentlich Jennifer, aber alle Freunde nennen mich Jen. Also andere auch. Ich meine, andere Menschen, die nicht meine Freunde sind. Du kannst mich Jen nennen, wollte ich damit sagen."

Ich musste ein Lachen unterdrücken. Meine Freundin schien schwer beeindruckt von Ties zu sein. Ich konnte mich nicht erinnern, sie jemals so stammeln gehört zu haben.

„Freut mich sehr dich kennenzulernen." Immer noch strahlte das Gesicht des Kellners. Es war unglaublich, was ein Lächeln doch bewirken konnte.

„Ja, mich auch", antwortete Jen. „Aber Wasser haben wir inzwischen gefunden. Trotzdem danke, dass du dir die Mühe gemacht hast, mich zu suchen."

„Nicht dafür. Vielleicht sehen wir uns später noch

einmal an der Bar?", fragte er sie.

„Ja, sehr gerne", antwortete Jennifer. Auch ihre Mundwinkel zeigten immer noch gegen Himmel.

„Dann werde ich mal weiterarbeiten. Die Damen." Ties nickte uns zu und verschwand mit seinem Tablett in der Menge. Jen stand wie versteinert da und blickte erst ihm hinterher und dann auf die Blume in ihrer Hand.

„Na dich hat es ja voll erwischt, würde ich sagen", feixte ich.

„Erwischt?", erwiderte sie geistesabwesend.

„Der Typ hat bei dir voll eingeschlagen? Du bist ihm mit Haut und Haaren verfallen? Liebe auf den ersten Blick?", bot ich an.

Langsam schien sie wieder zu sich zu kommen „Ich … Nicht auf den ersten Blick. Ich hatte ihn vorher schon gesehen und nach deinem Wasser gefragt. Und weil ich in Eile war und er keines auftreiben konnte, war ich ziemlich ungeduldig und bin einfach davongestürmt. Aber grade, als er mich angelächelt hat, hast du das gesehen? Wow. Ich weiß gar nicht was ich sagen soll."

„Ja, ich war dabei. Und er hat dir eine Rose geschenkt."

„Er hat mir eine Rose geschenkt", wiederholte sie staunend.

„Ich schätze mal, er hat ganz gute Chancen."

„Ja, die hat er wohl." Wir grinsten uns an. Sie wurde aber schnell wieder ernst. „Aber er ist Kellner."

„Na und? Seit wann bist du ein Snob?", fragte ich erstaunt.

„Ich bin kein Snob. Ich meine nur …"

„Hör auf irgendetwas zu meinen oder schon wieder Ausreden zu erfinden. Diese Liebe, die du nur aus Filmen und Büchern kennst, gibt es tatsächlich. Sie findet auch im wirklichen Leben statt. Und es wird Zeit, dass du dich darauf einlässt." Ich blickte sie streng an. Normalerweise war sie diejenige die mir den Kopf zurechtrückte. Aber in diesem Fall musste ich dringend intervenieren. „Also keine

Ausreden mehr. Du wirst später noch einen Abstecher an die Bar machen. Versprochen?“

Jen seufzte. „Ja, du hast Recht. Ich sollte aufhören mir Gründe zu überlegen, warum etwas nicht geht.“

„Du besuchst ihn also nachher?“

„Versprochen. Aber erst nach deiner Rede – die du genau weshalb nicht mehr halten willst?“

Stimmt, da war ja noch was. Mist. Mein akutes Problem hatte ich kurzzeitig vergessen. „Ich will nicht, dass der Schuss nach hinten losgeht. Ich weiß nicht, wie alle darauf reagieren werden. Selbst gegenüber meiner Familie und meinen Freunden war ich nie so schonungslos ehrlich, zumindest in dieser einen Sache nicht.“

„Ich habe die Rede gelesen, und sie ist wunderbar. Daran ist überhaupt nichts peinlich. Dein persönlicher Hintergrund macht das alles nur glaubwürdiger. Und das ist ja auch nicht weit hergeholt. Natürlich liegt dir das Thema am Herzen, weil du auch selbst solche Erfahrungen gemacht hast. Es ist schließlich deine erste Ausstellung. Da wird jeder vermuten, dass das etwas mit dir selbst zu tun hat. So ist das bei Künstlern. Sie legen ihr Innerstes offen.“

„Mit Hilfe ihrer Werke, ja; aber sie halten nicht auch noch Reden darüber.“ Ich konnte nicht aufhören mich zu bewegen. Ich brauchte irgendwie ein Ventil für diese nervöse Energie, die sich nach dieser kurzen Verschnaufpause wieder in mir aufgebaut hatte. Jennifer trat mir allerdings in den Weg, hielt mich an den Schultern fest und zwang mich ihr in die Augen zu sehen.

„Du wolltest es so, damit die anderen deine Arbeit besser verstehen. Und du möchtest damit Betroffenen helfen. Da macht es in jedem Fall Sinn, dass du eine persönliche Geschichte dazu hast und sie auch andeutest. So lässt sich das Ganze viel besser vermarkten. Und je mehr Menschen du erreichst, desto mehr kannst du zum Nachdenken bringen.“

„Es sind sogar Leute von der Presse gekommen.“ Ich

klang leicht panisch.

„Kein Wunder, nachdem deine Facebook-Aktion eingeschlagen hat wie eine Bombe.“ Sie ließ mich los, sah mich aber weiter an. „Du schaffst das. Ich weiß, dass du das kannst. Du hältst auch keinen einstündigen Vortrag. Es ist nur eine kurze Ansprache. Das machst du mit links. Und sie werden alle begeistert sein. Da bin ich mir ganz sicher. Die Fotos sind etwas ganz Besonderes. Die Ausstellung wird grandios. Ich weiß das, weil ich sie schon gesehen habe. Ich bin hin und weg. Eine Person hast du also schon mal auf deiner Seite. Und da sind auch noch Timo, Nico, dein Vater, Kilian, Sarah, deine komplette Verwandtschaft. Alle stehen hinter dir. Und darüber hinaus noch 500.000 Menschen, die du nicht kennst, und die dir jetzt auf Facebook folgen. Die sind sicher alle im Herzen dabei. Da kann doch gar nichts mehr schiefgehen.“ Jennifer hatte voller Inbrunst gesprochen. Und dafür liebte ich sie. Es war ihr wichtig, dass ich das alles wirklich verstand. Und das hatte ich.

Mein Vater trat aus dem Seiteneingang. „Also, bis auf ein paar vereinzelte Gäste sind jetzt alle im Zelt. Ich denke, du kannst anfangen. Bist du bereit?“ Er lächelte mich aufmunternd an.

Ich schloss kurz die Augen und konzentrierte mich auf meinen Atem. „Jetzt bin ich bereit.“

Jennifer schloss mich fest in die Arme. „Viel Glück!“

„Danke.“ Auch mein Vater umarmte mich. „Ich bin stolz auf dich, Ella. Und deine Mutter wäre das auch.“

Ich kämpfte kurz mit den Tränen. Ich schmiegte mich noch einmal an ihn und genoss dieses Gefühl der absoluten Geborgenheit. Dann trat ich ins Zelt und auf das Rednerpult zu.

„Guten Abend“, sprach ich ins Mikrofon. Die Gäste standen in Grüppchen zusammen unterhielten sich und schauten sich auch schon meine Fotografien an. Als sie meine Begrüßung hörten, verstummten die Gespräche, und alle blickten zu mir. Timo stand ganz weit vorne, neben Kilian. Beide sahen aufmunternd zu mir hoch.

„Vielen Dank, dass sie alle zu meiner ersten Vernissage gekommen sind …“ Atmen Ella, du musst atmen!

„… die zugegebenermaßen an einem etwas ungewöhnlichen Ort stattfindet. In meiner Familie gibt es diese Tradition, jedes Jahr am ersten Samstag im August ein Sommerfest zu veranstalten. Und da wir dafür sowieso Häppchen und Getränke spendieren, dachten wir, es wäre kostengünstig, das einfach mit meiner Ausstellung zusammenzulegen.“ Ich war erleichtert, dass die meisten Gäste diesen kleinen Scherz verstanden und lachten. Das trug erheblich dazu bei, mich hier an diesem Pult ein bisschen wohler zu fühlen.

„Danke für diese Lacher. Sie müssen wissen, ich bin sehr aufgeregt und keine besonders geübte Rednerin. Wenn sie also noch öfter lachen wollen, kein Problem. Tun sie sich keinen Zwang an. Ich habe auch absolut nichts gegen Höflichkeitslacher einzuwenden. Immer her damit!“ Wieder lachte das Publikum.

„Den eigentlichen Grund, warum wir hier sind, möchte ich allerdings nicht verschweigen, auch wenn er ein echter Stimmungskiller ist. Vor zweieinhalb Jahren ist meine Mutter gestorben. Sie hat die Tradition mit der Gartenparty ins Leben gerufen. Es ist immer ihre Feier gewesen. Und deshalb wollte ich meine Ausstellungseröffnung gerne bei diesem Fest abhalten, auch wenn sie in anderen Räumlichkeiten fortgeführt wird. Aber so habe ich das Gefühl, dass meine Mama auch daran teilhaben kann. Ich bitte sie, mir diese Rührseligkeit nachzusehen. Denn genau deshalb stehen sie jetzt bei 30 Grad in einem Zelt ohne Klimaanlage.“ Ich brauchte einen kurzen Moment um mich zu fassen. Auch die Zuhörer hatte das eben nicht ganz kalt gelassen. Ich sah die ein oder anderen glasigen Augen und viele aufmunternde Gesichter.

„Ich habe mich dazu entschlossen ein paar Worte zur Begrüßung zu sagen, weil mir das Thema dieser Ausstellung unheimlich am Herzen liegt. Nur vier Prozent aller Frauen finden sich schön. Als ich diese Zahl das erste Mal gehört habe, war ich nicht besonders überrascht. Aber dafür umso schockierter, sie schwarz auf weiß vor mir zu sehen. Ich selbst habe sehr lange gebraucht, bis ich mit meinem Körper im Reinen war. Ich hatte jahrelang Selbstzweifel, fühlte mich nie gut genug. Nicht schlank genug, nicht groß genug, nicht sportlich genug. Das hat mir sehr zu schaffen gemacht. Vor allem im jugendlichen Alter, aber auch später noch. Die meisten Frauen sehen ihren Körper als Gegenstand, der optimiert werden muss. Es existiert ein Idealbild, propagiert von den Medien und der Gesellschaft. Und nur wer so aussieht ist in Ordnung. Dabei wird völlig außer Acht gelassen, dass es die unterschiedlichsten genetischen Voraussetzungen, Figurtypen und Veranlagungen gibt. Es kann also nicht jeder gleich aussehen. Das, was Menschen ausmacht, ist doch ihre Unterschiedlichkeit. Schauspieler sind erfolgreich wegen ihres besonderen Lächelns. Seinem Liebsten sagt man, er habe die schönsten Augen der Welt, weil sie eine einzigartige Mischung aus blau und grün sind. Bei Frauenkörpern ist das aber anscheinend alles nichtig. Hier zählt plötzlich nicht mehr die Vielfalt. Schon jungen Mädchen wird das suggeriert. Und das treibt sie nicht selten zu einer gestörten Selbstwahrnehmung und sogar in Krankheiten, wie Bulimie und Magersucht. Aber nicht nur das Schlankheitsideal ist das Problem. Die Haut von Frauen muss glatt sein. Das Enthaaren von Beinen, Achseln und Intimzone ist schon zur Normalität geworden. Und es ist die eine Sache, ob man sich rasiert, weil man es selbst schön findet. So handhaben das heute viele Männer. Eine ganz andere Sache ist es aber, wenn man es tut, weil das Frauenbild es eben so verlangt.“ Ich setzte kurz ab und sah mich unauffällig um. Das Publikum wirkte ernsthaft interessiert. Noch langweilte sich wohl keiner.

„Ein weiteres Beispiel ist Cellulite“, fuhr ich fort. Langsam gewann ich an Sicherheit und versuchte meine volle Überzeugung in die Rede zu packen. „Diese Dellen in der Haut sind absolut verpönt. Dabei ist Cellulite ein sekundäres Geschlechtsmerkmal, wie Brüste. Etwa 90 Prozent aller Frauen über 20 Jahre haben sie. Weil die weibliche Haut eben so aufgebaut ist. Es ist kein Versehen oder etwa eine krankhafte Veränderung. Trotzdem sind die Medien voll mit Tipps wie man Orangenhaut vermeiden kann. In den Drogerie-Regalen stapeln sich die Cremes, die angeblich dagegen helfen. Das wäre genauso als würde man versuchen, sich die Brüste wegzucremen.“ Ich schmunzelte, und das Publikum ging mit.

„Sie sind heute wirklich sehr höflich, vielen Dank. Noch mal zurück zur Cellulite. Das Wort existiert erst seit dem Ende des 19. Jahrhunderts. Vorher hatte sich darüber niemand Gedanken gemacht. Es war schlicht irrelevant und ganz selbstverständlich. Wie man zum Beispiel auch an Rubens Kunstwerken von nackten Frauen sieht. Erfunden wurde der Begriff übrigens in Frankreich, und hier ist sozusagen auch die Keimzelle der Cellulite-Verachtung. Zwischen dem ersten und zweiten Weltkrieg wurde genau hier der Orangenhaut ein weiterer Krieg erklärt. Als hätte es nicht schon genug davon gegeben. Das Traurige daran: Dieses Problem, das eigentlich nie eines war, wurde von Verkäufern angestoßen, die sich damit bereichern wollten. Die mit angeblichen Gegenmittelchen einen Reibach machen wollten. Und sie haben es tatsächlich geschafft. Die Furcht vor Cellulite hängt oft wie ein Damoklesschwert über uns und wir greifen teilweise zu erstaunlichen Mitteln, um die Ausbreitung zu verhindern. Leider ohne Erfolg. Ich hole deshalb so weit aus, weil ich es erschreckend finde, wie sich das Bild der Frau in den Jahrhunderten gewandelt hat. Und damit auch der Blick der Frauen auf sich selbst. Denn man muss schon eine sehr starke Persönlichkeit haben, um sich von diesem ganzen Optimierungswahn nicht anstecken zu lassen. Ich persönlich bin einen langen Weg gegangen, um das zu verstehen. Ich habe viel Energie darauf verschwendet, gegen meinen Körper zu arbeiten, anstatt mit ihm. Und heute bin ich an dem Punkt angelangt, wo ich kapiert habe, dass es darum geht, sich in seiner Haut wohlzufühlen. Wenn jemand Lust hat viel Sport zu machen, weil er sich damit gut fühlt, ist das toll. Aber es sollte sich niemand dazu zwingen, jeden Tag laufen zu gehen, nur weil er einem Schönheitsideal entsprechen will, das jeglicher logischen Grundlage entbehrt." Jetzt war ich in Fahrt.

„Ich möchte Frauen gerne dazu anhalten, auf sich und ihren Körper stolz zu sein. Und genau das habe ich mit meinen Bildern versucht. Ich habe Frauen befragt, welche Problemzone sie an ihrem Körper sehen und habe dann dieses vermeintliche Ärgernis ansprechend in Szene gesetzt. Danach habe ich diese unretouchierten Fotos fremden Menschen gezeigt und sie die Attraktivität der Person auf dem Bild bewerten lassen. Es gab erstaunliche Ergebnisse, wie sie gleich in der Ausstellung sehen und auch auf den Tafeln lesen können. Und es freut mich sehr, dass ich einige der Models meines Projekts darüber zum Umdenken bewegen konnte." Ich war fast am Ende angekommen, und immer noch gehörte mir die volle Aufmerksamkeit der Zuhörer. Gleich ist es geschafft. Die Ziellinie ist ganz nah.

„Ich möchte mich bei ihnen für´s Zuhören bedanken und ihnen jetzt noch einen wunderschönen Abend wünschen. Ich bin wirklich sehr erleichtert, dass sie trotz der Hitze immer noch ausharren. Ich bin ihnen aber auch nicht böse, wenn sie dieses Zelt bald wieder verlassen möchten. Die Ausstellung können sie sich ab dem nächsten Wochenende auch in der Stadtgalerie ansehen. Und es würde mich freuen, wenn ich später noch mit einigen von ihnen und euch persönlich auf die körperliche Vielfalt anstoßen dürfte. Vielen Dank." Ich nickte dem Publikum zu, und schon brandete Applaus auf. Ich genoss ihn einen

Augenblick, aber dann war ich froh, von diesem Podium herunterzukommen.

Als erstes nahm mich Timo in die Arme. „Das war unglaublich! Du bist unglaublich. Du hast hier alle in der Tasche. Und mich ganz besonders“, flüsterte er mir ins Ohr. Und plötzlich war ich umringt von Menschen. Viele kannte ich, einige hatte ich noch nie gesehen. Und alle waren anscheinend begeistert von dem, was ich gesagt hatte. Und von meinen Bildern. Vor allem aber natürlich Frauen. Ein Sektglas wurde mir gereicht, und ich stieß mit einer Menge Leute an. Fotos wurden geschossen. Ich gab drei Interviews und bekam einen Haufen Glückwünsche. Ich war wirklich überwältigt von diesem Feedback. Ich konnte gar nicht so richtig begreifen, was eigentlich los war. Ich war auch wahnsinnig dankbar. Aber es gab einen Punkt, wo mir dieser ganze Rummel und diese überproportionale Aufmerksamkeit zu viel wurden. Ich verabschiedete mich aus meiner derzeitigen Gesprächsrunde und hielt Ausschau nach Timo, konnte ihn aber nirgends entdecken. Also schlug ich den Weg zur Bar ein, lud mir ein bisschen Essen auf einen Teller und stellte mich damit unauffällig hinter einen Raumteiler. Dachte ich zumindest. Also, dass es unauffällig war.

„Erwischt!“, rief plötzlich jemand hinter mir, und ich erschrak so, dass ich fast den Teller fallengelassen hätte.

„Die Frau des Abends versteckt sich also, um heimlich zu essen?“ Kilian blickte mich skeptisch an. „Das macht nach deiner Rede keinen Sinn.“

„Ich war kurz vor einem Herzinfarkt! Bist du wahnsinnig mich so zu erschrecken?“, erwiderte ich vorwurfsvoll. „Und außerdem verstecke ich mich nicht um zu essen, sondern um kurz meine Ruhe zu haben.“

„Oh. Soll ich dich wieder alleine lassen?“

„Nein, du doch nicht! Mir ist dieser Rummel nur ein bisschen unheimlich. Außerdem habe ich schon seit längerem herausgefunden, dass ich auf keinen Fall die

Sonne bin, sondern der Saturn."
„Ähmmm. Muss ich das jetzt verstehen?"
„Du kennst doch Menschen, die in einen Raum kommen, und sofort richtet sich die Aufmerksamkeit aller auf diese Personen. Es gab mal eine Zeit, da habe ich solche Leute beneidet. Jetzt schon länger nicht mehr. Aber heute ist es mir noch mal ganz deutlich in der Praxis klargeworden. Ich möchte gar keine Sonne sein. Auf keinen Fall."
„Und warum dann der Saturn, wenn ich fragen darf? Sind Frauen nicht eigentlich von der Venus?"
„Weil der Saturn total cool ist!"
„Ist er das?"
„Ja, immerhin ist er von Ringen aus Eis umgeben. Ich meine, das ist ziemlich cool", erklärte ich.
„Ringe aus Eis und Gesteinsbrocken", erwiderte er besserwisserisch.
„Woher bitte weißt du so was? Ich hatte jahrelang keine Ahnung, bis ich zusammen mit meinem kleinen Cousin eine Kindersendung gesehen habe, wo das erklärt wurde."
„Weltgewandt und geheimnisvoll, so bin ich eben."
„Dann eben aus Eis und Gestein. Ist trotzdem was Besonderes. Kein anderer Planet hat das."
„Du hast Recht, du bist etwas Besonderes", sagte er ernst. „Ich habe dir noch gar nicht gratuliert. Diese Ausstellung ist wirklich genial. Ich glaube, du kannst damit echt was bewegen. Und deine Rede heute. Ich war einfach nur platt. Keine Ahnung, wie ich das in Worte fassen soll. Du weißt, ich bin da nicht so gut drin", lächelte er mich an. „Aber ich möchte, dass du weißt, wie begeistert ich von all dem hier bin." Er deutete in den Raum. „Wie begeistert ich von dir bin. Ich weiß nicht, ob ich dir schon jemals gesagt habe, dass du eine tolle Frau bist …" Er stockte, weil er wohl wirklich nicht so richtig wusste, was er sagen sollte. Aber das musste er auch nicht. Das war mehr als genug gewesen. Mein Herz hatte alles aufgesaugt, was er gesagt

hatte. Wie ein Schwamm. Und eine Erkenntnis brach sich in mir Bahn: Seine Komplimente waren mir von allen an diesem Abend am wichtigsten. Und es war auch genau dieser Moment, in dem ich nicht mehr davor weglaufen konnte, dass ich ihn liebte. Von ganzem Herzen und aus tiefster Seele. Denn er war der EINE für mich. Das wusste ich plötzlich mit solcher Gewissheit, dass es weh tat. Ich hatte mich so lange davor versteckt und meine Gefühle verleugnet. Ich liebte Timo. Aber ich wollte Kilian noch viel mehr.

Das darf einfach nicht wahr sein Ella! Jetzt hast du es so lange verdrängt, und ausgerechnet heute Abend fällt dir das ein? Heute, wo eigentlich dein Tag sein sollte, den du genießen wolltest? Das ist so was von verkorkst. Du ruinierst dir alles selbst.

Ich musste weg von ihm. Nach dieser Erkenntnis konnte ich ihm keine Sekunde länger in die Augen sehen. Was, liebes Herz, soll ich jetzt verdammt noch mal mit diesem Wissen anfangen, dass ich ihn liebe? Was?

Kilian schien mitzubekommen, dass in meinem Inneren einiges los war. Wobei, das war noch untertrieben. In mir tobte ein Sturm: ein ausgewachsener Tornado.

„Hab´ ich was Falsches gesagt?“, fragte er mich besorgt, aber auch verunsichert.

„Nein, ganz im Gegenteil“, antwortete ich. Ich sah auf den Boden, nur um ihn nicht anschauen zu müssen. Denn ich hatte Angst, würde er mir jetzt in die Augen sehen, könnte er meine Gefühle herauslesen, wie aus einem Buch. Und das durfte nicht passieren. Denn wir waren Freunde. Und ich wollte ihn nicht verlieren. Das würde sich aber unweigerlich so abspielen, weil er nicht dieselben Gefühle für mich hatte. Warum konnte ich nicht einfach mit Timo glücklich sein? Er war ein absoluter Traummann. Warum war er denn nicht mein Traummann? Ich musste hier weg. Ich musste in Ruhe nachdenken. Ich wollte alleine sein. Ich stammelte ein „Es tut mir leid“, und ließ Kilian einfach stehen.

Ich lag auf der Dachschräge und blickte auf der Suche nach Saturn in den Himmel. Google hatte ausgespuckt, dass man ihn an seinem auffälligen, gelblichen Licht erkennen könne. Aber ich fand ihn nicht. Was soll´s? Den Saturn zu sehen rettet diesen Abend auch nicht.

Was ich hier wirklich tat, war der armselige Versuch mich abzulenken. Denn ich hatte Angst davor, mich meinen Gefühlen zu stellen. Ich musste es dennoch tun – die Verdrängungstaktik war eindeutig gescheitert. Es gab jetzt keinen Weg mehr zurück. Ich konnte die Augen nicht länger vor der Tatsache verschließen, dass ich lieber mit Kilian zusammen wäre als mit Timo. Und auch, wenn das wahrscheinlich niemals passieren würde, war es dann nicht total falsch, noch weiter mit Timo zusammen zu sein? War es nicht ungerecht ihm gegenüber? War er nur eine Art Ersatz? Nein, auf keinen Fall. Ich liebte ihn. Wir hatten wunderbare Jahre miteinander verbracht. Ich hatte so viel von ihm gelernt. Er hatte mich bestärkt und auf den richtigen Weg gebracht. Ohne ihn wäre diese Ausstellung heute niemals möglich gewesen. Denn auch er hatte dazu beigetragen, dass ich mich endlich in meinem Körper wohlfühlte. Er war also niemals ein Ersatz gewesen. Aber mit dem Wissen über meine Gefühle, die mich vorher heimgesucht hatten, fühlte es sich plötzlich doch so an. Aber was wäre, wenn es Kilian gar nicht gäbe? Wenn wir den Kontakt abbrechen würden? Ich ihn nie wiedersehen würde? Könnte ich dann mit Timo glücklich sein?

Aber es gab ihn. Kilian existierte. Und es war keine flüchtige Verliebtheit, keine kurzzeitige Verwirrung aus Langeweile. Das könnte man ja auch annehmen, schließlich war ich schon seit acht Jahren mit Timo zusammen. Wow. Acht Jahre. Das konnte ich doch nicht einfach wegwerfen! Nur wegen eines Gefühls. Aber es war DAS Gefühl. Und es war Kilian. Ich kannte ihn inzwischen fast besser als mich selbst. Und ich liebte ihn, das war mir plötzlich so klar, als hätte ich es immer schon gewusst. Als wäre es eine unumstößliche Tatsache. Ein Naturgesetz. Und da erinnerte ich mich wieder an die Worte meiner Mutter, dass ich auf mich selbst hören sollte, in mein Innerstes horchen. Und wenn nötig, eine unpopuläre Entscheidung treffen. Und ich hatte das abgetan. Hatte gehofft, dass ich niemals vor so einem Scheideweg stehen würde. Aber irgendwie hatte sie es geahnt. Es war wie bei ihr selbst und Papa. Und doch war es etwas ganz anderes. Denn sie konnte sich zwischen zwei Männern entscheiden. Sie hatte nur einen losgelassen. Ich würde beide verlieren.

Dieser Gedanke trieb mir die Tränen in die Augen. Sie liefen langsam über meine Wangen, hinterließen ihre salzigen Spuren und schmeckten nach mehr. Denn ich konnte nicht aufhören zu weinen. Weil es mir das Herz zerriss. All diese Empfindungen die in mir waren, wollten plötzlich nach draußen. Sie drängten unaufhaltsam an die Oberfläche, und ich stellte mich ihnen nicht entgegen. Ich empfing diese Flut, die mich förmlich überschwemmte, mit offenen Armen. Denn ich wollte nichts mehr verdrängen, nichts mehr zurückhalten, nichts mehr einsperren. Ich begrüßte den Schmerz wie einen alten Freund. Denn ich wusste, er würde mich abhärten. Und nur so konnte ich meine Entscheidung umsetzen. Denn die hatte mein Herz schon längst getroffen. Mein dummes, dummes Herz. Ich konnte nicht mehr mit Timo zusammen sein.

„Risi! Bist du da oben?“, rief eine Stimme, die zu der Person gehörte, die ich im Moment am wenigsten sehen wollte.

„Geh weg, Kilian! Lass mich bitte alleine!“, schleuderte ich ihm entgegen.

Aber er ignorierte es und schon sah ich ihn durch das Dachfenster klettern. Ich setzte mich auf und wischte mir verstohlen die Tränen von den Wangen. Aber das würde wahrscheinlich nichts helfen. Meine Schminke war nicht wasserfest und mit ziemlicher Sicherheit jetzt auf meinem ganzen Gesicht verteilt. Und der Mond schien hell genug, dass Kilian das erkennen konnte. Und das tat er. Er war nah an mich herangerutscht und sah mich an. An seinem Blick konnte ich erkennen, dass er sehr besorgt war.

„Risi, was ist denn nur los?“, fragte er mich. So eine unschuldige Frage. Aber er hatte auch keine Ahnung, was die Antwort auslösen könnte. Auslösen würde. Ich sollte ihm die Wahrheit sagen. Es war utopisch zu glauben, ich könnte weiter mit ihm befreundet sein. Könnte ihn weiterhin sehen und würde immer wissen, dass er der Eine für mich war, aber unerreichbar. Dass alles, was ich mir eigentlich wünschte, nie passieren würde. Dass ich immer nur die Freundschaftsversion haben könnte, aber nie die Beziehungsversion. Wäre es da nicht besser, ihn gar nicht mehr zu sehen? Einen harten Schnitt zu machen?

Nein das wäre es nicht. Das wäre es überhaupt nicht. Ich will ihn nicht verlieren. Ich kann ihn nicht verlieren. Wenn ich keine Liebe von ihm haben darf, dann wenigstens Freundschaft. Zerstör´ dir das nicht, Ella! Es ist besser als nichts.

Aber war es das wirklich? War es besser als nichts? Oder wäre es ein endloser Strudel an Schmerzen, der mich nie wieder loslassen würde?

„Bitte rede mit mir, Risi! Liegt es an deiner Ausstellung, ist dir das alles zu viel?“

Ich schüttelte den Kopf. Wenn es doch nur das wäre.

„Liegt es an dem Tag heute? Am Sommerfest? Musst du an deine Mama denken?“

Wieder schüttelte ich den Kopf. Was soll ich nur tun? Soll ich es ihm sagen? Es gibt immerhin eine winzige Chance, dass er mich auch mag? Aber dann hätte ich doch schon längst etwas bemerkt… Ich dachte an die Situation am Teich, als er mir das Winnie Pooh Tattoo erklärt hatte. Als er meine Hand gehalten hatte. Ich erinnerte mich an manche seltsamen Blicke. Aber hatte ich mir das nicht alles nur eingebildet, weil ich es unterbewusst eben sehen wollte? Da war nie mehr als nur Freundschaft gewesen. Nie. Aber die Komplimente heute, dass ich eine tolle Frau sei. Das war doch nicht rein freundschaftlich. Das war doch mehr.

„Hast du Streit mit Timo?"

Ich schüttelte den Kopf.

„Mit deiner Schwester?"

„Nein", antwortete ich ihm zum ersten Mal.

„Dann liegt es an mir?", hörte ich ihn betroffen fragen.

Ich nickte. Wieso verstehst du es nicht einfach, ohne, dass ich es dir erklären muss?

Er fuhr sich mit beiden Händen durch seine Haare, schüttelte den Kopf. „Aber warum? Was habe ich getan, das dich so traurig macht? Es sollte nur ein Kompliment sein. Es tut mir sehr leid, wenn ich irgendetwas gesagt habe, das dich verletzt hat. Das wollte ich ganz bestimmt nicht. Bitte Risi, schau mich an!" Ich konnte es nicht.

„Warum bist du hochgekommen? Ich hab´ dir doch gesagt, du sollst mich alleine lassen", blökte ich ihn an. Ich war verzweifelt und fühlte mich in die Ecke gedrängt.

„Ich wollte nach dir sehen und habe mir Sorgen gemacht. Ich bin dein bester Freund."

„Und genau das ist das Problem!", platzte es aus mir heraus. Ich hatte es gesagt. Leider. Endlich.

Aber er verstand immer noch nicht. „Warum ist das denn plötzlich ein Problem? Jetzt verstehe ich überhaupt nichts mehr …" Er klang ratlos. So ratlos, wie ich bis eben noch gewesen war. Aber so sehr ich es bis jetzt versucht hatte vor ihm zu verheimlichen, so sehr wollte ich es ihm jetzt erzählen. Ich sah ihn an. Und schon begannen die Tränen sich wieder lautlos ihren Weg zu bahnen. Ich nahm all meinen Mut zusammen und schleuderte ihm mein Herz regelrecht entgegen.

„Ich liebe dich. Und ich meine das nicht platonisch. Ich habe mich auch nicht einfach so in dich verliebt. Ich liebe dich schon eine ganze Weile. Aber erst heute ist es mir so richtig bewusstgeworden." Jetzt war es raus. Und meine Seele stand nackt vor ihm. Ungeschützt. Ich hatte jegliche Deckung fallengelassen und wartete quasi auf den Todesstoß.

Ich sah es, als die Erkenntnis ihn erreichte. Als die Überraschung in seinem Blick aufblitzte. Und dann blickte ich schnell weg. Denn ich war nicht mutig, sondern feige. Ich wollte keine Abweisung in seinem Blick lesen, oder noch schlimmer: Mitleid. Ich hatte es getan. Ich hatte die Entscheidung mit meinem Herzen getroffen. Mit den Konsequenzen würde ich jetzt leben müssen. Schau endlich zu ihm hin! Du willst es doch wissen. Immer noch hatte er nichts gesagt. Schließlich hielt ich es nicht mehr aus und sah ihn doch an. Ungewissheit machte es nicht einfacher.

Sein Blick war immer noch auf mich gerichtet. Aber seine Miene war schwer zu deuten. War das Verwirrung, oder sogar Erleichterung? Aber warum Erleichterung? In diesem Moment beugte er sich zu mir herüber. Und bevor mein Gehirn überhaupt begreifen konnte, was eigentlich los war, trafen sich unsere Lippen. Aber es war kein romantischer, zärtlicher Kuss. Es war, als ob zwei halb Verdurstete auf Wasser trafen. Es war unglaublich intensiv. Ich spürte seinen warmen Atem auf meiner Haut, seine weichen Lippen, seine Zunge, die meinen Mund erforschte. Und in diesem Moment zählte nichts anderes. Ich wollte ihn spüren, ihn beruhren, ihm nah sein. Ich fuhr mit meinen Händen durch seine Locken, über seine Arme, unter die Ärmel seines Shirts. Er ließ von meinem Mund ab und begann meinen Hals zu liebkosen, nur um im nächsten Moment wieder meine Lippen mit seinen zu verschließen. Wir waren wie Getriebene. Getrieben, den anderen endlich so zu spüren, wie es schon längst hätte sein sollen. Ich küsste seine Kinnlinie, vergrub meine Nase in seiner Halsbeuge und nahm seinen Duft endlich in dieser Intensität war, nach der ich mich immer gesehnt hatte. Die Welt um uns herum existierte einfach nicht mehr. Es gab nur noch uns beide.

Ich wollte diesen Moment erleben – mich ganz darauf einlassen. Weil es sich so richtig anfühlte. Wäre da nicht dieser fade Beigeschmack gewesen. Mein Kopf schaltete sich wieder ein. Ich dachte an Timo. Und was ich hier eigentlich tat. Und ich war verwirrt, warum mich Kilian küsste. Nach meinem Liebesgeständnis. Was bedeutete ihm das? Dasselbe wie mir, oder etwas ganz anderes? Ich unterbrach den Kuss. „Warte …“, versuchte ich ihn zu stoppen.

„Nein, noch nicht.“ Kilian war weiterhin ganz nah vor meinem Gesicht. „Lass uns das noch einen Augenblick genießen“, bat er mich. Wieder wollte er mich küssen, aber ich legte meine Hände auf seine Brust und drückte ihn weg.

„Du weißt, dass das nicht richtig ist. Timo …“, ich brauchte nur seinen Namen auszusprechen, schon ließ Kilian von mir ab und legte sich zurück aufs Dach. Er schloss die Augen.

„Bitte erklär mir das!“ Ich sah immer noch nicht ganz klar. Was war das eben? Absicht? Ein Ausrutscher?

Er öffnete seine Augen und schaute zu mir hoch.

„Ich hab´ mir das schon so lange gewünscht“, fing er an, redete dann aber nicht weiter.

„Was hast du dir gewünscht?“ Es machte mich wahnsinnig, dass er nicht endlich Tacheles sprach, mir nicht endlich eine Erklärung lieferte.

„Dich zu küssen, dich zu spüren, dir nahe zu sein. Aber ich habe mir diese Gedanken immer verboten. Weil du mit meinem Freund zusammen bist.“ Das war eine Begründung. Aber keine, die ich hören wollte.

Oh nein. Ist das jetzt die typische Nummer, ich begehre die Freundin meines Freundes? Weil sie unerreichbar ist? Hat er mir das gerade aufgetischt?

Ich bekam kaum noch Luft. Meine Hände fingen an zu zittern. „Was heißt das? Dass du mich sexuell anziehend findest?“, fragte ich ihn mit unsicherer Stimme.

„Natürlich finde ich dich sexuell anziehend. Jeder Mann der Augen im Kopf hat tut das“, kam es wie aus der Pistole geschossen.

Ich stöhnte innerlich auf. Das war nicht das Kompliment, das mir in diesem Augenblick etwas bedeutete. Ganz und gar nicht. Ich ließ meinen Kopf sinken und starrte auf die Dachschindeln. „Das ist es also, worum es dir geht“, sagte ich enttäuscht.

„Das ist aber doch nur die eine Sache.“ Er richtete sich auf. „Die andere Sache ist, dass ich ständig an dich denke. Wie oft habe ich Timo dafür beneidet, dass er dich in den Arm nehmen darf. Dass du bei ihm bist, wenn ich nach Hause gehe. Weiß ich nicht weiter, brauche ich deinen Rat. Denn nur du kannst mir wirklich helfen. Wenn ich etwas Schönes erlebe, bist du die Erste, an die ich denke, mit der ich das teilen will. Ich möchte dich berühren. Und dass ich das nicht darf, tut mir weh. Und als du eben gesagt hast, dass du mich liebst, da wäre mein Herz fast in meiner Brust geplatzt vor lauter Glück.“

Zum zweiten Mal an diesem Tag hatte er mich tief berührt. Er hatte nicht die drei Worte benutzt, sondern ein paar mehr, um dasselbe zu sagen. Ein Lächeln stahl sich auf meine Lippen.

„War das gerade eben eine Liebeserklärung?“, zog ich ihn auf.

„Ich glaube schon“, lächelte er mich unsicher an. „Ja, das war es wohl. Ich hatte dieses Gefühl noch nie. Es tut mir leid, du wolltest etwas anderes hören, oder?“ Er sah zerknirscht aus. Er war so unglaublich süß in diesem Augenblick. Seine Locken hatte er wieder ziemlich kurz geschnitten. Sein linkes Ohr hatte einen kleinen Knick, so dass es leicht eckig aussah. Ich bemerkte alle kleinen Details an ihm. Seine sanft geschwungenen Lippen. Seine Augenbrauen, die vorne voller waren und nach hinten leicht ausliefen. Und natürlich seine Schokoaugen. Ich wollte mir das alles einprägen. Diesen Moment hier. Ihn. Uns.

„Nein, ich wollte genau das hören. Aber ich hätte nie zu träumen gewagt, dass du es tatsächlich sagen würdest. Und dass du es empfinden würdest. Damit habe ich nicht gerechnet. Du hast nie etwas durchblicken lassen." Es lag kein Vorwurf in meiner Stimme.

„Du auch nicht. Du warst einfach immer tabu für mich. Ich wollte mich nie auf diese Gefühle einlassen."

„Und jetzt?"

„Ich fürchte, jetzt ist es zu spät für einen Rückzieher." Er grinste mich an. „Oder besser gesagt, ich hoffe, dass es das ist?" Er sah mich erwartungsvoll an.

„Für mich ist es zu spät. Ich möchte Timo nicht ausnutzen. Ich liebe ihn. Aber auf eine andere Art. Nicht so, wie ich dich liebe. Nicht so durchdringend. Das ist schwer zu erklären. Ich werde mich von ihm trennen. Egal, was das mit uns wird. Diesen Entschluss habe ich schon gefasst, bevor du hier heraufkamst." Ich sah ihn unsicher an. „Was denkst du darüber?"

Sein Blick richtete sich in die Ferne. „Das wird schwer. Er liebt dich sehr. Es wird ihm das Herz brechen."

„Es wird auch mein Herz brechen. Ich kann meine Gefühle für ihn ja nicht einfach abschalten. Und ich hätte mir wirklich gewünscht, dass er derjenige wäre. Es tut mir leid, das zu sagen. Aber wir beide, wir wissen noch gar nicht, ob eine Beziehung zwischen uns überhaupt funktioniert. Du hattest noch nie eine feste Freundin, seit Daniela damals und da warst du noch so jung. Ich hab´ mir das nicht ausgesucht. Ganz bestimmt nicht."

Er sah mich erstaunt an. „Du hast Recht, Timo ist eindeutig die bessere Partie", sagte er verletzt.

„So habe ich das nicht gemeint, das weißt du. Aber du bist mein bester Freund. Ich will dich nicht verlieren. Und das …", ich deutete auf ihn und mich „fühlt sich so unsicher an. Willst du überhaupt etwas Festes?"

„Das was ich will, bist du." Er nahm meine Hand. „Und ja, ich will mit dir zusammen sein. Ich möchte alles von dir.

Und ich habe gerade das Gefühl, ich kann keine Sekunde länger warten." Er zog mich sanft zu sich heran. Ich wehrte mich. „Das dürfen wir nicht tun. Es wird ihn so schon genug verletzen."

„Ich weiß." Er ließ mich los. „Ich verliere einen guten Freund. Nicht nur du musst etwas Wichtiges loslassen", erwiderte er resigniert. „Aber du hast Recht. Wir haben alle Zeit der Welt. Auch wenn es mich fast zerreißt, dass ich dich nicht umarmen darf." Er seufzte.

„Wie sollen wir vorgehen?", gab ich dem Gespräch eine andere Richtung.

„Naja, er ist heute hier. Wir können das Pflaster also gleich abreißen …"

„Nein, heute ist keine gute Idee. Er hat schon was getrunken. Er wollte hier mit mir übernachten. Überall schwirrt noch Presse herum. Und ehrlich gesagt möchte ich diesen Abend nicht zerstören. Er bedeutet mir beruflich und privat sehr viel." Ich sah ihn bedeutungsvoll an. „Sonst werden wir uns später nur noch an eine hässliche Szene erinnern. Und außerdem ist es das Sommerfest meiner Mama …"

„Okay, das verstehe ich. Aber ich muss morgen geschäftlich weg. Mein Flug geht schon um 10 Uhr vormittags. Sollten wir es ihm nicht lieber zusammen sagen?" Ja, das sollten wir. Oder war das sogar noch schlimmer, weil wir ihn damit in eine Zwei-gegen-eins-Situation brachten? Ich atmete tief durch und versuchte mich zu sammeln. Ich will Timo nicht so verletzen. Mir blutet das Herz, wenn ich nur daran denke! Was soll ich jetzt machen? Das einzige, was ich sicher wusste war, dass ich es ihm nicht länger verheimlichen konnte. Heute Abend ja, ich würde ihn ohnehin kaum noch sehen. Aber noch länger, das schien mir unmöglich.

„Ich kann aber nicht noch eine Woche warten. Das wäre unfair Timo gegenüber. Und ich fürchte, dafür reichen meine schauspielerischen Fähigkeiten auch nicht aus. Und wenn wir ihm beide gleichzeitig gegenübertreten, ist es für ihn vielleicht noch schlimmer …“ Wir sahen uns ratlos an. Da kam mir eine Idee. Keine herausragende, aber ein Kompromiss. „Ich werde morgen mit ihm sprechen, wenn wir wieder in der Wohnung sind. Dann kann ich gleich ein paar Sachen packen und erst mal in mein Studio ziehen, bis ich eine eigene Bleibe gefunden habe. Ich werde ihm von einem anderen Mann erzählen, in den ich mich verliebt habe, aber noch nicht sagen, wer es ist. Und wenn du wieder daheim bist, können wir noch mal gemeinsam mit ihm reden oder besser: Du redest alleine mit ihm und stellst alles klar. Wäre das nicht sogar besser, wenn er nicht alles sofort erfährt?“

„Besser für wen? Für ihn? Meinst du nicht, dass er sich dann noch verarschter vorkommt?“

„Keine Ahnung. Das ist alles so ätzend. Ich bin total überfordert mit der Situation.“ Ich knetete unbehaglich meine Hände.

„Ich will das ja auch. Ich will, dass wir es so fair wie möglich machen. Gut, dann ist es abgemacht. Du sagst es ihm morgen. Und ich spreche mit ihm, wenn ich zurück bin.“

„Wird er dich anrufen, wenn ich mit ihm Schluss gemacht habe?“, äußerte ich ein weiteres Bedenken.

„Ich glaube nicht. Jedenfalls nicht so schnell. Er weiß, dass ich auch dein Freund bin. Ich denke nicht, dass er sich dann gerade mich zum Reden aussuchen wird. Aber wenn er es tut, sage ich es ihm eben am Telefon. Lügen kommt für mich nicht in Frage.“

Er streckte mir seine Hand hin. Ich zögerte sie zu nehmen. „Ich möchte nur deine Hand halten, nichts weiter. Bitte. Ich brauche jetzt irgendetwas, dass mich verstehen lässt, dass das hier die Realität ist und nicht nur ein Hirngespinst.“ Ich gab ihm meine Hand und drückte seine. Dann streichelte ich mit meinem Daumen über seinen Handrücken.

„Wir werden es wirklich tun, oder?“, fragte er mich.

„Ja, das werden wir.“ Selten war ich mir einer Sache so sicher gewesen. Warum Kilian und nicht Timo? Eine logische Erklärung gab es dafür nicht. Ich konnte es noch gar nicht richtig fassen, was hier passierte. Ich konnte kaum klar denken. Ich war unverhofft auf Wolke sieben katapultiert worden und das in einem Affenzahn. Mein Verstand kam kaum noch hinterher.

„Ich glaube, ich habe mich noch nie auf etwas so gefreut und hatte gleichzeitig so viel Respekt davor“, bemerkte Kilian.

Wir legten uns beide wieder auf das Dach und hielten uns weiterhin an den Händen.

„Ist das gut oder schlecht?“

„Alles was mit dir zusammenhängt ist gut.“ Er lächelte mich an. „Besser als gut.“

Ich lächelte zurück. Endlich durfte ich ihn frei heraus anhimmeln. Ich musste nichts mehr zurückhalten. Eine bekiffte Kuh war wirklich nichts gegen mich. Sein Blick wurde intensiver.

„Und wenn das hier rum ist, wenn wir für klare Verhältnisse gesorgt haben, dann werde ich alles nachholen, was ich die letzten Jahre nicht tun durfte“, grinste er verschwörerisch.

„Ach, tatsächlich? Und was soll das genau sein?“

„Ich werde dich in den Arm nehmen wann ich will, ich werde dich küssen wann ich will, ich werde dich berühren wo ich will. Und du kannst mir glauben, ich will dich überall berühren. Nicht das kleinste Fleckchen von dir wird von mir unentdeckt bleiben.“ Seine offenherzige Rede, trieb mir die Schamesröte ins Gesicht. Das war eine ganz neue Seite von ihm, die ich noch nicht kannte.

„Da werde ich ja vielleicht auch noch ein Wörtchen mitzureden haben, oder?“ erwiderte ich betont lässig.

Er tat so, als überlege er. „Ein ganz kleines Wörtchen vielleicht.“ Er deutete mit den Fingern einen winzigen

Zwischenraum an.

„Na das geht ja gut los.“ Ich musste lachen.

„Keine Sorge, du wirst nicht zu kurz kommen. Ich werde mich gut um dich kümmern. Um dich, um deine Brüste, deinen Hintern und die Stelle zwischen deinen Beinen. Der werde ich meine ganz besondere Aufmerksamkeit schenken.“ Ich spürte, wie mich langsam Erregung erfasste. Ich konnte es kaum erwarten, die Bilder, die er mir in den Kopf gesetzt hatte, wirklich zu erleben. Dieses Gespräch war ungewöhnlich, und es machte mich an. Sehr sogar.

„Und wenn du Glück hast, werde ich mich dafür sogar revanchieren.“ Ich versuchte meine Stimme möglichst lasziv klingen zu lassen. Ich hatte keine Erfahrung mit Dirty Talk. Sollte es einer sein. Und bisher erschien mir so etwas auch nicht besonders reizvoll. Aber in dieser Situation hatte es etwas positiv Verruchtes. Es war aufregend. Auch ganz ohne Obszönitäten.

Kilian war erst überrascht, dass ich darauf einging, aber dann machte er ohne Umschweife weiter. „So, wirst du das? Wie denn genau?“

„Ich würde gerne Bekanntschaft mit deinem kleinen Freund machen.“ Naja, das klang jetzt nicht gerade sexy. Mist.

„Mit meinem kleinen Freund?“ Kilian konnte nicht mehr an sich halten und prustete los „Ich kann dir versichern, dass er ganz und gar nicht klein ist!“

Puh, das war peinlich. Wie kam ich auch auf so eine dämliche Umschreibung? Vielleicht sollte ich es doch besser mit etwas Obszönem versuchen. Oder ich ließ es am besten ganz. Ich drehte mich von ihm weg und ließ seine Hand los.

„Nein Risi, hör bitte nicht auf. Tut mir leid, ich wollte es nicht ins Lächerliche ziehen. Das ist es nämlich nicht. Was du wüsstest, wenn du meinen kleinen, großen Freund spüren könntest. Er steht eindeutig auf dich. Also, was würdest du gerne mit ihm machen?“

Ich überlegte nicht lange und beschloss etwas deutlicher zu werden. „Ich denke, ich würde erst an ihm lecken und ihn dann langsam in den Mund nehmen, um an ihm zu saugen."

Kilian starrte mich ungläubig an. „Ich glaube, du willst mich umbringen, Risi." Er legte eine Hand auf seinen Schritt und richtete dort etwas. „Sowas kannst du doch nicht einfach so sagen," tat er entsetzt.

„Ich dachte, das wäre ein Spiel", kicherte ich.

„Das war es, bis du den Einsatz erhöht hast. Ich bin schließlich auch nur ein Mann. Und jetzt brauche ich eine kalte Dusche, sonst kann ich für nichts mehr garantieren."

„Ich sollte wirklich auch langsam wieder runter schauen. Meine Gäste fragen sich bestimmt schon, wo ich abgeblieben bin."

„Ja, lass mich nur hier liegen wie eine heiße Kartoffel", witzelte Kilian. „Ganz im Ernst. Geh doch schon mal vor, ich komme gleich nach."

Wie verabschiedet man sich in einer solchen Situation? Ich hatte keine Ahnung.

„Wir ziehen es durch?", fragte dieses Mal ich ihn.

„Ja, das tun wir." Er hatte keine Sekunde gezögert. Mir wurde ganz warm ums Herz. Es war nichts, das man in Worte fassen konnte. Kein Wort konnte diesem Gefühl gerecht werden.

„Ich muss mal eben über dich drübersteigen, damit ich zum Fenster komme. Und du behältst deine Hände bei dir!", warnte ich ihn.

„Warte nur, bis ich endlich mal über dich drübersteige. Und dann werde ich meine Hände auf jeden Fall nicht bei mir behalten", frotzelte er.

„Schluss jetzt damit. Ich muss mich konzentrieren, sonst falle ich noch vom Dach."

Tatsächlich rührte er mich nicht an und ließ mich anstandslos passieren. Ich kletterte zum Fenster hinein, streckte dann aber noch mal den Kopf heraus.

„Wann sehen wir uns?“

„Ich komme Donnerstag zurück, allerdings erst spät abends. Und am Freitagnachmittag habe ich noch einen Termin. Freitagabend? Dann kannst du mir genau erzählen, wie es gelaufen ist. Anschließend werde ich mit Timo ein Treffen ausmachen, sobald er Zeit hat“, erwiderte er unglücklich.

„Dann bis Freitag.“ Ich schenkte ihm ein aufmunterndes Lächeln. Aber ich wusste, wie es in ihm aussah. Auf unsere Zukunft konnte ich mich auch erst freuen, wenn die Sache mit Timo geklärt war.

Ich machte mich endgültig auf den Weg zurück zur Party. Vorher legte ich allerdings noch einen Stopp im Badezimmer ein und versuchte mein Gesicht wieder zu restaurieren.

In der Küche traf ich Nico. „Wo kommst du denn her?“, empfing sie mich nicht gerade herzlich. „Die ganze Welt sucht nach dir!“

„Die ganze Welt hoffentlich nicht“, versuchte ich es mit einem Scherz. Nico verzog nur das Gesicht. „Das ist deine Party da draußen. Da solltest du dich auch blicken lassen.“

„Ich weiß, aber ich musste gerade etwas Wichtiges klären“, erwiderte ich freundlich. Ich konnte gar nicht anders als zu lächeln.

„Was war denn so wichtig? Moment mal. Mit wem überhaupt? Und warum grinst du so debil? So grinst du nur wenn … Warst du zufällig mit Kilian zusammen?“ Den letzten Satz schrie sie fast.

„Psst. Nicht so laut. Ja. Aber nicht was du jetzt denkst,“ entgegnete ich schnell.

„Was denke ich denn?“

„Es ist einiges passiert. Aber nichts Schlüpfriges.“ Naja, zumindest nicht direkt. „Ich erzähl es dir später“, wollte ich sie abwimmeln.

„Moment. Seit Jahren himmelst du den Typen an, bist

aber mit einem anderen zusammen, und ihr macht auf ziemlich beste Freunde. Und jetzt hat sich irgendwas verändert, und du willst mich hinhalten? Vergiss es! Sofort raus damit!“ Sie funkelte mich an.

Ich sah mich um, ob wir auch wirklich alleine waren und schloss vorsichtshalber die Tür zum Gang. Dann berichtete ich ihr in Kurzfassung, was passiert war. „So, und jetzt muss ich wirklich raus. Hast du selbst gesagt!“ Ohne ihre Entgegnung abzuwarten ging ich zur Terrassentür.

„Ella!“

Ich blickte nur kurz über die Schulter zurück. „Was ist?“

„Es freut mich für dich, dass ihr beide zu euren Gefühlen steht. Und dass Kilian endlich gecheckt hat, dass du der Hammer bist!“

„Danke!“

Ich war wohl wirklich vermisst worden, denn als ich auf die Terrasse trat, war ich schnell wieder von Menschen umringt. Bis zum Ende des Abends gab es für mich keine Pause mehr. Ich schüttelte Hände, ging mit ein paar Leuten durch die Ausstellung und beantwortete viele Fragen. Und dieses Mal konnte ich es viel mehr genießen. Ich gab bereitwillig Auskunft und machte Werbung für den Verkauf der Bilder. Außerdem postete ich ein paar Fotos mit Gästen und der Presse auf meinem Facebook-Kanal. Es war ein wunderbarer Abend, den ich, als alle schon gegangen oder im Bett waren, noch mit Jennifer auf der Terrasse ausklingen ließ.

Wir hatten uns in Decken gewickelt, denn es war erstaunlich kühl geworden. Kein Vergleich zu der Hitze am Nachmittag. Timo machte gerade den letzten Sonnenschirm zu und verabschiedete sich dann auch. „Ich bin echt erledigt. Ich geh schon mal vor.“ Er gab mir einen Schmatzer auf den Mund und verabschiedete sich mit Küsschen links, Küsschen rechts von Jen. „Wie kommst du nach Hause?“, fragte er sie.

„Ich bin mit dem Auto da, ich habe nichts getrunken." Sie deutete auf das alkoholfreie Bier in ihrer Hand.

„Fahr trotzdem vorsichtig! Um diese Zeit sind nur wahnsinnige Taxifahrer oder betrunkene Idioten unterwegs."

„Mach ich. Gute Nacht."

„Gute Nacht."

Er schenkte mir noch einmal ein Lächeln und verschwand dann im Haus. Ich sah ihm etwas wehmütig nach.

„Was ist das für ein trauriger Blick?", fragte Jen.

„Ich bin traurig, weil ich ihn verlassen muss." Jennifers Augen wurden groß, ob der Neuigkeiten. „Um mit Kilian zusammen zu sein", vervollständigte ich den Satz.

„Ich wusste es. Ich wusste, dass ihr füreinander bestimmt seid!" Sie kreischte fast. Ich deutete mit den Händen an, sie solle etwas leiser sein. „Oje, armer Timo. Los, erzähl schon! Was ist passiert?"

Eine halbe Stunde später hatte ich mir alles von der Seele geredet. „Mir graut vor morgen. Ich weiß nicht, ob ich die richtigen Worte finde. Ich will ihn nicht verletzen. Aber es führt kein Weg daran vorbei. Er wird denken, ich hätte ihn die ganze Zeit nur ausgenutzt, und er wäre immer zweite Wahl gewesen. Aber das stimmt nicht", erklärte ich meine Befürchtungen.

„Ich denke, dass es morgen noch nicht ganz so schlimm wird. Da erzählst du ihm ja nichts von Kilian. Aber sobald er davon erfährt, wird es bitter."

„Danke, sehr aufbauend", erwiderte ich.

„Gegen die Liebe sind wir machtlos. Wer weiß, eventuell trifft es ihn gar nicht so hart, weil er sowieso eine heimliche Affäre hat, oder weil er nach acht Jahren gelangweilt von dir ist. Vielleicht hat er auch einen Schwarm."

Ich zog die Augenbrauen hoch. „Ist das dein Ernst?"

„Ich mein´ ja nur." Sie zuckte mit den Achseln. „Immerhin hat er dich noch nicht gefragt, ob du seine Frau werden willst. Und von deiner Kinderplanung war er auch nie begeistert. Es besteht die Möglichkeit, dass er also gar nicht die Intention hat, sein ganzes Leben mit dir zu verbringen."

Ich sah sie skeptisch an. „Ich weiß, du willst mir helfen. Aber ich fürchte, das macht es eher schlimmer."

„Dann misst du aber mit zweierlei Maß." Sie sah mich ernst an. „Er hat auch ein Recht auf sein eigenes Glück. Woher weißt du, dass er noch himmelhochjauchzend happy ist mit eurer Beziehung? Ihr hattet auch ein paar schwere Jahre."

„Ja, ich weiß. Es stimmt was du sagst. Vielleicht wird es weniger schrecklich als gedacht. Aber bis heute habe ich wirklich noch an die Beziehung mit ihm geglaubt. Deshalb fällt es mir schwer mir vorzustellen, dass er sie möglicherweise schon abgeschrieben haben könnte. Aber das sind alles Spekulationen", seufzte ich.

„Du hast versucht daran zu glauben – äußerlich. Aber innerlich, hast du dich schon seit Längerem von ihm entfernt. Mag sein, dass es langsam passiert ist und es dir gar nicht so klar war. Aber es kommt nicht so überraschend, wie du es jetzt hinstellst. Du bist sehr gut darin, die Augen vor dem Offensichtlichen zu verschließen. Und auch wenn du es glaubst, denke ich nicht, dass es für Timo aus heiterem Himmel kommt. Frag´ dich doch mal, was er in letzter Zeit für eure Beziehung getan hat!"

„Du schaffst es immer wieder, mich auf den Boden der Tatsachen zurückzuholen. Du bist unglaublich", erwiderte ich schon fast ehrfürchtig.

Sie lächelte verlegen. „Ich hätte da auch noch ein passendes Zitat. Willst du es hören?"

„Na klar. Raus damit."

„Manche Liebesgeschichten sind keine epischen Romane. Manche sind Kurzgeschichten. Aber deshalb sind sie nicht weniger erfüllt von Liebe."

Mir traten die Tränen in die Augen. Schon wieder.

Heute war eindeutig der Tag der Sturzbäche. „Das ist wunderschön."

„Es ist aus ‚Sex and the City'", zwinkerte sie mir zu.

„Die beste Serie der Welt. Das bestätigt mich mal wieder. So schade, dass sie zu Ende ist." Ich wischte mir die Tränen ab.

„Ja, das ist sehr schade. Abschiede sind grauenvoll. Aber erst dann gibt es Raum für Neuanfänge."

„Sehr philosophisch, Jen. Aber nach SATC gab es keine vergleichbare Serie, die ähnlich gut war."

Sie überlegte kurz. „Ja, da hast du Recht. Das schreit mal wieder nach einem Revival-Serienabend!"

„Ich bin sofort dabei!"

„Aber in deiner ganz persönlichen Serie macht der Abschied Platz für einen Neuanfang. Und ich glaube, der wird phantastisch und …" Sie zögerte.

„Sag es ruhig!" Ich hatte so eine Vermutung, was jetzt kommen würde.

„… romantisch!" Da war es schon: ihr Lieblingswort.

„Ja, das glaube ich auch!", stimmte ich ihr zu. Denn ausnahmsweise träumte ich gerade ebenfalls von ein bisschen Romantik. Ich lehnte mich zurück und dachte an Kilian. Endlich war es soweit. Das, was ich mir schon mit 16 erträumt hatte, ging jetzt, mit 30, in Erfüllung. Ich war plötzlich sehr aufgeregt. Nur noch sechsmal schlafen! Dann würde ich ein neues Kapitel in meinem Leben aufschlagen. Ich konnte es kaum noch erwarten.

KAPITEL 12

Jahr: 2014

Alter: 31

Regen tropfte an die Scheibe. Ich blickte vom Wohnzimmer aus hinaus in den trostlos wirkenden Garten. Wir hatten gar nicht erst angefangen zu dekorieren, da der Wetterbericht mit 90 prozentiger Wahrscheinlichkeit für heute Regen angekündigt hatte. Ich lauschte dem Rhythmus der Tropfen. Dazwischen war immer wieder kurz Sarahs Geigenspiel zu hören. Nico hatte sie überredet, heute ein kleines Privatkonzert für uns und unsere Gäste zu geben. Sarah war inzwischen eine große Nummer in der klassischen Musikszene und spielte überall auf der Welt. Sie war nur noch selten zu Hause. Aber heute gab sie uns die Ehre.

Aktuell testete sie die Akustik des Wohnzimmers meines Elternhauses. Die war scheinbar nicht sehr berauschend. Sarah wechselte ständig ihren Platz und probierte ihre Geige an verschiedenen Stellen aus. Das tat sie nun schon eine ganze Weile. Ich drehte mich zu ihr um. „So langsam solltest du dich entscheiden Sarah! Sonst schaffen wir es nicht mehr die Stühle aufzustellen, bevor die Ersten eintreffen“, merkte ich an.

„Ja, ich weiß.“ Sie klang ein wenig resigniert. „Eigentlich ist es sowieso egal. Der Raum ist eine Katastrophe, wie man es dreht und wendet. Ich stelle mich einfach hier neben den Flügel, dann stimmt es wenigstens optisch“, überlegte sie mit einem schiefen Lächeln.

„Du und deine Musik“, lachte Nico, die eben den Raum betreten hatte. „Niemand wird sich über die Akustik beschweren. Alle werden ganz hin und weg von dir und deinem überdimensionalen Talent sein.“

Sarah schnaubte und setzte sich auf den Klavierhocker. „Wahrscheinlich liegst du da richtig. Also mit dem, dass sie es nicht merken“, verbesserte sie sich schnell. Bescheidenheit war eindeutig eine Charaktereigenschaft von ihr, die sie mir noch sympathischer machte.

Ich fing an die Stühle, die im Flur gestapelt waren, in einem Halbkreis um das Klavier aufzubauen. Sie waren gestern Abend von einem Verleiher angeliefert worden. Die anderen beiden halfen mir.

„Wo ist eigentlich Papa?“, fragte Nico mich, während sie gleich zwei Stühle auf einmal hochwuchtete.

„Ich glaube, er kümmert sich in der Küche um das Essen. Der Catering-Service hat eben alles vorbeigebracht,“ erklärte ich.

„Mann, sind die schwer. Warum kümmern wir uns eigentlich nicht ums Essen, und er schleppt Stühle?“, lamentierte sie.

Ich ignorierte ihren Einwand und arbeitete weiter. Aber sie war gerade so richtig in Fahrt. Jetzt wandte sie sich aber an Sarah: „Kommt dein feiner Herr Bruder eigentlich heute auch?“ Ich zuckte zusammen. Sarah stemmte die Hände in die Hüften und setzte einen entschlossenen Gesichtsausdruck auf. „Kannst du mir nicht endlich sagen, was er in deinen Augen verbrochen hat? Und ja, er kommt heute. Ich habe ihn quasi genötigt. Ich habe ihm gesagt, dass ihr drei euch lächerlich aufführt." Dabei sah sie auch mich an. „Wie im Kindergarten! Warum könnt ihr das Problem nicht endlich aus der Welt schaffen, und alles ist wieder so wie vorher? Ella, kannst du mich wenigstens mal einweihen? So schlimm kann es doch nicht gewesen sein. Oder hat er jemanden umgebracht?", scherzte Sarah.

Meine Worte blieben mir im Halse stecken. Nein, ermordet hatte er niemanden. Oder vielleicht doch. Er hatte Risi umgebracht.

„Lass Ella damit in Ruhe! Er weiß schon selber, was er getan hat. Die große Frage ist nur: warum? Und solange er das nicht zufriedenstellend beantworten kann … Außerdem, frag´ ihn doch selbst!"

„Er sagt mir auch nichts. Es ist zum verrückt werden. Ihr habt euch alle gegen mich verschworen, das ist gemein", schmollte Sarah.

„Glaub mir, eigentlich willst du es gar nicht wissen! Er hat so eine miese Nummer abgezogen, das würde dein ganzes Bild von ihm ins Wanken bringen."

„Na toll, danke. Jetzt stelle ich mir alle möglichen Gemeinheiten vor. Vielleicht schafft ihr es ja trotzdem euch heute nicht zu zerfleischen – mir zuliebe?" Sie sah uns fragend an.

Ich wusste nicht, was ich ihr antworten sollte. Ich hatte keine Ahnung wie ich reagieren würde, wenn ich ihn wiedersah. Keinen blassen Schimmer.

„Wir werden uns schon zusammenreißen. Aber erwarte keine Freundlichkeit!", sprang Nico erneut für mich ein.

Als der letzte Stuhl aufgestellt war, verzog ich mich in die Küche. Mein Vater hatte zusammen mit dem Caterer sämtliche Abstellflächen mit Salaten, Häppchen und Co. dekoriert. Sie verabschiedeten sich gerade voneinander. Mein Vater brachte ihn noch zur Tür, während ich die verschiedenen Köstlichkeiten betrachtete. Alles sah wirklich ansprechend aus: Trüffelpasta, Pastrami-Sandwiches, Datteln im Speckmantel. Nur leider war mir der Appetit vergangen. Ich sah mir den Nachtisch an: schokolierte Früchte, Milchreis mit Zucker und Zimt, warmer Pflaumenkuchen und Crème brûlée. Naja, vielleicht würde ich später ein bisschen was vom Dessert herunterbringen.

Mein Vater kam wieder zurück. „Na, sieht ziemlich lecker aus, oder?" Ich stimmte ihm zu. „Da siehst du es, ihr solltet mich öfter das Buffet aussuchen lassen." Er nahm mich kurz in den Arm und sah mich dann an. „Wie geht´s dir Ella?"

„Gut", sagte ich schnell. Es war wie ein Reflex. Normalerweise wollten die Leute ja auch nur das hören. Aber ich wusste, mein Vater war nicht auf Small Talk aus. Weshalb er mich auch skeptisch ansah. „Die Sache mit Timo hat dich mehr mitgenommen als du zugeben willst, oder? Seit eurer Trennung hast du dich verändert."

„Wie meinst du das?", fragte ich ihn erstaunt. Ich hatte nicht gewusst, dass das so offensichtlich war.

„Du hast abgenommen. Du lachst nicht mehr so häufig. Du siehst immer müde und abgespannt aus. Du bist viel nachdenklicher geworden. Es ist ein bisschen so wie nach Mamas Tod. Als müsstest du einen Verlust verarbeiten. Ich verstehe es nur nicht ganz, weil du dich doch getrennt hast, nicht er."

Heute war anscheinend der Tag der Konfrontation. Ich hasste es, schwach rüberzukommen. Der Tod meiner Mutter hatte mich schon so aus der Bahn geworfen. Ich hatte mir fest vorgenommen, dass mir das nicht noch mal passieren würde. Ich wollte nicht schon wieder der Grund für die Sorgen meiner Familie sein. Ich war kein Opfer, verdammt noch mal. Ich hatte mein Leben selbst in der Hand. Im Job war ich erfolgreicher als je zuvor. Die Ausstellung wurde gut angenommen und zog einen Bildband darüber und einige Aufträge nach sich. Ich hatte fast alle der ausgestellten Fotografien verkauft. Das war auch gut so gewesen, denn ich hatte von Timos Agentur seit der Trennung keine weiteren Aufträge mehr erhalten.

Was nur zu verständlich war.

Er hatte das Ganze recht gefasst aufgenommen. Natürlich war er verletzt gewesen. Aber auch er war sich mit unserer Beziehung nicht mehr zu 100 Prozent sicher gewesen, wie Jennifer schon vorausgesagt hatte. Am Ende hatten wir uns weinend in den Armen gelegen.

Ich war noch am selben Tag ausgezogen und hatte dann recht schnell wieder eine neue Bleibe in der Nähe meines Studios gefunden. Eine kleine aber schnuckelige Zweizimmerwohnung mit Balkon. Längst nicht so chic wie die Wohnung, die ich vorher mit Timo geteilt hatte. Dafür richtete ich sie ganz nach meinem Geschmack ein. Weniger Chrom und Glas, dafür mehr Holz und Stoffe. Ich konnte zu Fuß zur Arbeit gehen. Aktuell lief das Geschäft fantastisch. Ich war sogar in der Lage mir meine Aufträge teilweise auszusuchen und arbeitete auch schon wieder an einem neuen eigenen Projekt. Es war also soweit alles gut. Mit meiner Familie verstand ich mich wunderbar. Meine Mutter fehlte uns allen immer noch wahnsinnig. Aber wir hatten gelernt damit zu leben. Und wir versuchten uns gemeinsam häufig an sie zu erinnern. Und das in einer positiven Weise, nicht in einer selbstzerstörerischen. Das war ein großer Schritt für mich gewesen. Aber ich hatte ihn geschafft. Was ich allerdings immer noch nicht geschafft hatte, war, Kilian zu vergessen.

„Das war ein schwieriges Jahr", antwortete ich meinem Vater. „Ich hatte Liebeskummer, aber nicht wegen Timo."

„Und ist dieser Liebeskummer nicht langsam mal vorbei? Keine Entspannung in Sicht?" Da war sie wieder, die Besorgnis.

„Ich weiß nicht. Es fühlt sich nicht so an."

„Wer ist dieser Schuft, der dir das Herz gebrochen hat? Ich fürchte, ich muss mal ein paar Takte mit ihm reden." Während er das sagte, machte mein Vater Drohgebärden, die allerdings so gar nicht furchteinflößend aussahen. Ein leichtes Lächeln stahl sich auf mein Gesicht. „Lass mal lieber, Papa!", wiegelte ich ab. „Trotzdem danke. Ich weiß es zu schätzen, dass du dich für mich einsetzen willst. Aber ich muss da wohl alleine durch."

Es klingelte an der Haustür. „Oh, wie spät ist es? Das müssen wohl schon die ersten Gäste sein", meinte mein Vater nach einem Blick auf die Uhr. „Na dann wollen wir sie mal reinlassen, oder? Kopf hoch, mein Schatz!"

Nach gut einer Stunde waren die meisten Besucher eingetroffen. Es würde nicht mehr lange bis zu Sarahs Konzert dauern. Nico hatte die meiste Zeit den Begrüßungsdienst an der Tür übernommen, während ich mich um die Jacken und Regenmäntel kümmerte. Wir hatten das Arbeitszimmer meines Vaters, das im Erdgeschoss nahe des Eingangs lag, mit ein paar Kleiderstangen in eine provisorische Garderobe verwandelt. Ich wischte gerade mit einem Mopp das Tropfwasser auf, als meine Schwester hereinschaute. „Kannst du bitte kurz die Haustür übernehmen? Ich muss mal schnell auf die Toilette. Aber ich glaube nicht, dass noch viele kommen werden. Die meisten sind schon da."

„Klar, mach ich." Ich stellte den Mopp beiseite und trat vor den großen Spiegel im Flur, um mein Aussehen zu überprüfen. Mein Vater hatte Recht. Auch wenn es nicht sehr schmeichelhaft war. Ich hatte tiefe Ringe unter den Augen, die selbst der beste Concealer nicht wegschminken konnte. Meine Wangen waren eingefallen, und meine Haare waren stumpf und hingen leblos an mir herunter. Vielleicht war es an der Zeit, sich von der langen Mähne zu trennen. Ich wandte mich ab um meinem Anblick zu entfliehen. Wann hatte ich eigentlich das letzte Mal durchgeschlafen? Ich wusste es nicht mehr. Oft wachte ich nachts auf und konnte nicht mehr einschlafen. Inzwischen war ich dazu übergegangen aufzustehen, mich an mein Laptop zu setzen und zu arbeiten. So war die Zeit wenigstens halbwegs sinnvoll genutzt. Immerhin besser als sich stundenlang im

Bett hin und her zu wälzen. Ich hatte erst gedacht, es läge an der neuen Wohnung. Aber auch als ich mich an die Umgebung gewöhnt, das Bett mehrfach umgestellt und sogar ein komplett neues angeschafft hatte – alles blieb beim Alten. Das Problem war ich selbst. Er hatte mein Herz in tausend Teile gesprengt und ich war immer noch dabei, sie wieder zusammenzusetzen.

Erneut klingelte es. Ich öffnete die Türe. Sarahs Eltern traten aufgeregt ein. „Sind wir zu spät?", fragte mich Ursula hektisch, während sie ihren Regenschirm schloss.

„Nein, ihr seid genau richtig. Das Konzert startet in wenigen Minuten", lächelte ich sie an. Als ich die Tür wieder schließen wollte, intervenierte Tom. „Lass sie lieber offen, Kilian kommt gleich nach! Wir sind mit ihm gefahren, und er sucht noch einen Parkplatz." Mein geflicktes Herz erwachte plötzlich wieder zum Leben und schlug wie wild in meiner Brust. „Ihr könnt mir eure Jacken und die Schirme geben, ich hänge sie auf." Ich musste mich schnell ablenken, durfte nicht daran denken, dass ich ihn gleich sehen würde.

„Danke, das ist lieb", erwiderte Ursula.

Im Arbeitszimmer hängte ich alles auf und wischte erneut die Tropfen vom Parkettboden. Ich überlegte gerade, ob wir nicht etwas da hätten, was ich unterlegen könnte, da spürte ich eine Präsenz in meinem Rücken. Meine Hände verkrampften sich um den Stiel des Wischmopps. Langsam lehnte ich ihn an die Wand und drehte mich um. Da stand er. Seine Haare waren nass, er hatte wohl keinen Schirm benutzt. Die Locken kringelten sich wie wild und fielen ihm ins Gesicht. Sie waren viel länger als das letzte Mal, als ich ihn gesehen hatte. An dem Freitagabend vor fast einem Jahr. Der Abend, auf den ich mich so sehr gefreut hatte, und der einer der schlimmsten meines Lebens werden sollte.

Das Wasser tropfte aus seinen Haaren auf seine Jeansjacke. Er hatte die Hände in den Hosentaschen vergraben. Sein Gesichtsausdruck war wie versteinert. Hart. Unfreundlich. Er stand einfach nur da und sagte nichts. Und aus meinem zusammengeklebten Herzen begannen sich wieder einige Teile zu lösen. Es tat weh ihn zu sehen. Noch viel mehr als ich befürchtet hatte.

„Gibst du mir deine Jacke?“ Ich drehte mich um, ging zu einer der Kleiderstangen und griff mir einen freien Bügel. Dann wendete ich mich ihm wieder zu und wartete, während er aus der Jeansjacke schlüpfte. Ich sah ihm in die Augen, als ich sie ihm abnahm und hoffte etwas darin zu erkennen. Ich wartete auf eine Reaktion – auf irgendetwas. Aber er blieb stumm wie ein Fisch. Und sah mich an. So lange, dass es schon unangenehm wurde.

„Warum starrst du so?“, pampte ich ihn an. Ich wollte endlich, dass er auf mich reagierte.

„Du siehst nicht gut aus“, machte er endlich den Mund auf.

„Oh, danke für das Kompliment“, erwiderte ich ironisch. „Aber ja, du liegst richtig, es geht mir auch nicht gut.“ Ich drehte mich wieder weg um seine Jacke aufzuhängen. Ich tat es ganz langsam und nutzte den Moment um mich zu sammeln. Das hier durfte nicht real sein. Wir beide. Diese Situation. Wie wir miteinander umgingen. Das war grauenvoll.

„Warum bist du nicht wieder zurück zu Timo gegangen?“, fragte Kilian. Er wollte also doch ins Thema einsteigen. Aber das war eindeutig die falsche Frage. Ich drehte mich zu ihm um und schnaubte. „Das kann doch nicht dein Ernst sein, dass du noch mal damit um die Ecke kommst!“ Langsam wurde ich wütend. Immer wieder spulte sich unser letztes Gespräch vor meinem geistigen Auge ab. Wir hatten uns wie besprochen an jenem Freitagabend getroffen. Kilian hatte ein Restaurant ausgesucht, was mich schon ein bisschen verwundert hatte. Ich hätte gedacht, wir wollten beide endlich etwas Zweisamkeit. Später lag diese Wahl klar auf der Hand: Er wollte eine Szene vermeiden.

Ich hatte mich so auf diesen Abend gefreut. Hatte regelrecht darauf hingefiebert. Ich war aufgeregt gewesen – wie ein Schulmädchen. Hatte mich in meine Teenagerzeit zurückversetzt gefühlt. Doch schon unsere Begrüßung war merkwürdig abgelaufen. Er hatte mir keinen Kuss gegeben – mich nur kurz umarmt. Er war sehr ernst gewesen und überhaupt nicht er selbst. Dann hatte Kilian mir ohne Umschweife erklärt, dass das alles ein Fehler gewesen wäre. Wir wären ein Fehler. Er hätte Zeit gehabt sich das alles zu überlegen, und er könne Timo das nicht antun. Es täte ihm leid, aber er wolle keine Beziehung mehr mit mir. Es wäre für uns alle das Beste, ich würde wieder zu Timo zurückgehen.

Ich war in diesem Restaurant gesessen und hatte die Welt nicht mehr verstanden. Ich hatte gewusst, dass das nicht der wahre Grund sein konnte. Seine plötzlichen Gewissensbisse Timo gegenüber waren fadenscheinig gewesen. Das hatte ich ihm auch ins Gesicht gesagt. Ich hatte ihm an den Kopf geknallt, dass ich das nicht glauben könne. Daraufhin hatte er mir eine weitere Geschichte über seine Bindungsängste aufgetischt. Die war schon etwas glaubwürdiger gewesen, aber ich kannte ihn zu gut. Ich hatte sein Spiel durchschaut: Er verschwieg mir etwas. Aber ich hatte keine Ahnung was. Und ich konnte mir bis heute nicht im Entferntesten vorstellen, was das sein könnte. Warum dieser Rückzieher?

Es hatte alles überhaupt keinen Sinn für mich gemacht. Ich hatte ihn also erneut mit meinen Zweifeln konfrontierte. Und da war er ausgerastet. Er hatte nicht geschrien, aber sein Ton war eisig gewesen. Schneidend. Endgültig. Ich erinnerte mich immer noch genau an den Wortlaut, der schließlich mein Herz zerbersten ließ: „Du hörst mir einfach nicht zu, weil du es nicht hören willst. Ich habe versucht es dir schonend beizubringen. Aber du möchtest es auf die harte Tour? Gut. Dann sperr deine Ohren auf: Ich habe mich geirrt. Ich liebe dich nicht. Und ich will keine Beziehung mit dir. Hast du das jetzt verstanden?“ Ich hätte mich am liebsten auf den Boden gelegt und mich zu einer Kugel zusammengerollt. Ich hatte mich gefühlt wie angeschossen. Ich hatte meine Tasche genommen und das Restaurant verlassen. Keine Ahnung, woher ich die Kraft nahm. Ich wusste später auch nicht mehr, wie ich es nach Hause geschafft hatte. War ich Taxi gefahren oder U-Bahn? Ich war danach eine Woche lang im Bett geblieben. Und bis heute fragte ich mich, ob ich mich an diesem letzten Sommerfest so sehr getäuscht hatte. Hatte ich seine Gefühle falsch interpretiert, oder gab es einen anderen Grund für diese 180-Grad-Wendung? Hatte er in diesen wenigen Tagen von Sonntag bis Freitag eine Andere kennengelernt? Hatte er etwas über mich oder Timo erfahren? War er schwerkrank? Aber nichts davon war logisch. Ich wusste, dass er seitdem keine Freundin gehabt hatte. Er sah nicht krank aus, außerdem hätte ich das über seine Familie mitbekommen. Und was sollte er denn über mich oder Timo gehört haben, das diese Entscheidung begründen würde? Mir fiel einfach nichts ein. Also war ihm vielleicht wirklich nur bewusst geworden, dass er mich nicht liebte. Er hatte diese Worte ja auch nie ausgesprochen. Nicht genau diese Worte. Und jetzt stand er hier und fragte mich, warum ich nicht wieder mit Timo zusammen war? Ich war verletzt, aber ich war auch wütend. Warum tat er mir das an?

„Ich dachte, wenn das mit uns nicht klappt, gehst du wieder zurück zu ihm“, schob Kilian hinterher. Immer noch konnte man keine Emotion an seinem Gesicht ablesen.

„So, dachtest du das? Nach allem, was ich dir erzählt habe? Wie kommst du denn bitte darauf? Wie?“, schleuderte ich ihm entgegen. Das Konzert hatte gerade angefangen. Kilian schloss die Türe des Arbeitszimmers, damit uns niemand hören konnte.

„Du hast selbst gesagt, Timo wäre die bessere Wahl“, wendete er sich wieder an mich.

„Nur, dass ich diese Wahl nicht hatte, denn mein Herz hat entschieden. Es hatte sich für dich entschieden und für mich gab es kein Zurück. Es wäre eine Lüge gewesen." Meine Stimme zitterte.

„Aber er ist die bessere Wahl. Er wäre die bessere Wahl gewesen. Glaub mir das doch! Warum hast du das wegen mir aufgegeben?" So langsam fing seine Maske an zu bröckeln. Seine Stimme war nicht mehr ruhig, seine Gesichtszüge nicht mehr unbeteiligt.

Ich schüttelte nur den Kopf. Was sollte ich dazu sagen?

„Du kannst immer noch zu ihm zurück. Ich glaube, er ist gerade solo. Ich bin mir sicher …"

„Hör auf!", schrie ich. „Hör endlich auf damit! Er kann mich nicht mehr glücklich machen. Nur du hättest das gekonnt." Eine einzelne Träne lief mir die Wange hinunter.

Sein Gesichtsausdruck wirkte jetzt gequält. Er schlug mit der flachen Hand gegen den Türrahmen. Seine Kiefer mahlten, sodass die Muskeln an seinem Hals hervortraten. „Nein, das hätte ich eben nicht gekonnt", presste er hervor.

„Warum nicht?" Ich brachte kaum mehr als ein Flüstern heraus. Wir sahen uns in die Augen, und für einen Moment dachte ich, er würde mir endlich den Grund nennen. Einen Grund, den ich auch verstehen konnte. Aber sein Blick verschloss sich wieder, und er ließ mich nicht in sein Innerstes blicken. „Vergiss mich einfach! Fang ein neues Leben an! Was kann ich tun, damit es dir wieder besser geht? Soll ich wieder verschwinden?"

Ich hatte das Gefühl, aus seinem Mund kam nur Unsinn. Nichts davon war das, was er wirklich dachte. Und das machte mich wieder wütend. „Ich habe innerhalb einer Woche meinen Partner, meinen besten Freund und die Liebe meines Lebens verloren. Ich habe verdammt noch mal ein Recht darauf, dass es mir schlecht geht. Und du hast ganz sicher kein Recht dir Sorgen um mich zu machen. Nicht mehr. Also spar dir die Vorschläge für mein Leben! Und jetzt hör dir das Konzert von deiner Schwester an und lass mich endlich alleine!“ Ich hatte mich in Rage geredet und fühlte mich plötzlich einfach nur ausgelaugt. Meine Wut war verraucht und wich einer allumfassenden Traurigkeit. Ich hatte Kilian mit meinen Worten getroffen. Das sah ich ihm deutlich an. Und ich sah auch, dass er etwas sagen wollte.

Bitte sag, dass das alles ein Missverständnis ist! Erklär´ mir endlich, was los ist! Sei wieder der Kilian, den ich kenne! Den ich kannte.

Aber er überlegte es sich anders. Er sagte nichts. Und ging.

Meine Beine knickten unter mir weg. Ich landete auf den Knien und fing an zu schluchzen. Mein ganzer Körper wurde durchgeschüttelt. Es kam über mich, ohne, dass ich es hätte stoppen können. Hier in der Garderobe. Ich wusste, ich sollte besser in mein Zimmer gehen. Aber ich war unfähig mich zu bewegen. Es war, als würde ich mir selbst dabei zusehen, wie ich schluchzend auf dem Parkettboden kniete und konnte nichts daran ändern. Plötzlich spürte ich, wie sich Arme um mich legten. Und ich roch Zeder.

„Ella, bitte hör auf! Bitte.“ Kilian war selbst den Tränen nahe, das war deutlich an seiner Stimme zu hören. Er drückte mich fest an sich, und ich gönnte mir einen schwachen Moment und lehnte mich an ihn. Immer noch wurde ich von Schluchzern geschüttelt.

„Ich wollte das alles nicht. Das musst du mir glauben. Es tut mir so leid“, sagte er erstickt.

Ich versuchte mich etwas zu fassen. Immerhin hatte er sich endlich entschuldigt. Ich machte mich von ihm frei. „Sagst du mir jetzt endlich die Wahrheit? Damit ich das alles verstehen kann?“ Ich flehte ihn förmlich an.

Er schüttelte den Kopf „Glaub mir, es ist besser so …“ Und in diesem Moment sah ich nur noch rot. „Dann verschwinde endlich! Hau einfach ab!“, brüllte ich ihn an und stieß mit beiden Händen gegen seine Brust. Und das, was er in meinem Gesicht sah, ließ ihn augenblicklich Folge leisten.

Es dauerte noch eine ganze Weile, bis ich mich wieder beruhigt hatte. Wie in Trance schleppte ich mich ins Bad, richtete mein Make-Up und schlich mich dann ins Wohnzimmer. Alle lauschten andächtig den Klängen, die Sarah der Geige entlockte. Nico saß ganz hinten. Ich flüsterte ihr ins Ohr, dass ich starke Kopfschmerzen hätte und mich hinlegen würde. Sie solle mich bitte entschuldigen. Kilian konnte ich nirgends entdecken. Dann flüchtete ich auf mein früheres Zimmer. Ich tippte eine Nachricht an Jennifer: „Ich habe ihn grade wiedergesehen. Es war schlimmer als ich dachte. Viel schlimmer."

Zehn Minuten später klingelte mein Handy. Ich erzählte Jen wie unsere erste Begegnung nach der Sache vor einem Jahr abgelaufen war. Sie war die meiste Zeit recht still, stellte nur hin und wieder Zwischenfragen. Sie war wohl selber geschockt. Auch sie vertrat die Meinung, dass er den wahren Grund verheimlichte. Für Jen waren wir das perfekte Paar, das einfach nicht zueinander fand. Aber nach den heutigen Ereignissen fiel es selbst ihr schwer, daran festzuhalten.

„Wow. Das ist … Ich verstehe das nicht", sagte sie schließlich. „Das passt alles in keinster Weise zusammen. Warum ist er überhaupt noch mal zurückgekommen?"

„Weil er mich weinen gehört hat?", schlug ich vor.

„Also er will, dass du wieder mit Timo zusammenkommst, weil der angeblich die bessere Partie ist. Hat er gerade Probleme im Job?", fragte mich Jen.

„Soweit ich weiß nicht. Er ist ja schon seit einiger Zeit bei seinem Vater eingestiegen, und sie strukturieren die ganze Schreinerei um und wollen sich auf die Produktion von Fußböden verlegen. Die beiden verstehen sich erstaunlich gut, und der neue Geschäftszweig brummt richtig. Sie wollen sogar bald anbauen und haben meinen

Vater gebeten, die Pläne zu machen."

„Dann kann es das also nicht sein. Das ist doch zum Haare raufen. Und er hat dieses Mal nicht gesagt, dass er dich nicht liebt?"

„Nein. Aber ich frage mich, was bringt dieses ganze Rumspekulieren? Wir haben es doch schon gedreht und gewendet. Ich weiß, dass er irgendwas verheimlicht. Das hat er heute ja auch nicht abgestritten. Er hat es sogar zugegeben, indem er gesagt hat, dass es besser ist, wenn ich es nicht wüsste. Aber letztendlich kann es trotzdem sein, dass seine Gefühle nicht stark genug sind. Denn was bitte ist so schlimm, dass er nicht für unsere Liebe kämpft, sondern einfach aufgibt? Ich denke, ich sollte der Wahrheit ins Auge sehen. Wahrscheinlich war das Gespräch heute wichtig, damit ich es endlich verstehe. Damit ich endlich einen Haken daruntersetze. Es gibt nur ein Problem." Ich hielt inne.

„Und das wäre?", fragte Jennifer.

„Ich kann es einfach nicht. Ich kann Kilian nicht einfach abhaken." Ich atmete tief durch. „Was wäre, wenn du dein ganzes Leben lang insgeheim immer gewusst hättest, wer der Richtige für dich ist? Und was wäre, wenn du dich endlich getraut hättest, ihm deine Liebe zu gestehen? Und was wäre, wenn du jetzt die Klarheit hättest, dass er dich nicht so mag, wie du ihn, aber dass es sein kann, dass er dich anlügt? Was würdest du dann tun?", fragte ich mit erstickter Stimme.

Am anderen Ende der Leitung herrschte Stille. Es war selten, dass Jen nicht sofort einen klugen Spruch, ein Zitat oder eine Anregung parat hatte. Aber diese ganze Situation konnte einen ja nur ratlos machen. Zumindest ließ sie mich so zurück.

„Also", setzte Jennifer dann doch noch an, „Du weißt, dass ich Kilian sehr mag. Und dass ich euch zwei immer als Paar gesehen habe. Und das tue ich noch – irgendwie. Aber ich sehe auch, wie dich diese ganze Sache mitnimmt. Und ich will nicht, dass sie dich zerstört. Die Hoffnung, dass er zur Vernunft kommt und dir endlich sagt, was wirklich los ist, besteht. Aber du weißt ja nicht, was dabei rauskommt. Und ob du damit leben könntest. Auch wenn du dir im Moment vielleicht nicht vorstellen kannst, dass etwas dich hindern könnte, mit ihm zusammen sein zu wollen. Du weißt es nicht. Und deshalb sage ich dir, was ich tun würde. Ich würde versuchen es hinter mir zu lassen. Es wäre sicherlich alles andere als leicht. Es würde auch lange dauern. Aber ich käme darüber hinweg. Und das tust du auch. Er ist vielleicht die Liebe deines Lebens. Aber du weißt nicht, ob er die einzige ist. Du hast ein Recht darauf glücklich zu sein. Und es gibt nicht nur diese eine Chance." Sie sprach sehr eindringlich. Und normalerweise pflichtete ich ihr nach einer ihrer Ausführungen meistens bei. Aber heute konnte ich das nicht tun. „Er ist der Eine. Das weiß ich einfach. Wahrscheinlich gibt es da draußen andere Männer, mit denen ich ein schönes Leben haben könnte. Aber es gibt keinen mehr wie ihn. Es ist das Gleiche wie mit Walnusseis. Es ist lecker. Ich liebe es. Aber so richtig genial ist es nur mit diesen karamellisierten Stückchen drin. Und Kilian ist mein Walnusseis mit Stückchen. Verstehst du?"

Jennifer seufzte. „Aber Walnusseis an sich ist doch schon fantastisch. Reicht das denn nicht?"

„Nein, ich fürchte nicht."

„Also willst du alt und grau werden, bis Kilian zur Vernunft kommt? Und was, wenn er das nie wird? Du kannst doch dein Lebensglück nicht von einem einzigen Menschen abhängig machen!", redete sie mir ins Gewissen.

„Ich sage ja nicht, dass ich jetzt ins Kloster gehen will. Ich meine damit nur, dass ich sicher weiß, dass er der Richtige ist. Und dass ich die Hoffnung deshalb noch nicht ganz aufgeben werde. Aber ich weiß auch, dass die Wahrscheinlichkeit gering ist. Ich werde meine Augen nicht vor anderen Möglichkeiten verschließen. Ich will nicht mein ganzes Leben lang ohne Walnusseis sein. Das ist unvorstellbar. Aber ich glaube schon, dass es große und kleine Liebesgeschichten geben kann. Was ist also falsch daran, wenn ich mir eine große wünsche?"

„Du weißt genau, wie du mich kriegen kannst", schniefte Jen. „Meine Freundin hat es voll erwischt. Romantik hoch drei. In Ordnung", schnaufte sie hörbar, „dann werde ich dich unterstützen. Egal, was passiert. Ich spare mir ab jetzt meine Warnungen. Aber du musst mir dafür etwas versprechen."

„Okay …" Ich war neugierig, was jetzt wohl kommen würde.

„Du musst mehr auf dich achten. Auf dich und deine Gesundheit. Krieg das mit dem Schlafen in den Griff! Mach mehr Yoga oder besorg dir einen Gute-Nacht-Tee! Lass das Ganze dich nicht innerlich auffressen! Du warst doch nach dem Tod deiner Mama schon in Therapie. Versprich mir, du machst das wieder, wenn dir alles zu viel wird!"

Ich war gerührt, wie sehr sich Jen um mich sorgte. Aber ich wollte endlich nicht mehr diejenige sein, um die man sich sorgen musste. „Ich verspreche es. Ich habe in der Therapie damals viel über mich gelernt. Ich kann mich inzwischen ganz gut einschätzen. Es geht mir nicht gut, aber es ist nicht kritisch. Ich kann damit umgehen. Aber sobald sich daran etwas ändert, bist du die Erste, die es erfährt. Mach dir also bitte kein Sorgen mehr", bat ich sie.

„Alles klar. Das beruhigt mich etwas." Ich hörte, dass sie lächelte. „Und du wirst es nicht glauben, aber ich habe für deine Situation genau das passende Zitat. Es ist aus dem Film ‚Manche mögen´s heiß', und es lautet so: Es kommt nicht darauf an, wie lange man wartet, sondern auf wen." Sie machte eine kurze Pause „Schließlich musste ich auf Ties auch 30 Jahre lang warten." Jennifer hatte endlich ihre romantische Liebe gefunden. Mit allem Drum und Dran. Ihr Partner führte sie zu Candellight-Dinnern aus, schrieb Liebesbriefe und dekorierte das Badezimmer mit

Rosenblättern und Duftkerzen. Die beiden passten wirklich zusammen, wie der sprichwörtliche Topf und der Deckel.

Das Zitat, das sie eben wiedergegeben hatte, rührte etwas in mir an. Das mit dem Warten störte mich allerdings enorm. Ich war lange genug passiv gewesen, hatte verdrängt und mich geduldet. „Das ist wirklich schön. Und es trifft ins Schwarze. Aber jetzt ist Schluss mit dem Abwarten. Ich habe so lange gebraucht, bis ich ihm meine Liebe gestanden habe. Mit dem Ergebnis, dass er mir auch gesagt hat, er empfände schon seit Jahren etwas für mich. Jetzt hat er aber plötzlich ein Problem. Und er will es mir nicht sagen. Gut, dann eben nicht. Aber ich werde hier nicht sitzen und mich in Selbstmitleid suhlen. Ich werde es ihm so schwer wie möglich machen, sein verblödetes Geheimnis zu bewahren."

„Holla die Waldfee! Wo kommt denn dieser Kampfgeist plötzlich her?", fragte Jen erstaunt.

„Ich weiß es nicht. Aber ich finde, ich sollte Kilian nicht so einfach davonkommen lassen."

„Nein, das solltest du definitiv nicht. Wie ist der Plan?"

Ich erklärte Jen, dass ich mich jetzt zusammenzureißen und wieder runtergehen würde. Das war noch nicht viel, aber der Rest würde sich schon ergeben. Ich sollte mich zu allererst bei Kilian entschuldigen. Dafür, dass ich ihn angeschrien hatte. Ich beendete das Telefonat und machte einen Abstecher ins Badezimmer. Ich war gerade dabei mein Make-Up aufzufrischen, als Nico den Raum betrat.

„Hast du wirklich Kopfschmerzen oder eher Kilianschmerzen?", fragte sie mich.

„Das Zweite", entgegnete ich ehrlich.

„Wusste ich es doch. Hast du mit ihm geredet? Was hat er gesagt?"

„Er kam wieder mit Ausflüchten um die Ecke. Wollte mich mit Timo verkuppeln, genau wie das letzte Mal." Ich zog mir den Eyeliner nach.

„Warum bist du so ruhig? Das ist ein bisschen

unheimlich. Holst du jetzt gleich die Motorsäge raus und säbelst alles kurz und klein?", meinte Nico erstaunt.

Ich musste schmunzeln. „Nein, die Motorsäge nicht. Ich versuche es etwas subtiler. Ich habe vor, ihn nicht so einfach vom Haken zu lassen."

„Das sind ja ganz neue Töne. Gefällt mir! Erzähl mehr davon." Sie setzte sich auf den Rand der Badewanne und sah mich abwartend an.

„Wenn er nicht genug Gefühle für mich hat, dann sollte es doch kein Problem für ihn sein, weiterhin mit mir befreundet zu sein", erklärte ich mein Vorhaben.

„Du meinst also, dass er eigentlich schon ein Problem damit hat?"

„Nur, wenn ich richtig liege. Wenn er mich liebt, aber nur dieses vermaledeite Geheimnis ihn von einer Beziehung mit mir abhält."

„Ah, verstehe. Du willst es aus ihm rauskitzeln – ihn mürbe machen, bis er dich anfleht, es dir erzählen zu dürfen." Sie warf mir einen bewundernden Blick zu.

„Vielleicht macht das auch keinen Sinn. Aber bevor ich aufgebe, probiere ich es lieber damit."

Sie trat hinter mich und nahm mir das Rouge aus der Hand. „Lass mich das machen, Schwesterlein! Ich verpass dir eine richtige Kriegsbemalung. Die kannst du bei deinem Vorhaben brauchen. Ach apropos, dein Concealer kann gar nichts. Deine Augenringe leuchten wie zwei Katzenaugen im Fernlicht."

„Und ich dachte, das liegt an meinen Augenringen", erwiderte ich erstaunt.

„Ach Quatsch, lass mich nur machen! Du wirst gleich so frisch aussehen wie eine Rose im Morgentau."

Ich lachte. „Na da bin ich ja mal gespannt." Dann schloss ich meine Augen und ließ den Profi seine Arbeit tun.

Unten angekommen versorgte ich mich mit einem Glas

Sekt. Ein bisschen Mut und Unterstützung bei meinem Vorhaben konnte ich gut gebrauchen. Außerdem hatten meine Hände so irgendetwas zu tun, was gut war, denn die führten im Moment ein Eigenleben und zupften ständig nervös an etwas herum. Nico hatte es tatsächlich geschafft, mich so herzurichten, dass mir meine Tränen und meine Müdigkeit kaum mehr anzusehen waren. Ich fühlte mich wohl in meiner Haut. Punkt eins war also erledigt. Ich konnte mich wieder selbstbewusst unter die Partygäste mischen. Punkt zwei war es nun, Kilian zu finden und zu stellen. Alles was danach kommen würde, war Improvisationstalent. Und das Schicksal, oder wie immer man es auch nennen möchte, meinte es ausnahmsweise gut mit mir. Ich sah ihn auf dem überdachten Teil der Terrasse stehen. Alleine. Ich nutzte meine Chance und trat zu ihm nach draußen. Es war ziemlich kühl, und ich fröstelte, in meinem langen Kleid im Boho-Stil. Kilian hatte sich an die Hauswand gelehnt und hielt ein Glas Whiskey in der Hand. Als er die Terrassentür hörte, blickte er auf und erstarrte in dem Moment, als er mich sah.

„Ich habe dich gesucht“, begann ich direkt die Unterhaltung. Immer raus damit, bevor ich es mir anders überlege. „Ich wollte mich dafür entschuldigen, dass ich dich vorher so angebrüllt habe. Das nimmt mich alles sehr mit, und ich bin einfach ausgerastet.“

Er blickte auf seine Schuhspitzen. „Ich dachte nicht, dass du noch einmal mit mir reden würdest, dass du jemals wieder mit mir reden würdest.“ Er trank einen Schluck. „Und ehrlich gesagt bin ich sehr überrascht, dass ausgerechnet du dich entschuldigst“, lachte er bitter auf. „Das ist unnötig. Du glaubst mir das wahrscheinlich nicht, aber für mich ist das auch sehr schwer. Ich kann dir gar nicht sagen wie sehr.“

Doch, du könntest schon, wenn du wolltest. Allerdings war ich nicht gekommen um wieder Streit mit ihm anzufangen. Diese Konfrontationstaktik hatte rein gar nichts bewirkt, außer, dass er sich noch mehr verschloss. Aber als er sein Glas an den Mund geführt hatte, hatte er ganz leicht gezittert. Wenn ich nicht spüren würde, dass es ihm mit der ganzen Sache schlecht ging, wäre das der eindeutige Beweis gewesen.

„Ich habe nach unserem Streit vorhin nachgedacht. Es hat mich sehr verletzt, dass du mir erst deine Liebe gestanden hast und dann wieder zurückgerudert bist. Aber ich habe dir vor einem Jahr nicht von meinen Gefühlen erzählt, weil ich erwartet hatte, dass du sie erwiderst. Ich musste es nach all der Zeit einfach loswerden und wollte endlich klare Verhältnisse schaffen.“ Gut Ella, das läuft doch schon mal in die richtige Richtung. Lüg ihn nicht an, aber sag ihm auch nicht ganz deutlich, dass du glaubst, dass er dich immer noch liebt. „Und jetzt, wo du nicht genug empfindest um mit mir eine Beziehung einzugehen, sind doch alle Fronten geklärt. Also lass uns das wie Erwachsene regeln: Vergessen wir das letzte Jahr einfach! Deine Freundschaft ist mir immer noch wichtig. Ich will dich nicht verlieren. Lass uns wieder auf die platonische Ebene zurückkehren!“ Jetzt war ich gespannt auf seine Reaktion.

„Ella, wie stellst du dir das vor? Ich weiß nicht, ob das eine gute Idee ist …“ Er sah mich nicht an, sondern blickte in den verregneten Garten hinaus. Das Glas fest in seiner Hand. So fest, dass seine Knöchel weiß hervortraten.

„Du meinst, wegen meiner Gefühle? Ich komme damit schon zurecht. Ich werde darüber hinwegkommen, nicht mit dir zusammen sein zu können. Aber ich komme nicht darüber hinweg, wenn du gar kein Teil mehr meines Lebens bist.“ Ich hatte selber keine Ahnung, ob es stimmte, was ich da erzählte. Tat ich das nur, um ihn aus der Reserve zu locken oder empfand ich wirklich so?

Kilian trank den Rest des Glases in einem Zug leer. „Es geht nicht nur um dich“, erwiderte er.

„Das verstehe ich nicht. Du hast im Affekt gesagt, dass du mich auch liebst und dann ist dir klargeworden, dass es nicht stimmt. Also sind deine Gefühle immer noch nur freundschaftlich. Wo ist also das Problem?" Ich war stolz auf mich, wie nüchtern ich gerade über diese Sache reden konnte. Keine Tränen, kein Zittern in der Stimme. Bin das wirklich ich?

„Das war nicht im Affekt, verdammt …" Er schleuderte das leere Glas auf die Rasenfläche. Es wurde gut abgefedert und überstand den Wutausbruch unbeschadet.

KAPITEL 13
Jahr: 2014 – immer noch
Alter: 31

KILIAN

Ich hatte mich nicht im Griff, überhaupt nicht im Griff. Ich starrte das Glas an, das ich auf den Boden geworfen hatte. Es kam mir so vor, als wäre ich in einem schlechten Film. Ich steckte in dieser bescheuerten Situation fest, aber ich wusste keinen Ausweg. Ich hatte nicht die leiseste Ahnung, was ich tun sollte. Ich sah Ella an, wie sie da so vor mir stand. Nachdem, was ich alles abgezogen hatte, war sie wieder hier und wollte mit mir befreundet sein. Ich konnte es einfach nicht fassen. Ich an ihrer Stelle hätte mich längst zum Mond geschossen. Oder noch viel weiter. Zum Mars oder zum Saturn. Das war jetzt ironisch. Zum verdammten Saturn, ihrem Lieblingsplaneten.

Ich fuhr mir mit beiden Händen durch die Haare. Ich kam mir vor wie das größte Arschloch aller Zeiten. Vielleicht war ich das auch. Aber ich wollte sie doch nur beschützen. Nicht vor mir, aber vor dem Leben, dass sie mit mir führen müsste. Das konnte doch nicht falsch sein, oder? Ich würde es ihr am liebsten sagen. Jetzt sofort. Reinen Tisch machen. Aber um welchen Preis?

Sie schaute mich immer noch abwartend an. Es schien ihr besser zu gehen als vorhin. Als sie sich im Arbeitszimmer zu mir umgedreht hatte, war ich kurz erschrocken. Sie sah so anders aus. Ungesund. Zerbrechlich. Aber trotzdem immer noch traumhaft schön. Und auch jetzt konnte ich meinen Blick kaum von ihr abwenden. Es tat so gut sie wieder zu sehen. Und gleichzeitig tat es so unglaublich weh. Weil ich sie nicht haben konnte. Nicht haben durfte. Aber wie sollte ich erklären, dass ich ihr nur etwas verheimlichte, um sie nicht vor die Wahl zu stellen? Weil ich Angst hatte, sie könnte sich falsch entscheiden und damit ihr Leben kaputt machen. Und meines vielleicht auch. Ich konnte ihr nicht geben, was sie brauchte. Das war der größte Schmerz von allen. Denn ich wollte es so sehr. So sehr, wie ich noch nie etwas gewollt hatte.

Freunde. Ich wollte nicht ihr Freund sein! Das würde mich umbringen. Stück für Stück. In den Wahnsinn treiben. Aber ich hatte mit diesen Lügen angefangen. Und jetzt, wie sollte ich aus der Nummer wieder herauskommen? Aber ich war nicht so stark wie sie. Ich war ein verdammter Feigling. Ich wollte mich selbst schützen. Sie wollte lieber nur mit mir befreundet sein, als mich ganz zu verlieren. Was war sie, ein beknackter Engel? Eine Heilige? Und ich? Was war ich dann?

Sie sah immer noch zu mir. Ich musste endlich etwas sagen. Die Stille dauerte schon zu lange. Ich wusste nur nicht was. Ich steckte bis zum Hals im Dreck. Sei kein Weichei! Du hast dich so entschieden. Für sie. Für uns. Und jetzt musst du es auch durchziehen. Also wirst du mitspielen. Zumindest heute. Zieh das durch!

Ich trat in den Regen und hob das Glas wieder auf. Einfach um noch ein bisschen mehr Zeit zu haben, mich in den Griff zu bekommen. Ich würde mir keine weiteren Fehler erlauben. Ich wollte ihr nicht noch mehr weh tun. Das hatte sie nicht verdient. Das wenigstens konnte ich für sie tun.

„Es tut mir leid, ich bin heute nicht ganz ich selbst." Wie eigentlich schon seit einem Jahr nicht. Aber das durfte sie nicht wissen. „Ich stimme dir zu, wir sollten das wie Erwachsene handhaben, das sind wir ja schließlich." Ich hatte da bei mir allerdings manchmal meine Zweifel. Ich fühlte mich zuweilen immer noch wie ein Junge, der nur so tat als wäre er erwachsen und hoffte, es würde niemandem auffallen. „Und natürlich möchte ich immer noch mit dir befreundet sein." Die Lüge ging mir erstaunlich schwer über die Lippen. Aber sie schien nichts zu bemerken. „Ich weiß nur nicht, wie wir zu irgendeiner Art von Normalität zurückkehren sollen. Vielleicht muss auch erst etwas Zeit verstreichen…", versuchte ich mich herauszuwinden. Mir einen Ausweg zu schaffen.

„Es ist schon ein ganzes Jahr verstrichen!", erwiderte sie. Ja, ein ganzes Jahr, das an mir vorbeigegangen war wie im Nebel. Ich hatte mich in die Arbeit gestürzt. Pläne für das Sägewerk gemacht. Wir waren auf einem wirklich guten Weg. Aber das bedeutete alles nichts ohne sie.

„Ich finde, das ist genug Zeit, die wir vergeudet haben", fuhr sie fort.

Ich war plötzlich wieder sauer. Warum musste diese Sache ausgerechnet mir passieren? Warum? Was hatte ich verbrochen? Mein Leben war zerstört. Aber ich würde sie nicht auch noch mit runterziehen. „Ich weiß. Dann lass es uns einfach versuchen! Wir werden ja sehen, wie es läuft." Ich versuchte mich an einem Lächeln und kam mir dabei vor, als hätte ich Sägespäne im Mund. Sie lächelte ein wenig unsicher zurück, und ich musste das Bedürfnis niederkämpfen sie in den Arm zu nehmen.

Ich riss den Blick von ihr los und sah durch das Fenster nach drinnen. Sarah hatte uns entdeckt und winkte mir zu.

Ich hob kurz die Hand und drehte mich wieder weg.

„Ja, das hört sich gut an. Schön, dass wir uns nicht mehr streiten“, meinte Ella. Mir wäre es lieber gewesen, sie würde mich beschimpfen und zum Teufel jagen. Aber wenn ich ganz ehrlich war, dachte nur ein Teil von mir so. Der andere Teil lechzte nach ihrer Aufmerksamkeit. Liebe macht einen zu einem armseligen Wicht. Das ist es, was sie bewirkt. Man wird zu einem sabbernden Idioten.

„Das sind ja mal die Nachrichten des Tages.“ Sarah trat gerade hinter uns aus der Terrassentür und hatte den letzten Satz von Ella wohl gehört. „Ihr habt euch wieder vertragen? Das ist ja der Wahnsinn!“ Sie strahlte vor Freude und Erleichterung. „Und das ist auch der einzige Grund, warum ich euch verzeihe, dass ihr mein Konzert verpasst habt. Ihr braucht mich gar nicht so unschuldig anzusehen. Ich weiß genau, dass ihr nicht dagewesen seid.“ Sie tat gespielt vorwurfsvoll. Diese Situation war auch für sie nicht ganz einfach gewesen. Sie hatte sich ausgeschlossen gefühlt. Das tat mir ehrlich leid. Aber ich hatte es nicht übers Herz gebracht ihr von alldem zu berichten. Auch, weil sie mit Nico befreundet war und ich kein Risiko eingehen wollte, dass irgendetwas durchsickerte. Ich hatte es schon zu vielen erzählt. Unter anderem leider auch Timo. Allerdings im Suff. Wir hatten uns beide aus Liebeskummer betrunken. Wegen derselben Frau. Aber davon wusste Timo immerhin noch nichts. Auch wenn sich das falsch anfühlte. Im Moment konnte ich einfach nichts mehr richtig machen. Meinen Eltern hatte ich es erzählt, sie allerdings um Stillschweigen gebeten. Ich war mir sicher, dass sie es niemandem sagen würden.

Sarah nahm gerade Ella in den Arm. Ich verbot mir sie selbst in meinen Gedanken Risi zu nennen. Ich brauchte mehr Distanz. Ich musste mich irgendwie von ihr lösen.

„Wunderbar! Dann können wir ja bald wieder mal alle was zusammen machen. Nico wollte uns doch endlich ihren neuen Freund vorstellen. Das wäre doch eine tolle

Gelegenheit." Sie sah uns erwartungsvoll an. Ja wunderbar, einfach wunderbar. Dieser ganze Tag heute war so was von für die Tonne. „Ja klar, was denkst du, Ella?", spielte ich meine Maskerade weiter.

„Gute Idee. Ich bin schon ziemlich gespannt auf ihn. Nachdem er es länger als zwei Monate mit ihr ausgehalten hat, muss er wirklich etwas ganz Besonderes sein", feixte Ella.

„Allerdings. Ich weiß nur noch nicht, ob er ein Superheld ist oder besonders leidensfähig", erwiderte meine Schwester und beide kicherten. Es erstaunte mich, Ella wirkte plötzlich wie ausgewechselt. Sie strahlte wieder Lebensfreude aus. Sie war das komplette Gegenteil von vor zwei Stunden. Und die Erkenntnis traf mich bis ins Mark. Weil sie dich endgültig abgehakt hat. Sie hat einen Schlussstrich gezogen und wirkt deshalb jetzt wie befreit. Und obwohl ich eigentlich genau das gewollt hatte, zog sich alles in mir zusammen.

„Dann lasst uns wieder reingehen, es ist saukalt hier draußen!", hörte ich gerade Sarah sagen.

Ich hielt beiden die Tür auf und begleitete sie nach drinnen. Ich folgte ihnen zum Buffet. Während ich mir ein Glas Wasser einschenkte, sah ich Ella dabei zu, wie sie sich einen Teller mit verschiedenen Nachspeisen vollud. Als sie sich einen zweiten schnappte und den auch bis zum Rand befüllte, konnte ich mir einen Kommentar nicht verkneifen. „Stellst du da ein Carepaket für alle Anwesenden zusammen oder was hast du mit diesen beiden Bergen vor?" Ich deutete auf die Teller. Sie funkelte mich an. Wie sehr ich das vermisst hatte.

„Ich bin hungrig", war ihr schlichter Kommentar dazu.

„Ja, das sehe ich. Ich fürchte ich muss mir jetzt auch sofort etwas auftun, bevor nichts mehr übrig ist", zog ich sie auf. Ich nahm mir wirklich einen Teller und suchte mir wahllos etwas aus. Sie stellte sich an einen der Stehtische in der Nähe des Buffets und fing an zu essen. Und ich musste auf ihre Lippen starren. Wie hypnotisiert stellte ich mich zu ihr. Ich konnte nichts anderes tun als sie zu beobachten, wie sie sich immer wieder den Löffel in den Mund schob. Der Höhepunkt war erreicht, als sie die Augen schloss und den Dessertlöffel fast schon erotisch ableckte. Was heißt hier ‚fast'. Ich war hin und weg. Wie hatte ich es je geschafft mit ihr befreundet zu sein?

„Hab ich irgendwas am Mund?" Sie sah mich fragend an und wischte sich dann hektisch mit einer Serviette ab.

„Nein, da war nichts. Ich …", finde es nur wahnsinnig sexy, wie du deine Crème brûlée isst. „… finde es nur super, dass du etwas isst. Also ich meine, dass du wieder mehr isst. Also du bist so dünn und solltest dringend zunehmen. Du siehst natürlich auch so toll aus. Du siehst immer toll aus. Aber … naja, ich mag es, wie du isst. Nein, ich meine, ich finde es gut, dass du Appetit hast. Soll ich dir vielleicht noch was holen?", plapperte ich mich um Kopf und Kragen. Hätte ich den Hang dazu rot zu werden, wäre mein Gesicht wahrscheinlich kaum mehr von einer Tomate zu unterscheiden gewesen.

Ella sah mich ein bisschen verwundert an. „Nein danke. Ich glaube, ich habe genug", schmunzelte sie.

„Ja natürlich. Blöde Frage. Ich meine, du hast zwei Teller."

„Worüber du dich grade schon lustig gemacht hast. Und jetzt willst du mir noch mehr holen?" Warum konnte ich nicht einfach mal meine Klappe halten. Aber sie machte mich nervös. Ich entliebte mich gerade nicht, sondern ich tat genau das Gegenteil. Ich musste hier weg. Und zwar so schnell wie möglich.

Ich trank ausgiebig von meinem Wasser. Heute würde es nur noch das geben. Nicht auszudenken, was ich mit weiterem Alkohol im Blut anstellen würde. Sicher nichts Gutes.

Nico trat an unseren Tisch. „Sarah streut die Gerüchte, dass ihr euch vertragen habt."

„Ja, das stimmt“, beantwortete Ella die Frage. „Wir sind jetzt wieder Freunde.“

„Freunde!“, Nico spie das Wort regelrecht aus. Dabei sah sie mich abfällig an. Ich hatte bei ihr mit dieser ganzen Sache nicht gerade Bonuspunkte gesammelt. Ich konnte sie sogar verstehen. Von ihrer Warte aus musste ich wie ein kompletter Vollpfosten aussehen.

„Das ist eine Sache zwischen deiner Schwester und mir, es hat überhaupt nichts mit dir zu tun“, versuchte ich sie zu beschwichtigen.

„Pfff. Wenn es etwas mit Ella zu tun hat, dann hat es auch mit mir zu tun. Denn ich bin ihre Schwester. Kapiert?“ Wenn Blicke töten könnten. Ihr neuer Freund war echt nicht zu beneiden. Ich hoffte, er würde nie einen Jahrestag vergessen. Das könnte böse enden. Würde ich ihm demnächst begegnen, sollte ich ihn warnen. Obwohl, wahrscheinlich war es dafür ohnehin schon zu spät. Die Liebe lässt dir sowieso keine Wahl. Sie greift an, schlägt zu und verspeist dich in einem Stück. Ob du willst oder nicht. Es war zwecklos sich zu wehren. Und doch tat ich es. Ich konnte nur hoffen, dass sie mich irgendwann wieder ausspucken würde.

„Ja, du hast dich glasklar ausgedrückt. Warum ist dein Freund eigentlich heute nicht hier?“

Sie verzog das Gesicht. „Ich werde ihm das sicher nicht antun, euch Verrückte alle auf einmal kennenzulernen. Das mache ich schön häppchenweise. Nicht, dass ihr ihn noch verschreckt.“ Sie zog sich meinen nicht angerührten Teller rüber und fing an zu essen.

„Gerne geschehen.“ Ich hatte sowieso keinen Hunger gehabt.

„Er holt dir auch gerne noch mehr. Er mag es, wenn Frauen essen.“ Ella zwinkerte mir zu.

„Ich mag es, wenn DU isst,“ platzte es aus mir heraus. Beide sahen mich an. Die eine irritiert und die andere wissend. Ich bewegte mich hier auf ganz dünnem Eis.

KAPITEL 14
Jahr: 2014 – weiterhin
Alter: 31

ELLA

Ich wollte ihn aus der Reserve locken. Ich wollte, dass er endlich Gefühle zeigte. Und ich hatte es geschafft. Das, was ich schon die ganze Zeit tief in mir gewusst hatte, konnte ich jetzt klar an seinen Augen ablesen. Er liebte mich genauso, wie ich ihn. Und er wusste, dass ich es wusste. Die Frage war nur, was tat ich jetzt mit dieser Erkenntnis? Was half sie mir? Was hatte ich mir erhofft? Ich dachte, es würde mir helfen, aber das Gegenteil war der Fall. Jetzt wo ich es wusste, machte es mich fast verrückt. Warum erzählte er mir nicht endlich den wahren Grund, warum wir an diesem Punkt gelandet waren?

„Ich muss jetzt langsam los“, unterbrach Kilian meine Gedanken. Warum tust du das? Warum rennst du davon?

Sarah hatte sich gerade zu uns gesellt und sah ihn fragend an. „Ich dachte du fährst uns alle heim? Bist du nicht mit dem Auto da?“

„Doch, bin ich. Aber der Deal mit Pa war es, dass er zurückfährt, und ich was trinken kann."

„Aber unsere Eltern sind noch mitten im Gespräch, und ich will auch noch nicht fahren."

„Das ist kein Problem. Ich nehme mir einfach ein Taxi. Ich bin total k.o., ich hatte eine anstrengende Woche", erwiderte Kilian.

„Wirst langsam alt", neckte Nico ihn.

„Möglich." Er stieg nicht darauf ein. Es schien so, als wolle er auf einmal nur noch weg. Weg von mir. Ich versuchte es nicht so nah an mich herankommen zu lassen. Das ist jetzt eben nicht unsere Zeit. Vielleicht würde sie noch kommen, vielleicht aber auch nicht. Mein Kampf war beendet, bevor er überhaupt richtig begonnen hatte. Genau wie unsere Liebesgeschichte. Aber ich würde ihn jetzt nicht zurückhalten. Nicht, nachdem wir uns gerade wieder angenähert hatten. Und darüber hinaus konnte ich heute auch keine weitere Abfuhr mehr einstecken. Und ich wollte keine Lügen mehr hören.

Als er weg war, nahm mich meine Schwester unverhofft in den Arm. „Es tut mir leid, dass er so ein riesiger Idiot ist", flüsterte sie mir ins Ohr.

Ja, mir auch.

KAPITEL 15
Jahr: 2015
Alter: 32

Ich fühlte mich hundeelend. Mein Kopf dröhnte, meine Nase lief unaufhaltsam und mein Hals machte jedem Reibeisen Konkurrenz. Die Sommergrippe hatte mich voll erwischt. Ausgerechnet heute. Papa, Nico und ihr Freund Xander mussten das ganze Fest alleine vorbereiten. Und das gerade dieses Mal, wo wir in Gedenken an Mama eine Mottoparty steigen ließen. Mein Vater hatte sich das Thema James Bond gewünscht, und wir waren alle von dieser Idee ganz begeistert gewesen. Jetzt hing mein Abendkleid im Schrank und würde seinen Einsatz verpassen. Ich war gar nicht erst zu meinem Elternhaus gefahren, da ich schon seit zwei Tagen krank war. Jetzt lag ich hier in meiner Wohnung auf der Couch und litt still vor mich hin. Jen wollte später noch kurz vorbeikommen und mir etwas zu Essen bringen. Sie ließ sich nicht davon abhalten, obwohl ich ihr gesagt hatte, dass ich nicht hungrig, dafür aber extrem ansteckend war. Als es an der Tür klingelte, drückte ich einfach auf den Öffner, ließ die Haustür angelehnt und vergrub mich auf dem Sofa wieder unter der Decke.

„Ella?"

Vor Schreck wäre ich fast von der Couch geplumpst, als ich wider Erwarten eine männliche Stimme hörte. Und dann trat Timo etwas verunsichert ins Wohnzimmer. In der Hand hielt er eine große Tüte. „Hi", sagte er schüchtern.

Ich war im ersten Moment zu perplex um etwas zu erwidern. Wir hatten uns ewig nicht gesehen und auch keinen Kontakt gehabt. Und jetzt stand er hier in meiner Wohnung. Ich wusste noch nicht mal, dass er die Adresse kannte.

„Mein Besuch kommt etwas unverhofft, ich weiß. Aber ich wurde quasi dazu genötigt." Er stellte die Tüte auf den Esstisch und lächelte mich entwaffnend an. Komischerweise war er überhaupt nicht irritiert darüber, mich hier angeschlagen auf der Couch vorzufinden.

Er fing an, den Inhalt der Tüte auszupacken. Es waren eine Menge Tupperschüsseln, die mir alle sehr bekannt vorkamen. Endlich fand ich meine Sprache wieder. „Hallo. Tut mir leid. Ich bin nur so überrascht." Ich versuchte mich aufzusetzen.

„Bitte bleib liegen!", sagte er sofort. „Du bist krank, mach dir wegen mir keine Umstände! Ich habe hier Essen dabei, mit ganz lieben Grüßen von Nico. Sie hat mir gefühlt das halbe Buffet für dich mitgegeben." Er lachte. Wow. Mir fiel auf, wie gut er aussah. Stylisch wie immer, in einem schwarzen Hemd mit einem Muster aus weißen Totenköpfen. Dazu trug er eine kurze graue Chino und weiße Sneakers. Er war gebräunt und hatte seinen schwarzen Undercut akkurat gegelt. Erinnerungen an unsere gemeinsame Zeit schossen mir durch den Kopf. Sie machten mich ein bisschen melancholisch.

„Du warst bei meinem Vater zu Hause?", fragte ich ihn, immer noch irritiert, wie das alles hier zusammenpasste.

„Ja, ich habe ihn letztens zufällig an der Tankstelle getroffen, und da hat er mich spontan zum Bond-

Sommerfest eingeladen. Erst wollte ich sofort absagen, aber er meinte, ich solle es mir einfach überlegen. Wir haben uns ja immer gut verstanden, wie du weißt. Ich habe auch kurz mit dem Gedanken gespielt tatsächlich zu kommen, aber irgendwie hätte ich es dann doch komisch gefunden. Wir beide haben uns schließlich lange nicht gesehen, und ich wollte dich nicht in eine seltsame Situation bringen. Uns beide nicht. Andererseits wollte ich sowieso mit dir sprechen. Also dachte ich, ich schaue einfach vorbei, bevor der ganze Trubel losgeht, und erwische dich noch bei den Vorbereitungen", erklärte er die Situation.

„Aber ich war gar nicht da", vervollständigte ich die Fakten.

„Genau. Nico hat mich dann total überrumpelt und mich gebeten mit dem Essen zu dir zu fahren, weil ich ohnehin mit dir sprechen wollte. So könne ich das gleich verbinden. Sie hat auch keinen Einspruch gelten lassen, du kennst sie ja." Er sah mich entschuldigend an. „Aber irgendwie scheint mir das jetzt doch keine so richtig gute Idee gewesen zu sein. Ich glaube, ich lasse dich jetzt lieber wieder alleine."

„Nein, warte bitte, das war total nett von dir! Danke für das Essen. Ich freu´ mich auch wirklich dich zu sehen. Das ist echt schön. Leider bin ich nicht im besten Zustand." Jetzt setzte ich mich doch auf. „Aber, wenn du keine Angst hast dich anzustecken, bleib doch kurz! Ich habe schließlich nur eine dicke Erkältung und bin nicht ernsthaft krank. Ich kann mich durchaus ein wenig unterhalten. Mit meinem Anblick musst du allerdings leben." Ich lächelte ihn aufmunternd an. Ich wollte nicht, dass er ging. Ich wollte hören, was er so machte, ob er glücklich war und natürlich, was er mir zu sagen hatte.

„In Ordnung, dann bleibe ich kurz. Nico hat mir auch Halsbonbons mitgegeben. Möchtest du eins?"

„Später gerne. Leg´ sie einfach zu dem anderen Zeug auf den Tisch!" Timo setzte sich in den alten Ohrensessel neben der Couch, den ich schon in meinem Kinderzimmer gehabt hatte. Mittlerweile war er aber statt lila etwas dezenter in taubenblau bezogen. Es war ein Stück, das es in unserer gemeinsamen Wohnung niemals gegeben hätte. Es wäre ihm zu verspielt gewesen.

„Wie geht es dir?", fragte ich ihn.

„Gut. Wirklich gut. Die Agentur floriert. Wir werden wohl demnächst noch einen dritten Standort eröffnen."

„Das ist toll", warf ich ein. Und dann ließ er die Bombe platzen. „Was ich dir aber eigentlich erzählen wollte ist, dass ich nächsten Monat heiraten werde. Und ich werde bald Vater." Er lächelte, und sein Gesicht strahlte regelrecht, als er diese Neuigkeiten verkündete. Ich musste mich erst mal fassen.

„Wow. Das ist … Herzlichen Glückwunsch!"

„Ja, ich weiß. Das erscheint etwas überraschend. Aber was soll ich sagen? Es passt zwischen uns. Warum länger warten?" Ich griff zu einem Taschentuch und schnäuzte mich lautstark. Das gab mir auch die Gelegenheit kurz innezuhalten.

Ich gönnte ihm sein Glück wirklich. Aber einen kleinen Stich gab es mir trotzdem. Immer wenn ich in unserer Beziehung das Gespräch auf Kinder gebracht hatte, hatte er abgeblockt. Aber ich durfte nicht ungerecht sein. Schließlich hatte ich mich von ihm getrennt und nicht umgekehrt. Wer weiß, wenn wir immer noch zusammen wären, vielleicht wäre ich dann jetzt schwanger. Oder aber er hatte endlich die Richtige dafür gefunden, weil ich es eben nicht gewesen war. Es war erstaunlich, dass diese Erkenntnis ein wenig schmerzte, obwohl ich ja selbst herausgefunden hatte, dass er nicht mein passendes Gegenstück war. Zumindest nicht für den Rest meines Lebens.

„Ich fürchte, ich bin ein kleines bisschen eifersüchtig. Obwohl ich dazu keinerlei Recht habe. Aber es freut mich wirklich sehr für dich, dass du dein Glück gefunden hast.

Das hast du dir verdient.“ Ich lächelte ihn an und versuchte meine ganze Sympathie die ich für ihn empfand hineinzulegen. „Es war für mich damals sehr schwer dich zu verlassen. Du bist ein toller Mensch.“

„Danke. Das ist lieb von dir. Ich wollte es dir gerne persönlich sagen. Und da habe ich diese Gelegenheit beim Schopf gepackt. Auch wenn es etwas anders abläuft als ich gedacht hatte.“ Er lächelte mich ebenfalls an. „Ich möchte nicht, dass etwas zwischen uns steht. Die Zeit mit dir war wunderbar. Natürlich hat mich die Trennung erst einmal geschockt. Aber rückblickend war sie wohl unvermeidlich. Wir waren einfach nicht mehr mit ganzem Herzen dabei – wir beide nicht. Aber du hast das zuerst bemerkt.“

„Wir waren eben kein epischer Roman, sondern eine Kurzgeschichte“, gab ich Jens Zitat wieder.

„Ja, das hört sich schön an. Genau das waren wir. Und jetzt, wo wir alles geklärt haben und schon eine kleine Weile vergangen ist, fände ich es schön, wenn wir wieder zusammenarbeiten würden. Also, ich meine, wenn du wieder für die Agentur Aufträge annehmen würdest. Du fehlst uns dort. Die Kunden fragen nach dir. Was meinst du?“ Er sah mich abwartend an. Es schien so, als wäre ihm meine Antwort wirklich wichtig.

„Ja, das würde ich sehr gerne tun“, stimmte ich zu. Zwischen uns war alles gut und wir waren professionell immer auf einer Wellenlänge gewesen. Davon abgesehen hatte ich bei den Aufträgen ohnehin nicht allzu viel mit ihm persönlich zu tun. Er war immerhin der Chef, der nur ab und an nach dem Rechten sah. Vor allem arbeitete ich ja mit seinen Mitarbeitern zusammen. Aber es war ein gutes Gefühl, dass er mich wieder in seinem Arbeitsleben haben wollte. Es war ein wunderschönes Friedensangebot. Auch wenn es zwischen uns nie wirklich Krieg gegeben hatte. Aber es liegt in der Natur der Sache, dass derjenige der verlassen wurde, stärkere Verletzungen davonträgt.

„Das freut mich. Wie geht es dir sonst so, außer, dass du

krank bist? Bist du noch mit demjenigen zusammen?", fragte er mich.

Obwohl er es so kryptisch formulierte, wusste ich genau, wen er meinte. Ich hatte ihm ja bei unserer Trennung erzählt, dass es einen anderen gab, für den ich auch Gefühle hatte. Dass zwar noch nichts zwischen uns gelaufen wäre, aber dass die Gefühle so stark wären, dass ich unsere Beziehung nicht mehr mit gutem Gewissen hätte fortführen können. Ein paar Tage später wollte ich ihm ja dann die ganze Wahrheit sagen – zusammen mit Kilian. Aber das hatte sich ja schließlich von selbst erledigt.

„Nein. Wir sind nie zusammengekommen", antwortete ich wahrheitsgemäß.

Das schien ihn zu überraschen. „Oh, naja. Da macht sich jetzt vielleicht ein kleines bisschen Schadenfreude in mir breit. Aber ganz im Ernst, was ist passiert?" Natürlich wollte er wissen, warum der Grund oder zumindest der Anstoß unserer Trennung in meinem Leben nicht mehr existierte.

„Er war wohl doch nicht so involviert, wie ich", versuchte ich etwas vage zu bleiben. Ich hatte keine Ahnung, wie eng er noch mit Kilian befreundet war, aber ich wollte nichts kaputt machen.

„Das ist schade. Ich würde mich jetzt nicht so weit aus dem Fenster lehnen und dir sagen, dass mir das leid tut." Er grinste mich schelmisch an. „Naja, aus dem Hier und Jetzt betrachtet, tut es mir schon leid für dich", ruderte er wieder zurück. „Oder hast du dein Glück bei jemand anderem gefunden?"

„Nein, bisher noch nicht. Aber dafür hat Nico sich jetzt ihren Traummann geangelt. Hast du ihn vorher kennengelernt?"

„Du meinst den armen Kerl, den sie die ganze Zeit rumkommandiert hat?", feixte er.

„Ja, das hört sich ziemlich nach Xander an. Aber glaub´ mir, er kann auch ganz anders! Die beiden schenken sich nichts. Sie haben sich verdient, würde ich sagen."

„Das ist schön. Sie hatte so lange Pech in Liebesdingen. Wie geht's eigentlich Kilian? Ich habe schon ewig nichts mehr von ihm gehört", fragte er mich unbekümmert.

Diese Frage riss mir einen Moment den Boden unter den Füßen weg. Ich zwang mich, mein Kilian-Gedankenkino, das sofort angesprungen war, wieder abzuschalten. Diese ganze Freundschafts-Nummer, die ich ja nur angetrieben hatte, weil ich ihn aus der Reserve locken wollte, war mehr oder weniger im Sand verlaufen. Wir schrieben uns ab und zu Nachrichten auf dem Handy. Einmal hatten wir uns auf meine Initiative hin in einem Café getroffen. Es war so grauenvoll holprig gewesen, dass wir danach wieder zu den Kurznachrichten zurückgekehrt waren. Die Konversationen blieben aber zum großen Teil an der Oberfläche und waren nicht mit dem zu vergleichen, was wir einmal hatten. Deshalb konnte ich Timos Frage auch nicht wirklich gut beantworten.

„Das kann ich dir gar nicht ganz genau sagen. Wir haben in letzter Zeit nicht mehr so viel Kontakt", wich ich aus.

„Ist dir auch aufgefallen, dass er sich ganz schön verändert hat?"

Das war ganz schwieriges Terrain. „Ja, das stimmt", blieb ich recht einsilbig.

„Ich glaube, es hängt mit dieser blöden Geschichte zusammen."

Konnte es sein, dass Timo von dieser Sache wusste? Von dem Geheimnis? Aufregung erfasste mich. Ich nickte schnell, damit er weitererzählte.

„Aber gerade jetzt, wo ich selber Vater werde, kann ich ihn viel besser verstehen. Ich glaube, damals war ich ihm keine besonders große Hilfe."

Was meinte er damit? Selber Vater? Hatte Kilian ein Kind, von dem ich nichts wusste? War das dieses Geheimnis? Aber das hätte er Sarah doch nicht verheimlicht. Das machte einfach keinen Sinn. Ich nickte wieder und hoffte inständig, dass Timo einfach weiterberichten würde.

„Ich meine, Unfruchtbarkeit, das ist schon echt heftig." Und da war es endlich. Sofort fügte sich alles wie bei einem Puzzle zusammen: Das war der Grund. Oder nicht? Ich steckte in einem Gefühlswirrwarr. Aber in erster Linie war ich geschockt. Warum hatte er es mir denn nicht erzählt?

„Du wusstest das gar nicht?" Timo las mir den Schreck vom Gesicht ab.

Ich schüttelte den Kopf.

„Das verstehe ich nicht. Ihr wart doch zu dem Zeitpunkt beste Freunde."

„Wann genau hat er davon erfahren?", krächzte ich. Und das lag nicht nur an meinem rauen Hals. Ich fühlte mich plötzlich wie ausgedörrt.

„Das war genau zu der Zeit als wir uns getrennt haben. Ich hatte Liebeskummer wegen dir, und wir gingen einen heben. Und da ist es aus ihm herausgeplatzt. Er hatte kurz vorher das Ergebnis eines Tests erfahren. Er war eigentlich wegen etwas anderem in Behandlung gewesen, und dabei ist es zufällig herausgekommen." Abrupt hielt er inne und sah mich erst verwirrt und dann leicht verärgert an. „Moment mal. Seit wann hast du nur noch wenig Kontakt mit ihm?"

Was soll ich denn jetzt tun? Soll ich ihn anlügen? Aber wofür? Er hat selbst kaum noch Kontakt zu Kilian. Ich muss ihn nicht schützen. Vielleicht ist es ein guter Zeitpunkt, dass endlich alle Karten aufgedeckt werden. „Seit ziemlich genau zwei Jahren." Meine Kopfschmerzen wurden wieder schlimmer. Ich konnte Timo kaum noch in die Augen sehen. Aber ich war es ihm schuldig. Also hielt ich seinem Blick stand.

„Er ist es, oder?" Er sah mich entsetzt an. „Er ist es immer gewesen …" Ich konnte die Enttäuschung an seiner Miene ablesen. Und sie fraß sich in mein Herz. „Ja, er ist derjenige. Aber nicht so, wie du denkst. Ich war nicht die ganze Zeit heimlich in ihn verliebt. Als Teenager gab es mal eine Zeit, ja. Aber dann war ich mit dir zusammen. Und das zu 100 Prozent."

„Ella, ganz ehrlich, das ist schwer zu glauben." Er klang bitter.

„Ich habe dir nie etwas vorgemacht. Als ich gemerkt habe, dass ich ihn liebe, habe ich sofort mit dir gesprochen. Bitte, das musst du mir glauben!" Es war mir wahnsinnig wichtig, dass er das wirklich verstand.

„Du warst also ganz plötzlich in ihn verliebt und hast es mir dann sofort gesagt?", hakte er nach.

„Ja. Nein. Plötzlich natürlich nicht. Unterbewusst hat sich das wohl länger aufgebaut", stammelte ich. „Aber das war mir nicht klar. Wirklich. Ich habe dich geliebt. Immer. Aber am Sommerfest vor zwei Jahren, da ist es mir wie Schuppen von den Augen gefallen, dass ich ihn einfach noch ein bisschen mehr liebe. Es tut mir so leid. Ich habe mit Kilian an diesem Abend das erste Mal über meine Gefühle gesprochen. Und da hat er mir gestanden, dass er auch etwas für mich empfindet. Das hatte ich gar nicht erwartet. Er musste am nächsten Morgen auf Dienstreise. Er wollte nach seiner Rückkehr mit dir sprechen und dir die ganze Wahrheit sagen. Er wollte dir die Chance zu einer Konfrontation geben. Deshalb habe ich dir nicht gleich alles gesagt. Aber rückblickend fühlt sich das furchtbar falsch an. Ich hätte dir sofort von uns beiden erzählen sollen. Ich war damals verwirrt und ich wollte dir nicht wehtun. Ich war überfordert und habe einen Fehler gemacht. Das tut mir wirklich schrecklich leid." Ich sah Timo an, aber sein Gesicht zeigte mir seine Gefühle nicht. Er starrte mich nur durchdringend an. Ich schluckte schwer und erzählte dann weiter. „Als Kilian und ich uns nach seiner Reise getroffen haben, hat er einen Rückzieher gemacht. Also habe ich geschwiegen. Ich dachte damals, es würde nichts bringen, dich noch mehr zu verletzen und eure Freundschaft auch zu zerstören." Ich war ganz außer Atem von der kurzen Rede, und meine Krankheit holte mich ein. Ich schnäuzte ein weiteres Mal kräftig und nahm dann eine Kopfschmerztablette vom Beistelltisch, schluckte sie und spülte mit Wasser nach. Es waren ganz und gar keine optimalen Bedingungen für dieses Gespräch. Aber die Katze war jetzt aus dem Sack. Und ich war wirklich froh darüber. Unsicher sah ich Timo an. Er hatte noch nichts dazu gesagt. Er war aufgestanden und lief am Fenster auf und ab. Er musste das wahrscheinlich erst mal sacken lassen. Aber anstatt über unser beider Situation zu sprechen, fragte er mich als nächstes etwas über Kilian: „Er hat also einen Rückzieher gemacht. Wahrscheinlich wegen der Sache mit seiner Unfruchtbarkeit“, überlegte er laut. „Aber dir hat er einen anderen Grund genannt?“

„Ja. Er meinte, er wolle die Freundschaft zu dir nicht zerstören, und seine Gefühle wären nicht stark genug für eine Beziehung mit mir. Er hielt mich dazu an, wieder zu dir zurückzugehen.“

Timo blickte nachdenklich aus dem Fenster. Ich sah nur sein Profil und konnte schlecht abschätzen, was jetzt in ihm vorging.

Kilian war also unfruchtbar. Das war wirklich schrecklich. Er hatte sich eine Familie gewünscht. Gerade investierte er seine ganze Energie in das Familienunternehmen, das er vielleicht an niemanden würde weitergeben können. Aber warum hatte er es mir verschwiegen? Warum hatte er das mit sich selbst ausgemacht und mir gar keine Wahl gelassen? Was hätte ich an seiner Stelle getan?

„Dieser verdammte Mistkerl! Macht sich an mein Mädchen ran und zieht dann den Schwanz ein“, presste Timo hervor.

Ich verstand gut, dass er wütend war, aber er tat Kilian unrecht. „Das hat er nicht, Timo. Er hat sich nie an mich rangemacht. Glaub mir das bitte! Wenn, dann bin ich schuld. Ich habe ihn an dem Abend in diese Situation gebracht. Sei bitte auf mich wütend, aber nicht auf ihn!“

„Ja, aber er hat geschwiegen bis heute. Wir beide hatten keinen Kontakt mehr miteinander. Aber ihn habe ich schon noch einige Male getroffen. Dann ist der Kontakt irgendwie eingeschlafen. Und jetzt verstehe ich auch warum. Er hatte ein schlechtes Gewissen. Dieser Verräter. Und du verteidigst ihn auch noch?“ Immer noch blickte er nach draußen.

„Warum hat er es mir nicht einfach gesagt? Dann hätten wir mit offenen Karten spielen können …“, murmelte ich.

„Du verstehst das wirklich nicht, oder?“ Er sah mich traurig an. „Er hat das gemacht – ich kann gar nicht fassen, dass ich das jetzt sage – weil er dich anscheinend liebt. Er wollte nicht, dass du dich für ihn entscheidest und es dann irgendwann bereust. Die Zeit um Kinder zu bekommen ist eben begrenzt. Man kann es nicht nachholen, wenn einem plötzlich einfällt, dass man vielleicht doch etwas verpasst hat. Er hat vielleicht doch mehr Eier als ich dachte.“

„Aber er hat mir die Entscheidung einfach abgenommen und mich angelogen. Das ist unfair. Es wäre meine Wahl gewesen“, redete ich mich in Rage.

„Was ist schon fair auf dieser Welt? Er wusste, dass du unbedingt eine Familie wolltest. Und die konnte er dir nicht geben. Also ist er lieber gegangen. Ich fange an, wieder Respekt für ihn zu entwickeln, zumindest ein kleines bisschen.“ Er hatte sich vom Fenster abgewandt und setzte sich wieder in den Sessel.

Ich lehnte mich erschöpft zurück und zog die Decke höher. Ich fror, und ich war verwirrt. „Ist das irgendein männlicher Ehrencodex, den ich nicht verstehe? Ich will selbst über mein Leben bestimmen. Ich will nicht, dass mir jemand das abnimmt, nur weil er denkt, er wüsste es besser. Das ist doch totaler Schwachsinn.“ Ich musste niesen und konnte mir gerade noch ein Taschentuch schnappen.

„Das besprichst du besser mit Kilian und nicht mit mir“, meinte Timo. Und er hatte Recht. Das mit ihm zu bereden war sogar ziemlich grotesk. „Es tut mir leid. Das war einfach nur unsensibel von mir. Das gerade mit dir zu besprechen. Es tut mir alles schrecklich leid. Wie du das jetzt erfahren hast. Einfach alles.“ Tränen brannten in meinen Augen.

Er atmete tief durch und sah mich an. „Okay. Belassen wir es dabei! Ich habe ja angefangen, dich darüber auszufragen. Ich wollte wissen, was genau hinter eurer Geschichte steckt, und wie das mit uns beiden zusammenhängt. Das ist nicht ganz leicht zu verdauen. Aber ich werde es jetzt hiermit abschließen. Die Freundschaft mit Kilian ist sowieso beendet. Und zwischen uns haben die neuesten Erkenntnisse nichts verändert. Ich kann sogar irgendwie verstehen, warum du nicht ganz ehrlich warst. Wer weiß, vielleicht hätte mich das damals dann wirklich richtig aus der Bahn geworfen. Ich bin jetzt glücklich. Ich lebe ein ganz neues Leben. Und das alles hätte ich nicht gefunden, hättest du dich nicht getrennt. Also muss ich dem verdammten Kerl wohl sogar noch dankbar sein. Das wird er allerdings nie von mir hören.“ Er stand auf. „Ich glaube, ich gehe jetzt besser. Du solltest dich ausruhen.“

Ich war wahnsinnig erleichtert, dass er das Ganze relativ gelassen nahm. Ich kam sogar glimpflich davon. Kilian weniger. Aber das war gerade wirklich nicht mein Problem. Mit ihm hatte ich sowieso noch ein Hühnchen zu rupfen. Ein dickes, fettes Hühnchen.

„Danke, Timo. Danke für das Essen und dein Verständnis. Und dass du so bist, wie du bist.“ Er nickte nur, dann verließ er mit einem kurzen Gruß die Wohnung. Und ich saß da und wusste absolut nicht wohin mit mir. Nachdem ich das Essen in den Kühlschrank geräumt hatte, war ich so müde, dass ich auf der Stelle einschlief.

Ein Klingeln weckte mich. Ich musste mich kurz orientieren. Dann fiel mir ein, dass Jennifer mich ja eigentlich noch besuchen wollte. Also schlurfte ich zur Tür und hob den Hörer der Sprechanlage ab. Ich wollte heute keine weitere Überraschung mehr erleben. Aber es war tatsächlich Jen. Ich drückte den Öffner und verkrümelte mich wieder auf das Sofa.

„Hallo Kranke!", begrüßte sie mich. Auch sie war mit einer großen Tüte beladen. „Wie geht´s dir?"

Als Antwort zog ich mir die Decke über den Kopf.

„So schlimm, ja?" Sie musste lachen. „Da ist doch auch ein bisschen Wehmut dabei, dass du dein schickes Abendkleid heute nicht ausführen darfst, oder?"

„Da ist noch so einiges mehr dabei", brummte ich und zog mir die Decke wieder herunter. Es war eindeutig zu heiß unter diesem Ding. Gerade hatte es mich noch gefroren, und plötzlich verging ich fast vor Hitze.

„So, was denn?", fragte mich Jen interessiert.

„Ich hatte heute überraschend Besuch – von Timo."

„Was?", schrie sie fast. „Wie ist das denn passiert?"

Ich brachte sie auf den aktuellen Stand, indem ich ihr die ganze Geschichte erzählte. „Ich habe heute eindeutig zu viel geredet", endete ich und stöhnte.

„Ich mach dir erst mal einen Tee! Puh, na bei dir sind echt immer Dramen am Start. Wie machst du das eigentlich?" Sie sah mich gespielt vorwurfsvoll an.

„Ich kann gar nichts dafür. Ich tue das nicht mit Absicht", schmollte ich.

Jennifer verschwand für einige Zeit in der Küche, während ich noch einmal kurz eindöste. Als sie zurückkam, stellte sie einen dampfenden Teller Hühnersuppe vor mir ab und einen Becher Kräutertee. „So, erst mal verputzt du das alles, und dann können wir über dein Schlamassel sprechen." Ich hatte keine Einwände. Mein Hals lechzte nach etwas Heißem, und ich löffelte die Suppe komplett aus. Zwei Becher Tee später hatte ich einen Wasserbauch, aber ich fühlte mich eindeutig besser.

„Brauchst du noch eine Wärmflasche?", fragte mich Jen. Ich verneinte. „Aber ich könnte mal wieder einen Rat von dir gebrauchen. Ich kenne jetzt endlich das Geheimnis. Aber was mache ich nun damit? Wie gehe ich damit um?"

Sie überlegte kurz. „Könntest du denn mit jemandem zusammen sein, der keine Kinder zeugen kann?", stellte sie die alles entscheidende Frage. Ich wollte sofort mit Ja antworten. Das war mein erster Reflex. Natürlich. Das würde doch meine Liebe zu ihm nicht ändern. Aber mein Leben wahrscheinlich schon und das gravierend. Ich hatte mir immer vorgestellt, dass ich mindestens zwei Kinder haben würde. Natürlich ein Mädchen und einen Jungen oder auch zwei Mädchen. Und ein schönes Haus mit Garten. Vielleicht würde ich dort irgendwann selbst einmal Sommerfeste geben, wie meine Mutter. Ich hatte mir nie Gedanken darüber gemacht, was wäre, wenn ich mit meinem Partner keine Kinder haben könnte. Ich wollte gerne Mama sein, ja. Aber den Rest meines Lebens würde ich mit meinem Mann verbringen, nicht mit meinem Nachwuchs. Sollte es ein Entweder-oder geben, müsste es doch eigentlich für den Partner ausfallen. Denn auch wenn ich Kinder in die Welt setzten würde, so würden diese irgendwann ihren eigenen Weg gehen, und ich wäre alleine. Aber wer stellte sich sein Leben schon gerne alleine vor? Hätte Kilian es mir vor zwei Jahren erzählt, hätte ich mich mit ziemlicher Sicherheit trotz alledem für ihn entschieden. Aber heute waren die Voraussetzungen andere.

„Ja, ich könnte mit einem zeugungsunfähigen Mann zusammen sein. Es gibt darüber hinaus ja auch noch andere Möglichkeiten, wie zum Beispiel Adoption, über die man sprechen könnte. Aber das Problem ist, er hat es mir nicht selber gesagt. Er hat das ganz alleine entschieden. Ohne mir die Möglichkeit zu geben, es zu verstehen. Er hat mich einfach fallen lassen, und ich konnte mir nicht erklären wieso. Ich habe mir jetzt zwei Jahre lang immer wieder den Kopf zerbrochen, was dieses Geheimnis wohl sein könnte, das er für so unüberwindbar hält. Und jetzt weiß ich es. Und ich kann nachvollziehen, dass das für ihn sehr schlimm ist, und dass es ihn aus der Bahn geworfen hat. Aber ich halte es nicht für unüberwindbar! Ich halte eine tödliche Krebserkrankung für unüberwindbar. Oder einen Tornado vor unserer Haustür. Aber das nicht. Warum hat er mir nicht vertraut – auf meine Entscheidung vertraut? Wir hätten darüber sprechen können. Und dann hätte er mich ja immer noch verlassen können. Aber diese Lügen, diese Ungewissheit. Das hat so viel zerstört. Und trotzdem würde ich jetzt, wo ich es weiß, am liebsten zu ihm rennen und ihn davon überzeugen, dass wir das gemeinsam schaffen …“ Ich hielt kurz inne.

„Aber?“, motivierte mich Jen, weiterzusprechen.

„… er hat eine Freundin. Seit ein paar Monaten. Ich weiß es von Nico, und die weiß es natürlich von Sarah. Es ist seit Jahren seine erste längere Beziehung. Seit Daniela. Und da war er noch ein Teenager. Weiß du, was das bedeutet?“

„Du wirst es mir gleich sagen, oder?“ Sie zog die Augenbrauen hoch.

„Ja. Das bedeutet, dass er sich verliebt hat.“

„Na und?“ Jen sah mich herausfordernd an. „Wie du schon gesagt hast, sind sie erst seit ein paar Monaten zusammen. Und ihr seid seit Jahren verliebt! Du hast eindeutig das ältere Vorrecht.“

Ich stöhnte. „Mag sein, dass das so ist. Aber wer weiß schon, ob sich seine Gefühle für mich nicht verändert haben? Und dann würde schon wieder ein Mensch verletzt, so wie Timo. Und wie gesagt: Ich bin immer noch enttäuscht, dass er es mir verheimlicht hat. Damit muss ich erst mal klarkommen. Ich habe sie satt, diese ganzen Dramen. Langsam frage ich mich, ob es dann wirklich richtig ist, wenn der Weg dahin so furchtbar steinig ist.“ Ich bekam einen Hustenanfall. Na toll, Husten hatte mir gerade noch gefehlt.

„Du bist erschöpft, weil du krank bist. In ein paar Tagen sieht die Welt schon wieder ganz anders aus“, versuchte

Jennifer mich aufzuheitern. „So, und jetzt ist Schluss mit grübeln. Wie wär´s, wenn wir uns einen Film ansehen, und ich dich dann ins Bett verfrachte?“

„Deckst du mich auch zu?“

„Na klar, das ist der Freundinnen-super-spezial-Service. Du bekommst das Rundum-sorglos-Paket.“ Während sie sprach, zog sie eine DVD aus der Tasche. Ich las den Titel: „Das Schicksal ist ein mieser Verräter.“ Ich musste lächeln. „Na das passt doch mal wie die Faust aufs Auge.“

„Und du musst nicht alleine weinen. Denn bei diesem Film ist das Heulen garantiert mit inbegriffen. Ist sozusagen als Bonusmaterial inkludiert“, erwiderte sie grinsend.

„Gut, dass wir so viele Taschentücher parat haben.“ Ich hob eine von mehreren Boxen, die rund um die Couch verteilt waren, hoch.

„Und falls du dann noch bei Kräften bist, hätte ich für danach den hier.“ Sie hielt mir den letzten James-Bond-Film vor die Nase. „Dann können wir unseren ganz eigenen Bond-Abend machen. Wenn du willst, helfe ich dir auch in dein Abendkleid. Dann kannst du als Bond-Girl auf dem Sofa fläzen.“

„Du bist einfach die Beste, Jen. Was würde ich nur ohne dich tun?“ Und das empfand ich in diesem Moment wirklich so.

Sie winkte ab. „Du weißt ja noch gar nicht, dass ich auch Popcorn dabeihabe. Außerdem noch Chips, Schokolade und Aspirin.“

Ich kuschelte mich tiefer in die Kissen. „Perfekt!“

KAPITEL 16
Jahr: 2016
Alter: 33

Es war ein herrlicher Sommertag, wunderbar geeignet für ein Fest im Freien. Wir hängten und stellten überall bunte Dekorationen auf, die mitunter überhaupt nicht zusammenpassten. Ein bisschen machte es den Eindruck von einer Kindergeburtstagsparty.

Nico und ich hatten vor ein paar Wochen mehrere Nachmittage damit zugebracht, das Partylager unserer Mutter auszusortieren. Dieses Lager beschlagnahmte einen eigenen Raum im Keller, und der war vollgestopft mit allen möglichen und unmöglichen Dingen. Die vielen Kisten zu öffnen war ein Riesenspaß gewesen. Wir hatten teilweise sogar kleine Schätze entdeckt, wie zum Beispiel eine wunderschöne Halskette oder antike Kerzenleuchter. Wir schwelgten in Erinnerungen, trennten uns aber auch von vielen defekten und unbrauchbaren Dekoartikeln. Der Plan war, alles, was noch einigermaßen schön war, aber sich nicht wirklich lohnte noch weitere Jahre aufzuheben, für das diesjährige Sommerfest zu verwenden. Und danach würde es in der Mülltonne landen. Das führte allerdings dazu, dass sich goldene Styroporflamingos neben venezianischen Masken und Hawaiiketten wiederfanden. Was uns wiederum auf die Idee brachte, eine Bad-Taste-Party zu schmeißen.

Und da waren wir nun. Wir dekorierten den Garten bis zur äußersten Schmerzgrenze. Wir hängten glitzernde Girlanden neben Mobiles aus Schwemmholz und steckten Papagei-Attrappen zu neonfarbenen Fackeln in die Blumenbeete. Aber obwohl die Geschmacksverirrung offensichtlich war, hatte das ganze Zeug dennoch eine fröhliche Wirkung. Alles war bunt, und ich hatte das Gefühl, in eine Fantasiewelt abgetaucht zu sein. Und natürlich riefen wir auch einen Dresscode auf. Schlechter Geschmack war Programm für diesen Abend.

Und genau deshalb trug ich ein weißes T-Shirt-Kleid mit einem riesigen Hello-Kitty-Aufdruck, dazu ein rosafarbenes Schweißband in den Haaren, neonpinke Kniestrümpfe und 20 cm hohe, weiße Buffalo-Plateau-Boots aus den 90er Jahren. Ich hatte sie auf Ebay erstanden, und sie gaben mir das Gefühl, auf Stelzen zu laufen. Aber es war wirklich erstaunlich, wie anders die Welt aussah, wenn man plötzlich 20 cm in die Höhe wuchs. Ein komplett neuer Blickwinkel – spannend und auch praktisch. Ich brauchte zum Beispiel in der Küche keinen Hocker mehr um an Dinge aus den oberen Schrankfächern zu kommen.

Meine Schwester hatte sich in den Leo-All-Over-Look geworfen: Vom Leoparden-Cowboyhut bis zu den Leoparden-Pumps war sie heute ziemlich tierisch unterwegs.

Mein Vater trug wie immer seine Uniform. Aber es war wenigstens ein Spaß-Anzug: rot und mit großen weißen Punkten bedruckt. Eigentlich hätte er damit lächerlich aussehen müssen. Aber mein Vater wirkte selbst in diesem Karnevals-Anzug so, als könnte er der nächste Bundeskanzler werden. Ich hatte wirklich keine Ahnung, wie er das schaffte.

Der Vierte im Bunde war Xander. Er trug einen türkisfarbenen Jogginganzug aus Ballonseide. Dazu rote Adiletten und eine dicke, unechte Goldkette um den Hals. Seine blonden Haare waren unter einer fuchsroten Kraushaarperücke verschwunden. Er tat mir ein bisschen leid, weil man schon jetzt erkennen konnte, dass er in seinem Kostüm ziemlich schwitzte.

Wir standen in der Fotobox, die ich eingerichtet hatte. Hier sollte während der Feier jeder Fotos von sich und seinen Freunden per Selbstauslöser machen. Und um noch mehr schlechten Geschmack zu garantieren, lagen auch etliche lustige Accessoires bereit, mit denen man sich ausstatten konnte: überdimensionale Brillen, Federboas und Hüte aller Art. Ich brachte die Fotobox im Gartenhäuschen unter, das wir vorher zum größten Teil ausgeräumt hatten. Hier gab es Strom für die Beleuchtung, und jeder konnte die Türe schließen und ungestört Bilder machen. Ich versprach mir davon, dass die Hemmungen fielen und viele lustige Schnappschüsse dabei herauskamen.

Wir vier testeten die Box als erste und ich hatte so die Gelegenheit noch Kleinigkeiten am Licht zu verbessern. Die Stimmung war gut. Auf einem Foto trugen wir alle glitzernde Zylinder in rot, pink, grün und gold. Wir hatten jeder ein Lächeln auf dem Gesicht und strahlten in die Kamera. Ein vielversprechender Auftakt. Ich freute mich auf den Abend, die bunten Outfits der Gäste und die Musik. Wir hatten einen DJ engagiert und hofften auf Tanzbegeisterung.

Nach unserer Fotosession machten wir uns auf den Weg das Buffet noch einmal zu überprüfen. Der Cateringservice war gerade fertig geworden und hatte ganze Arbeit geleistet. Mit Lebensmittelfarben hatten sie die meisten Speisen einfach umgefärbt. Spaghetti waren auf einmal lila, die Tomatensauce grün. Und keine Ahnung, was das gelbe, glibberige Zeug da sein sollte. Das Essen würde auf jeden

Fall ein echtes Erlebnis werden.

Heute war alles ein bisschen ungewöhnlich, und das versprach Abwechslung. Und die konnte ich gut gebrauchen. Das letzte Jahr war in Liebesdingen ein Desaster gewesen. Ich hatte einige Dates gehabt. Drei davon sogar über eine Internetplattform, bei der ich mich angemeldet hatte. Ein paar Mal hatte es ein zweites Treffen und einmal sogar eine heiße Nacht gegeben. Aber darüber hinaus hatte sich nie etwas entwickelt.

Der Kontakt zu Kilian war mehr oder weniger abgebrochen – bis auf Weihnachts- und Geburtstagsgrüße. Ich hatte versucht mich auf andere Gedanken zu bringen und neue Wege zu beschreiten. Leider ohne konkretes Ergebnis. Ich sehnte mich nach einer Beziehung, einem Menschen, mit dem ich mein Leben teilen konnte. Seit drei Jahren war ich nun schon Single. Auch, dass ich mich langsam aber unaufhaltsam auf die Mitte der 30er zubewegte, machte mir ein bisschen Angst. In meinen Träumen war ich in diesem Alter schon längst unter der Haube gewesen. Manchmal fragte ich mich, was eigentlich schiefgelaufen war. Doch dann sah ich sofort Kilians Bild vor Augen, und ich musste mich auf der Stelle ablenken. Dieses Gegrübel brachte mich nicht weiter, weshalb ich es tunlichst vermied an ihn zu denken. Aber heute würde es unausweichlich eine Konfrontation geben. Er hatte zugesagt mit seiner Freundin zu kommen. Sie waren immer noch zusammen. Ich kannte sie bisher noch nicht und war auch überhaupt nicht scharf darauf, das zu ändern. Kurz hatte ich mit dem Gedanken gespielt mich so zu verkleiden, dass mich niemand erkennen würde, um dem Ganzen zu entgehen. Aber natürlich war ich total erwachsen und hatte das nie ernsthaft in Betracht gezogen. Vielleicht nur für ein paar Sekunden. Länger nicht. Wirklich. Ehrenwort.

Wir verließen das Häuschen um in der Nähe der Gartentür auf die ersten Gäste zu warten. Mein Vater und Xander stellten den Tisch für den obligatorischen

Begrüßungssekt auf. Das Getränk würde die Eingeladenen trotzdem überraschen, da es royalblau daherkam. Nico und ich präparierten die Flaschen mit Lebensmittelfarbe und stellten sie zusammen mit den Gläsern auf dem Tisch bereit. Ich fing an, den blauen Prosecco einzuschenken. Nico färbte inzwischen den Orangensaft pink. Anschließend dekorierte ich die Gläser mit jeweils einer Cocktailkirsche, denn die durfte bei einer Bad-Taste-Party auf keinen Fall fehlen. Ich schob mir eine davon in den Mund und kaute sie genüsslich. Ich war wohl einer der wenigen Menschen auf diesem Planeten, die etwas mit dem künstlichen Geschmack anfangen konnte.

Meinen Farbsortier-Spleen musste ich kräftig im Zaum halten, denn alles war kunterbunt gemischt und sollte auch so bleiben. Meine Finger hatten bei den Vorbereitungen allerdings schon einige Male gezuckt. Aber ich blieb standhaft und konnte mich an diesem ganzen Farb-Tohuwabohu sogar erfreuen. Vielleicht war das heute sogar eine Art Therapie für mich.

Ich hätte ihn erst fast gar nicht erkannt. Er hatte seine Locken hellblau angesprüht. Sämtliche andere Kleidungsstücke die er trug, hatten jeweils eine andere Farbe. Das Shirt war lila, die Hose gelb und eine Socke war pink, während die andere rot leuchtete. Er hatte sogar zwei unterschiedliche Schuhe an: ein linker Chuck in Schwarz und ein rechter in Weiß. Die Schuhbänder wiederum waren rosa und orange. Als er mich sah, musste er lächeln. Er kam auf mich zu und statt mir ein Küsschen links und rechts zu geben, umarmte er mich fest. „Es scheint, als wärst du ein bisschen gewachsen“, lachte er sein warmes Lachen, das ich früher so oft gehört hatte, und das ich so sehr vermisste. Und schon haben sich mein Herz und mein Gehirn wieder gegen mich verschworen. Danke für nichts! Wir waren jetzt in etwa auf selber Höhe, und ich konnte ihm direkt in seine tiefgrünen Augen sehen. Moment mal, da stimmte doch was nicht. „Oder vielleicht bist du auch geschrumpft. Soll ja vorkommen, wenn man älter wird“, zog ich ihn auf. Wo waren denn die Schokoaugen hin?

„Zufällig weiß ich aus sicherer Quelle, dass du genau gleich alt bist. Das kann also nicht stimmen.“

„Na dann wollte ich eventuell einfach einmal nicht nur gleichalt sein, sondern auch gleichgroß“, schmunzelte ich. „Und wenn ich mich auf Zehenspitzen stelle, habe ich nun sogar einen prächtigen Blick auf deine lichter werdende Haarpracht.“

Automatisch fasste er sich ins Haar, anscheinend um zu überprüfen, ob ich mit meiner Neckerei recht hatte. Aber natürlich machte ich nur Spaß, seine Locken waren dicht wie eh und je. Nur im Moment eben hellblau. Er schien gute Gene zu haben, oder er würde seinem Vater erst ein paar Jahre später nachfolgen, dessen Kopf eine Halbglatze zierte.

Während wir uns begrüßt hatten, war eine weitere Person an uns herangetreten.

„Ich möchte dir gerne Nina vorstellen“, sagte Kilian. „Ich glaube, ihr kennt euch noch gar nicht.“ Ich fühlte mich wie in einem Déjà-vu. Im ersten Moment dachte ich tatsächlich, Daniela würde vor mir stehen. Sie war genauso blond, genauso hübsch und genauso schlank wie sie. Aber sie hieß Nina und hatte ein weißes, schulterfreies Kleid an, das ihre endlosen Beine wunderbar zur Geltung brachte. Hier war nicht mal ein wenig schlechter Geschmack zu erkennen. Sie sah umwerfend aus. Und ich stand hier mit Hello-Kitty-Shirt und Klumpfußschuhen.

„Hallo, ich bin Ella“, stellte ich mich vor. „Hat dir Kilian nicht gesagt, dass ihr auf eine Bad-Taste-Party geht?“, fragte ich sie erstaunt.

„Doch, das hat er, aber ich hatte keine Lust mich zu verkleiden. Das ist nicht so mein Ding.“ Sie klang irgendwie affektiert. Aber vielleicht bildete ich mir das auch nur ein, weil sie mich jetzt schon dermaßen aufregte, obwohl ich sie noch gar nicht kannte. Das ist nicht dein Ding? Wie unhöflich ist das denn bitte? Du bist auf einer Party mit Dresscode eingeladen, von Leuten die dich nicht mal kennen und dir trotzdem Essen und Getränke bezahlen, und du hältst es nicht mal für nötig, dir wenigstens eine Herzchenbrille oder so was aufzusetzen? Hast du Angst, das könnte deiner Schönheit irgendeinen Abbruch tun? Am liebsten hätte ich ihr das ins Gesicht geschrien, aber natürlich tat ich das nicht. Denn ich war erwachsen. Das musste ich mir immer wieder vorsagen. Erwachsen. Erwachsen. Erwachsen. So was von erwachsen.

Ich blickte zu Kilian, um zu sehen, was er davon hielt. Er zuckte nur mit den Achseln, nahm sie dann in den Arm und drückte ihr einen Kuss auf den Mund. Ich wollte mir das nicht ansehen, aber ich konnte auch nicht wegschauen. Ich flüchtete mich in das Gefühl, dass ich sie total nervtötend fand. Denn nur so schaffte ich es, die Eifersucht zu ignorieren, die sich wie Säure durch meine Adern fraß. Ich hasste es, die beiden zusammen zu sehen – ihn mit einer anderen zu sehen.

„Naja, kann ja nicht jeder so viel Selbstbewusstsein haben, um sich mal ein bisschen hässlich zu machen“, platzte es unerwartet aus mir heraus. Das habe ich jetzt nicht wirklich gesagt, oder? In der ersten Millisekunde war mir das richtig unangenehm, aber schon in der nächsten fragte ich mich, warum eigentlich. Dann verzichtete ich eben mal darauf nett zu sein. Er hatte mich hintergangen, und sie war eine magersüchtige Schnepfe, die sich nicht an Dresscodes hielt. Beide blickten mich ziemlich fassungslos an, aber Kilians Mundwinkel zuckten ganz leicht.

„Ich muss jetzt noch ein paar andere Leute begrüßen. Bis dann.“ Ich zeigte ihnen mein falschestes Lächeln und verließ den Ort des Geschehens, so schnell wie es in diesen Stelzenschuhen möglich war. Bitte lass mich jetzt nicht hinfallen! Ich schaffte es tatsächlich außer Sichtweite ohne mich hinzulegen und schnappte mir ein weiteres Glas des blauen Gesöffs von der Bar. Dann half ich Nico ein paar bunte Cocktails zu mixen und uns lustige Namen dafür auszudenken. Und so brachten wir „Stillos aber Sour“ statt „Whiskey Sour“, „Sex mit der Ex“ statt „Sex on the Beach“, und „Caipiranha“ statt „Caipirinha“ unter die Leute. Wir mischten ohne Rezepte frei Schnauze etwas zusammen, was am Ende einigermaßen gut aussah. Und als eine Beschwerde von meinem Onkel über den Geschmack kam, wiesen wir ihn dezent darauf hin, dass das hier eben die Party des schlechten Geschmacks sei. Er solle doch bitte auch nichts anderes von den Getränken erwarten. Nebenbei leerte ich noch ein, zwei oder vielleicht auch drei weitere Gläser Prosecco. Wer kann da denn schon den Überblick behalten?

„Du hast was zu ihr gesagt?!“, prustete meine Schwester los, als ich ihr von der ersten Begegnung mit Nina erzählte. „Ich fasse es nicht. Du bist echt die Schärfste! Hätte ich dir gar nicht zugetraut. Sonst bin ich doch immer die mit der scharfen Zunge. Kann es sein, dass ich langsam auf dich abfärbe?“

„Das liegt im Bereich des Möglichen. Oder mein Gehirn war in dem Moment einfach kurzzeitig unterversorgt. Dieses grandiose Paar hat mir eben den Atem geraubt.“ Ich wurde langsam ziemlich albern. Aber auch Nico hatte schon einiges intus, und so blödelten wir zusammen weiter. Ich durfte nicht zu viel über diese eine Sache nachdenken. Darüber, dass er wieder eine Model-Freundin am Start hatte, genau wie Daniela damals. Das schien eindeutig sein Typ zu sein. Das Problem war nur, sie waren beide das genaue Gegenteil von mir. Kein Wunder, dass seine Gefühle für mich nicht ausgereicht hatten. Und dass er nicht um uns gekämpft, sondern uns einfach weggeworfen hatte. Meine alten Minderwertigkeitskomplexe klopften wieder an die Tür. Und gerade hatte ich noch große Reden von wegen Selbstbewusstsein geschwungen. Stopp! Ich würde sie diesmal nicht hereinlassen. Über diesen Punkt war ich doch schon längst hinaus. Ich war eine tolle Frau. Punkt. Und wenn er das nicht erkannte, dann war das sein Problem. Aber leider auch ein bisschen meines.

Xander lehnte inzwischen an der Bar und zog sich seine Perücke vom Kopf. „Puh, Wahnsinn, ich glaube ich hab´ einen Hitzestau“, beschwerte er sich.

„Na kein Wunder, in deinem sexy Synthetik-Jogger“, witzelte Nico. „Wie wär´s mit einem ‚Singapore Schlimm‘ oder einer ‚Geschmacksverirrten Mary‘ gegen den Durst?“

„Das hört sich beides gemeingefährlich an. Mach das, was schneller geht! Ich verdurste.“

„Dann würde ich den ‚Gewollt und nicht gekonnt Sunrise‘ empfehlen“, mischte ich mich ein. „Der ist nämlich schon fertig.“ Mit einem fiesen Lächeln stellte ich ihm den Longdrink hin.

„Du machst mir echt Angst, Ella.“ Skeptisch betrachtete er das grünblaue Getränk, bevor er daran schnupperte. „Ich hoffe, da ist genug Alkohol drin, dass ich den anderen Geschmack vergesse.“ Er nahm einen Schluck und bekam direkt einen Hustenanfall. „Bäh, willst du mich vergiften? Was bitte ist da drin?“, beschwerte Xander sich.

„Sei nicht so eine Mimose! Immer schön runter damit. Und dann ab auf die Tanzfläche! Seid ihr dabei?“ Ich sah vor allem Nico fragend an.

„Na klar. Wird Zeit, dass wir aufhören unsere Gäste zu vergraulen“, grinste sie.

Der DJ war richtig gut. Er spielte einen gelungenen Mix aus alten und neuen Stücken. Es war für jede Altersgruppe etwas dabei. Gerade legte er eine Strecke von Songs aus meiner Jungend auf. Ich ließ mich treiben und tanzte alles aus mir heraus. Die Enttäuschungen und der Frust der letzten Zeit machten Platz für Freiheit und Schwerelosigkeit. Ich fühlte mich so beschwingt und fröhlich wie schon lange nicht mehr. Nico, Xander und ich bildeten das Bermuda Dreieck der Tanzfläche. Wer uns zu nahe kam, wurde gnadenlos eingesaugt und musste mitmachen. So motivierten wir immer mehr Menschen, bis es um uns herum brechend voll war. Die Stimmung war ausgelassen, und jeder grölte die Lieder mit. Sarah, ihre Eltern, mein Vater – alle tanzten wild drauflos oder schunkelten zumindest im Rhythmus der Musik. Nico und ich nahmen uns bei den Händen. Wir hüpften wie die Wilden im Kreis und führten uns auf, als wären wir verrückt geworden. Es war herrlich. Bis der DJ den Fehler machte „Vom Selben Stern“ zu spielen.

Natürlich dachte ich bei diesem Lied an ihn. Das war so klar wie Kloßbrühe. Ich entkam Kilian einfach nicht, selbst wenn er nicht mal in der Nähe war. Obwohl ich mir so viel Mühe gab, dieses Fest trotzdem zu genießen, war er in meinen Gedanken, meinen Erinnerungen und in meinem Herzen. Immer noch. So viel ich mich auch dagegen wehrte. Er war beständig überall in mir. Und gerade ließ es sich nicht verdrängen. Ich sang lauthals mit, um dieses Elend zu vertreiben: „Ich nehm den Schmerz von dir.[2]” Aber es war niemand da, der mir meinen Schmerz nahm.

> “Wir alle sind aus Sternenstaub
> In unsern Augen war mal Glanz
> Wir sind noch immer nicht zerbrochen
> Wir sind ganz[3]”

War ich wirklich ganz? Es fühlte sich im Moment nicht so an. Ich brauchte eine Pause. Eindeutig. Ich drängte mich aus der Menge und nahm mir im Vorbeigehen an der Bar ein Getränk, das ich in wenigen Zügen leerte. Ich wollte endlich dieses Brennen in mir löschen. Und auch wenn der Alkohol es nur betäubte – mir war alles recht, um es für ein paar Minuten, ein paar Stunden nicht zu spüren. Ich schlug

---

[2] Auszug aus dem Songtext von Ich + Ich, Autorin: Annette Humpe

[3] Auszug aus dem Songtext von Ich + Ich, Autorin: Annette Humpe

den Weg zur Fotobox ein. Ich wollte nachsehen, ob dort alles in Ordnung war und der Akku der Kamera noch durchhielt. Als ich die Tür öffnete, kam mir Nina entgegen. Sie sah nicht gerade erfreut aus. Das war ich allerdings auch nicht.

„Da kommt doch schon jemand, mit dem du deine albernen Spielchen machen kannst.“ Sie klang richtiggehend erbost. Sie sah mich abfällig an und rauschte dann an mir vorbei.

Kilian stand vor der Kamera mit einer Kapitänsmütze auf dem Kopf, und in der Hand hielt er eine aufblasbare Gitarre. Er seufzte resigniert und legte die Instrumentenattrappe wieder zurück in die Kiste mit den Utensilien. „Sie hasst Verkleiden anscheinend wirklich. Ich dachte nicht, dass sie ernsthaft ein Problem damit hat, einen lustigen Hut aufzusetzen.“

Ich musste mir das Lachen verkneifen. „Du hast ihr doch wohl keinen Hut aufgesetzt, oder?“ Ich sah ihn gespielt entsetzt an.

„Schuldig.“ Er hob beide Hände.

„Ich fürchte, du hast ihre Frisur für den Rest des Abends ruiniert! Kein Wunder, dass sie so sauer ist. Wie konntest du bloß?! Du bist ein richtiges Ekel.“ Ironie war das einzige, das mir in dieser Situation einfiel. Und obwohl ich nicht dachte, dass das noch ging, wurde Nina mir noch unsympathischer.

„Ja, das bin ich wohl. Aber eher, weil die Hüte angeblich läuseverseucht sind.“

Das schlug dem Fass wirklich den Boden aus. „Stimmt ja. Die Menschen auf unserem Fest sind zum großen Teil von Läusen befallen. Kein Wunder, dass sie sich da Sorgen macht. Ich hoffe, du hast ihr nichts von Onkel Arthur erzählt. Also von seinen Flöhen. Ich meine, die hüpfen hier auch überall rum. Ganz zu schweigen von den Kakerlaken im Essen. Vielleicht sollten wir sie warnen. Nicht, dass es da noch ein böses Erwachen gibt. Aber so wie sie aussieht, ist ihr Hunger wahrscheinlich nicht so groß“, winkte ich ab.

„Du bist heute ganz schön biestig, so kenne ich dich gar nicht“, bemerkte Kilian. “Aber auch ziemlich witzig.“ Er grinste.

„Lass uns zusammen ein paar Fotos machen!“, folgte ich einem Impuls. „Du darfst auch meinen Hut aussuchen.“

„Oh, na dann. Bei so einem Angebot kann ich auf keinen Fall widerstehen.“ Er wühlte sich durch die Kiste und förderte eine Kopfbedeckung in Form eines Bierkrugs zu Tage. Grinsend reichte er sie mir. Ich ergab mich in mein Schicksal und setzte das hässliche Ding auf. Dann begann ich mich selbst durch den Berg an Accessoires zu graben. „Ich glaube, dein Outfit ist auch noch nicht komplett“, schmunzelte ich und wickelte ihm eine pinke Federboa um den Hals. Dann schnappte ich mir für mich selbst noch eine überdimensional große Sonnenbrille und ein Mikrofon. Kilian hielt wieder die Plastikgitarre in den Händen, und wir platzierten uns vor der Kamera. Wir versuchten alle möglichen lustigen Posen. Ich war allerdings immer schön darauf bedacht ihm nicht zu nahe zu kommen. Als wir eine Serie von mindestens 10 Bildern gemacht hatten, sah ich mir das Ergebnis auf dem Display der Kamera an. Kilian trat hinter mich und blickte mir über die Schulter. „Ich finde, wir sollten wirklich eine Band gründen. Wir haben absolute Starqualitäten!“, scherzte er.

„Aber nur, wenn wir immer in diesen Outfits auf die Bühne gehen“, erwiderte ich. „Das könnte unser Markenzeichen werden.“

Er war mir unglaublich nah. Sein Kopf war über meine Schulter gebeugt und so standen wir fast Wange an Wange da. Immerhin waren wir heute ja ausnahmsweise ähnlich groß – Dank meiner Plateauschuhe. Diese Nähe machte mich nervös und ein bisschen schwindelig. Ich roch sein Parfum.

Auf einem der Bilder streckte ich meine Zunge heraus.

„Das gibt’s doch nicht, deine Zunge ist ja ganz blau! Wie

viel hast du denn von dem Sekt getrunken?", witzelte Kilian.

„Nur ein paar wenige Gläschen", versicherte ich schnell, musste aber lachen.

„Schon klar, das sieht eher so aus, als hättest du mindestens eine ganze Flasche intus." Er prustete. Sein Atmen kitzelte an meiner Wange.

„Das war das letzte Bild", sagte ich schnell, um diese Situation hier zu beenden. Er trat von der Kamera weg, und ich atmete tief aus.

„Ich hoffe, meine Zunge sieht nicht so aus …", überlegte er, während er sich von den Accessoires befreite. Aber irgendwie hatte sich die Federboa verheddert und er konnte sie sich nicht über den Kopf ziehen. „Kannst du mir mal helfen bitte, ich krieg das Ding nicht entwirrt."

Ich hatte mich schon aller Utensilien entledigt und trat jetzt zu ihm. Vorsichtig versuchte ich den Knoten zu lösen. Und schon wieder war ich ihm so schrecklich nah. So wunderbar nah. Nein, das ist gar nicht gut. Mach schneller, Ella! Gerade als ich es geschafft hatte, ihm die Federn von seinem Hals zu ziehen, wanderte mein Blick zu seinen Augen, die direkt in meine sahen. „Was ist mit deinen Augen passiert?", fragte ich das, was mir schon vorher durch den Kopf gegangen war.

„Das ist dir aufgefallen? Wow, meine eigene Freundin hat bis jetzt nicht bemerkt, dass ich heute grüne Kontaktlinsen trage."

„Ich habe es schon bei unserer Begrüßung gesehen. Grün steht dir auch, aber du weißt ja, was man über diese Augenfarbe sagt, oder?" Ich versuchte es mit einem neckischen Unterton. Ich wollte, dass das Ganze hier locker und unbeschwert blieb. Bloß nicht diese Spannung zwischen uns aufkommen lassen.

„Nein, keinen Schimmer." Wir standen uns immer noch gegenüber und sahen uns an. Ich hielt die Federboa in meinen Händen und spielte damit herum. Ich war aufgewühlt, und wahrscheinlich würde das Ding später aussehen wie ein gerupftes Huhn.

„Grüne Augen Froschnatur, von der Liebe keine Spur", ratterte ich den Reim herunter, den ich aus meinen Teenagerjahren kannte. Er lachte wieder sein wunderbares warmes Lachen. Er sah damit so unglaublich attraktiv aus. Es war unverschämt, dass ein Mensch so hübsch sein durfte. Wie sollte ich mich denn gegen meine Gefühle wehren, wenn er mich so anlächelte? Ich war verloren. Rettungslos.

„Und was sagt man über blaue Augen?", er spielte auf meine Farbe an.

„Blaue Augen Himmelsstern, haben alle Jungen gern … Aber meine Augen sind ja eher blassblau, das ist irgendwie gar keine richtige Farbe."

„Ich finde deine Augen sind etwas ganz Besonderes. Sie sind so hell. Ich glaube, ich habe noch nie hellere gesehen", bemerkte er. Und plötzlich lag dieses Etwas in der Luft, das ich unbedingt vermeiden wollte. Oder, war es schon die ganze Zeit dagewesen?

„Ich mag deine natürliche Augenfarbe lieber – deine Schokoaugen", entschlüpfte es mir.

„Schokoaugen. Das hast du schon mal zu mir gesagt. Und es klingt immer noch schön. Was heißt es denn … über braune Augen?"

Ich musste schlucken. „Braune Augen sind gefährlich, aber in der Liebe ehrlich."

Ein Schatten glitt über sein Gesicht. Er sah zu Boden.

„In der Liebe ehrlich, ja. Hast du dir das grade ausgedacht?" War er jetzt etwa sauer?

„Nein, der Spruch geht so. Aber wenn wir schon bei dem Thema sind. Ich weiß es." Ich redete heute schon den ganzen Abend, bevor ich nachdachte, warum also damit aufhören?

Er sah mich wieder an. „Was weißt du?", fragte er unsicher.

„Dass du unfruchtbar bist, und dass das der Grund war, warum du damals keine Beziehung mit mir wolltest." Bam. Jetzt war es raus. Kilian wirkte regelrecht schockiert über diese Aussage. „Seit wann weißt du es? Und vor allem: woher?" Er stritt es also nicht ab.

„Ich weiß es von Timo, seit genau einem Jahr. Wir kamen zufällig auf das Thema, als er mich gefragt hat, wie es dir geht. Er meinte, ihr hättet keinen Kontakt mehr, und die ganze Sache hätte dich damals ganz schön aus der Bahn geworfen."

Kilian setzte sich auf eine leere Weinkiste, stützte die Ellbogen auf die Knie und verbarg das Gesicht in seinen Händen. Es schien so, als müsse er sich erst einmal fangen. Ich legte die Federboa zurück und zog mir einen alten Gartenstuhl heran, von dem die Farbe schon abblätterte. Ich fing an daran zu knibbeln. „Es tut mir sehr leid. Deine Unfruchtbarkeit – das ist schrecklich." Ich wartete, ob er etwas erwidern würde, aber er rührte sich nicht. „Aber ich verstehe nicht, warum du es mir nicht gesagt hast. Ich meine, ich kann mir deine Gründe vorstellen. Aber ich kann sie nicht nachvollziehen."

Endlich blickte er hoch. „Ich wollte dich beschützen."

„Wovor?"

„Vor einem Leben mit mir, aber ohne Familie. Ich weiß doch, dass du dir immer Kinder gewünscht hast. Und als ich erfahren habe, dass ich nie welche zeugen kann, da ist für mich eine Welt zusammengebrochen." Er sah mich an, als würde er den Schmerz noch einmal durchleben. Oder vielleicht noch immer? „Du hast gesagt, dass du mich liebst. An diesem Gartenfest. Und an diesem Abend war ich der glücklichste Mensch der Welt. Aber als ein paar Tage später die Diagnose kam, da wusste ich, ich kann dich nicht mehr glücklich machen."

„Du wusstest es nicht, du hast es nur angenommen. Du hättest mich einfach fragen können. Ist dir das mal in den Sinn gekommen?" Ich war aufgebracht. „Nein, du hast für mich entschieden. Weil du dachtest, du wüsstest es besser. Aber das hast du nicht! Niemand anderer weiß besser, was für mich gut ist, als ich selbst. Du hast uns einfach aufgegeben."

„Nein, Risi, das habe ich nicht. Und es war nicht einfach. Ich habe das Ergebnis des Tests am Nachmittag bekommen, und abends wollten wir uns sehen. Ich wusste einfach nicht, was ich tun sollte. Ich wollte dich nicht in das ganze Schlamassel hineinziehen. Die Voraussetzungen hatten sich geändert. Ich war plötzlich beschädigte Ware. Ich war nicht mehr derjenige, in den du dich verliebt hattest. Ich dachte, vielleicht ist es noch nicht zu spät, dass du wieder zurück zu Timo gehst und dir deinen Traum von einer Familie erfüllen kannst." Er sah mich flehentlich an. Aber ich verstand ihn immer noch nicht.

„Ich hatte dir gesagt, dass ich mich von Timo trennen werde, egal ob du Gefühle für mich gehabt hättest oder nicht. Was hat dich zu der Annahme gebracht, ich würde wieder zu ihm zurückgehen? Ich wusste zu dem Zeitpunkt, dass er nicht der Richtige war, weil du es bist." Nicht weil du es warst, weil du es bist. Immer noch bist. „Und du hast mich einfach vor vollendete Tatsachen gestellt. Und ich habe nichts verstanden. Gar nichts. Ich habe dir deine Geschichte nicht abgenommen. Ich wusste ganz genau, dass irgendetwas anderes dahintersteckte. Ich war verzweifelt, weil du mir nicht den wahren Grund genannt hast. Ich konnte es nicht abhaken, weil ich wusste, es gibt noch ein Geheimnis. Wie bitte hätte ich mit dem Ganzen abschließen sollen? Du hast mich einfach so im Regen stehen lassen", warf ich ihm vor. Eine Träne lief mir über die Wange. Vor Wut und vor Enttäuschung.

Er fuhr sich mit den Händen immer wieder über das Gesicht. Dann stand er auf und gab der Weinkiste einen Tritt. „Ich war verdammt noch mal überfordert von der Situation. Die hatten mir gesagt, ich könne niemals Kinder zeugen. Ich kam mir auf einmal so wertlos vor." Er ging vor mir in die Hocke und hielt sich am Stuhl fest. „Ich wollte dich nicht verletzen. Aber es fiel mir auch nichts anderes ein um dich zu beschützen.“

„Wir hätten darüber reden können. Wir hätten über andere Möglichkeiten sprechen können, zum Beispiel über eine Adoption. Ich hätte dir sagen können, dass für mich die Liebe meines Lebens mehr zählt als Kinder zu bekommen. Und das ist die Wahrheit, glaub mir! Ich hatte jetzt ein Jahr Zeit darüber nachzudenken.“

Er schloss gequält die Augen und ich nahm sein Gesicht in meine Hände. „Warum hast du uns das angetan?“ Meine Frage riss endgültig alte Wunden auf. Als Kilian seine Augen wieder aufschlug, glänzten auch in ihnen Tränen. „Ich weiß es nicht. Ich glaube, ich habe damals einen riesigen Fehler gemacht. Aber ich kann es jetzt nicht mehr rückgängig machen. Und das ist …“ er fuhr sich mit den Händen durch die blauen Haare „… das ist schwer zu ertragen.“ Er stand wieder auf und drehte sich von mir weg. Auch ich erhob mich von dem Stuhl und trat hinter ihn.

„Du hast einen Fehler gemacht. Ja. Aber es ist noch nicht zu spät.“ Er drehte sich zu mir um.

„Wie meinst du das?“

„Ich habe es dir vorher schon gesagt, dass du der Eine für mich bist. Glaub mir, ich habe wirklich versucht, mich zu entlieben. Aber du bist es immer noch.“ Zum zweiten Mal legte ich ihm mein Herz offen. Und ich hoffte inständig, dass er es dieses Mal wieder reparieren würde.

„Risi, ich … Das ist alles nicht so einfach.“ Meine Hoffnung verglühte und starb wie eine ausgetretene Zigarette. „Ich bin jetzt mit Nina zusammen.“

Mein Magen drehte sich um, und mir wurde übel.

„Sie weiß von Anfang an von meinem Defizit. Sie will keine Kinder haben. Wir verstehen uns wirklich gut.“ Es klang so, als wollte er es sich selbst schönreden.

„Du sprichst grade von der Frau, die nicht mal erkannt hat, dass du heute grüne Augen hast?“, fragte ich ihn ungläubig. Ich glaubte keine Sekunde daran, dass die beiden zusammengehörten. Ich konnte nicht fassen, dass er es überhaupt in Erwägung zog. Diese Unsympathin und er? Das war falsch, so was von falsch. Kilian sah mich an wie ein gehetztes Tier, das ich in die Ecke gedrängt hatte. Ich spürte, wie die Magensäure immer weiter hoch stieg. „Liebst du mich noch?", fragte ich ihn.

Er nickte. „Aber das mit Nina und mir hat eine Chance verdient. Ich meine, das mit uns war von Anfang an immer mit Schmerzen verbunden. Ich durfte dich nicht lieben, weil du meine Freundin warst. Dann durfte ich dich nicht lieben, weil du in einer Beziehung mit meinem Freund gewesen bist. Und dann durfte ich dich nicht lieben, weil ich dir niemals geben konnte was du brauchst. Das dachte ich zumindest. Und jetzt, ich weiß nicht …"

Ich war jetzt kurz vor dem Durchdrehen. Das durfte alles nicht wahr sein. Sie hatte eine Chance verdient und ich nicht? Nachdem wir uns schon so lange kannten. Nachdem wir beste Freunde waren. Nach unserer ganzen Geschichte. Ich bestand nur noch aus Schmerzen. Ich war ein einziger Schmerz.

„Ich habe dich geliebt, seit dem Sommerfest, als wir beide 16 Jahre alt waren. Dieser Abend auf dem Hausdach war magisch für mich. Ich dachte damals, du hast das auch gefühlt. Aber als du dann stattdessen mit Daniela zusammengekommen bist, hast du mir das erste Mal das Herz gebrochen. Ich glaubte für eine lange Zeit, ich könnte mit dir befreundet sein, weil du einer der wichtigsten Menschen in meinem Leben bist. Bis vor drei Jahren, als ich erkannte, dass ich immer nur dich wollte. Ich hätte niemals gedacht, dass du mich auch liebst. Es war so unglaublich schön, das zu hören. Wieder auf dem Dach. Danach hast du mir das Herz das zweite Mal gebrochen. Trotzdem habe ich die Hoffnung immer noch nicht ganz aufgegeben. Tief in mir hat sie irgendwie überlebt, allen Anstrengungen zum Trotz." Meine Stimme zitterte. „Und heute war ich bereit, dir diese ganze Nummer zu verzeihen, die du abgezogen hast. Weil ich weiß, dass du verzweifelt warst. Und heute hast du es geschafft mein Herz nicht nur zu zerbrechen, sondern zu zerfetzen. Und das war jetzt das letzte Mal." Ich drehte mich um und rannte hinaus ins Freie. Ich hörte, wie er meinen Namen rief und mir dann nachrannte, aber ich schlug einen Haken und versteckte mich hinter ein paar Büschen. Und dann übergab ich mich.

Erstaunlicherweise kamen keine Tränen. Ich hatte einen möglichst großen Bogen um die Feiernden gemacht und so schnell wie möglich das Badezimmer im ersten Stock aufgesucht. Ich putzte mir gründlich die Zähne, um wieder einen angenehmen Geschmack im Mund zu bekommen. Ich hatte keine Ahnung, wie dieser Abend für mich weitergehen sollte. Deshalb beschloss ich ihn einfach zu beenden. Ich schminkte mich ab und zog mir dann meinen Schlafanzug an. Ich fühlte mich, als würde ich im Notprogramm laufen. Meine Emotionen, und auch alles andere um mich herum, nahm ich nur gedämpft wahr. Mein Körper schrie nach Schlaf. Ich legte mich in das Gästebett in meinem ehemaligen Mädchenzimmer und versuchte gerade einzuschlafen, als ich Schritte auf der Treppe hörte. Ich hoffte es war meine Schwester, die ebenfalls ins Bett wollte und nicht nach mir suchte. Oder Xander, der nach der Schwitzorgie in seinem Kostüm unter die Dusche wollte. Es klopfte an meiner Tür. Ich stöhnte innerlich. Ich sollte einfach so tun, als würde ich schlafen. Ich war heute zu keinem Gespräch mehr in der Lage. Und ich wollte auf keinen Fall darüber sprechen, was vorher passiert war. Sich damit auseinanderzusetztzen hatte Zeit bis morgen, und diese Gnadenfrist würde ich ausschöpfen.

Es klopfte wieder. Da war aber jemand hartnäckig. Ich hörte wie sich die Klinke bewegte und die Zimmertür geöffnet wurde.

„Risi? Bist du hier?" Ich kniff die Augen noch fester

zusammen und bewegte mich keinen Millimeter. Ich versuchte gleichmäßiges Atmen vorzutäuschen. Nicht ganz einfach, wenn einem das Herz bis zum Hals schlug. Ich wollte, dass er wieder ging. Es gab nichts mehr zu sagen. Die Tür schloss sich wieder. Ich atmete erleichtert aus. Als unverhofft ganz nah neben meinem Ohr ein erneutes „Risi?“ erklang, erschrak ich so sehr, dass ich auffuhr und panisch den Schalter der Nachttischbeleuchtung suchte. Als ich ihn gefunden und betätigt hatte, sah ich, dass Kilian vor meinem Bett hockte.

„Was zur Hölle machst du hier?“, fuhr ich ihn gereizt an. Aber anstatt sich zu entschuldigen oder zumindest geknickt dreinzuschauen, setzte er sich ungeniert zu mir und sah mich entschlossen an. Ich brachte sofort Abstand zwischen uns und platzierte mich am anderen Ende des Bettes, den Rücken an das Kopfteil gelehnt.

„Du bist einfach weggelaufen, und ich war noch nicht fertig“, begann er.

„Fertig womit?“, warf ich ein.

„Fertig damit, dir meine Gefühle zu erklären.“

„Danke, ich habe schon genug gehört. Ich habe sogar so viel gehört, dass ich mich übergeben musste.“ Warum habe ich das jetzt gesagt? Das ist unappetitlich, und es geht ihn außerdem überhaupt nichts an.

„Das tut mir leid. Das kam alles so überraschend, und ich war nicht vorbereitet auf dieses Gespräch. Du kannst wunderbar mit Worten umgehen, du weißt immer was du sagen sollst. Aber ich habe so viele Dinge in meinem Kopf, und ich habe keinen Schimmer, wie ich sie erklären soll. Aber ich möchte es versuchen. Ich will, dass du weißt, dass du für mich auch schon immer eine wichtige Rolle spielst. Der erste Abend auf dem Dach hat mir genauso viel bedeutet. Ich war begeistert endlich jemanden an meiner Seite zu haben, der mich wirklich versteht. Mit dem ich über meine geheimsten Gedanken sprechen kann. Klar wollte ich damals auch mit dir ins Bett. Aber das stand in dem Moment nicht im Vordergrund, weil das andere, was wir hatten, so viel wichtiger war. Ich wusste damals noch nicht viel über Liebe. Bis heute weiß ich nicht sonderlich viel darüber. Ich war jung, ich wollte keine feste Beziehung. Das mit Dani – da bin ich irgendwie so reingerutscht. Sie war plötzlich da, war schon erfahrener als ich. Wir hatten Spaß zusammen. Es hatte nie eine große Bedeutung. Aber du warst für mich schon immer etwas Kostbares, mit dem man sehr vorsichtig umgeht, weil man es nicht kaputtmachen will. Ich weiß, dass du der Mensch bist, zu dem es mich immer wieder zieht. Du bist wie ein versch… verdammter Magnet. Ich komme einfach nicht von dir los. Auch wenn ich mich mal freigestrampelt habe, es geht immer wieder zurück zu dir, auf direktem Weg. Und ich kapiere es einfach nicht, dass du immer noch an uns glaubst. Dass du mich nicht längst zum Teufel geschickt hast. Ich bin unfruchtbar. Ich bin ein Idiot, der deine Liebe gar nicht verdient hat.“ Er fuhr sich mit beiden Händen durch seine blauen Locken, bis sie in alle Richtungen abstanden.

„Wo ist Nina?“, fragte ich in seine Atempause. Warum erzählte er mir das alles? Ich dachte, er hätte sich für sie entschieden. Und warum brachte er diese drei Worte nicht über die Lippen, sondern umschrieb sie immer nur? Er lehnte sich jetzt ebenfalls an das Kopfteil und rutschte ein Stück zu mir auf. „Ich habe sie mit dem Taxi nach Hause geschickt“, erklärte er. „Ich habe ihr gesagt, dass ich zu dir will, weil es da immer noch Gefühle zwischen uns gibt. Und dass ich das unbedingt klären muss.“

Er sah mich an.

„Und wie gedenkst du das zu klären?“, fragte ich ihn skeptisch.

„Ich gedenke mich nicht mehr zurückzuhalten.“

„Womit?“, fragte ich verständnislos.

„Damit.“ Er schloss die Lücke zwischen uns und küsste mich. Ich sollte protestieren, denn es war nichts geklärt.

Aber es fühlte sich an wie eine Erlösung. Und es war mir in diesem Augenblick egal, was er gesagt hatte oder was er auch nicht gesagt hatte. Das hier zählte und nichts anderes. Seine Lippen lagen auf meinen Lippen, seine Zunge traf auf meine Zunge. Er küsste mich so leidenschaftlich, dass mir ein Stöhnen entwich. Und dann tat er, was er versprochen hatte: Er hielt nichts zurück. Gar nichts. Er zog mich aus und erforschte jeden Zentimeter meines Körpers. Und obwohl wir uns das erste Mal so nahe waren, fand er alle meine erogenen Zonen, als hätte er eine Landkarte, der er nur folgen musste. Als er mich wieder auf den Mund küsste, stand ich lichterloh in Flammen. Ungeduldig zog ich ihm sein Shirt aus. Ich streichelte über seinen makellosen Oberkörper und konnte es kaum mehr erwarten seine Haut an meiner zu spüren. Ich nestelte an seinem Gürtel herum und versuchte den Reißverschluss der Hose zu öffnen, der irgendwie klemmte. Er stellte sich neben das Bett und zog sie sich inklusive seiner Retropants selbst herunter. Jetzt stand er vollkommen nackt vor mir und grinste mich hungrig an. Er hatte an seinem Sixpack gearbeitet, seit ich ihn das letzte Mal oben ohne gesehen hatte. Und er hatte nicht übertrieben: Sein kleiner Freund war ganz und gar nicht klein. Auf allen vieren krabbelte er über das Bett auf mich zu, und ich empfing ihn mit gespreizten Beinen und freudiger Erwartung. Und dieses Mal wurde ich nicht von ihm enttäuscht.

Anschließend lagen wir Arm in Arm da. Er streichelte meine Schulter und küsste mich auf den Scheitel. „Du bist so wunderschön“, bemerkte er. „Und es war noch besser, als ich es mir immer vorgestellt hatte.“ Ich freute mich über dieses Kompliment und sog es in mich auf. Es machte diese Sache noch perfekter, als sie sowieso schon gewesen war. Unsere Körper waren wie füreinander geschaffen. Solche intensiven Gefühle hatte ich bisher noch nie erlebt. Es war einmalig gewesen. „Naja, es war ganz in Ordnung“, zog ich ihn auf.

„Ganz in Ordnung?“ Er sah mich gespielt entsetzt an. Und dann kitzelte er mich. Als das Lachen schon begann wehzutun, bat ich um Gnade. „Ich meinte fantastisch“, kicherte ich.

„Was hast du gesagt? Ich verstehe dich so schlecht …“ Er hatte sich auf mich gesetzt, und es gab kein Entkommen.

„Es war fantastisch. Der beste Sex meines Lebens!“, brachte ich völlig atemlos hervor. Endlich ließ er von mir ab und nahm mich wieder in den Arm. Wir mussten beide immer noch lachen. „Genau das wollte ich hören.“

Ich schmiegte mich an ihn und legte den Kopf auf seine Brust.

Ganz langsam aber sicher holte mich die Realität wieder ein. „Was bedeutet das hier? Was bedeutet das für dich? Für uns?“

„Müssen wir das jetzt besprechen?“

„Ja.“

„Ich weiß nicht Risi, was willst du von mir hören? Ich bin dir verfallen, und das werde ich für den Rest meines Lebens sein, das steht fest.“

„Das klingt verdächtig nach einem Aber.“

„Ich kann dir keine Kinder schenken.“ Es klang bitter.

„Das weiß ich. Und es ist in Ordnung. Es gibt andere Möglichkeiten. Zum Beispiel eine Samenspende…“

„Das käme für mich niemals in Frage. Das kann ich nicht. Es wäre, als ob du ein Kind von einem anderen Mann bekommen würdest. Letztendlich ist es auch nichts anderes.“

„Ja, aber ich würde ihn nicht kennen. Wir würden zusammen einen Kandidaten aussuchen. Wir hätten nie Kontakt mit ihm. Es wäre trotzdem dein Kind, weil du dich von Anfang an darum kümmern würdest. Es ist nur ein bisschen Sperma …“

„Nein.“ Das klang endgültig.

„In Ordnung, ich kann das verstehen. Es wäre vielleicht

komisch. Aber was ist mit einer Adoption?"

„Risi, als ich davon erfahren habe, habe ich mich von dem Gedanken verabschiedet, jemals Kinder zu haben. Ich bin unfruchtbar. Verstehst du? Mein Körper ist nicht dazu in der Lage Leben zu schenken. Wie soll ich dann dazu in der Lage sein, ein Kind großzuziehen? Ich denke, es hat schon irgendeinen Sinn, dass es nicht sein soll. Es ist mir nicht bestimmt Nachkommen zu haben. Und ich würde es gerne dabei belassen."

Meine Kehle wurde ganz eng. Natürlich hatte ich mich mit dem Gedanken auseinandergesetzt, keine Kinder zu haben. Ich hatte mir mehr als ein Szenario mit Kilian ausgemalt. Aber die Möglichkeit der Adoption hatte ich immer im Hinterkopf gehabt. Es gab immer noch diese Hoffnung, diese Möglichkeit auf eine Familie. Aber er wollte es nicht. Damit hatte ich nicht gerechnet. Eher noch, dass es schwierig sein würde ein Baby zu adoptieren. Ich hatte mir überlegt, ob ich auch ein älteres Kind annehmen könnte und war zu dem Entschluss gekommen, dass auch ein Kleinkind in Ordnung wäre. Ein kleiner Mensch, dem man noch Urvertrauen schenken konnte. Das hatte ich mir gewünscht. Aber diese Seifenblase war gerade zerplatzt. „Okay." Ich konnte das Zittern in meiner Stimme nicht verbergen.

„Nein, es ist eben nicht okay." Er fuhr durch meine Haare, vergrub seine Nase darin und drückte mich fest an sich. „Du wünschst dir Kinder, und es ist eben nicht okay."

„Lass es uns für heute dabei belassen." Ich hatte mich wieder unter Kontrolle. „Das müssen wir nicht jetzt besprechen. Ich liebe dich, und es geht mir um dich und nicht um eine Familie. Ich hatte immer diesen Wunsch, ja. Aber dann schaffen wir uns eben einen Hund an. Viele Paare sind glücklich, auch ohne Kinder."

Er sagte lange nichts. Ich hatte schlagartig ein komisches Gefühl. Was ging in seinem Kopf vor?

„Ich liebe dich, das werde ich immer tun", kam es von

ihm. Er hatte es endlich gesagt. Das allererste Mal. „Und jetzt lass uns schlafen!“

Mit einem Lächeln auf den Lippen schloss ich die Augen. Er hatte es wirklich ausgesprochen. Er liebte mich.

Als ich am nächsten Morgen aufwachte, war er weg. Ein Zettel lag auf dem Nachttisch.

„Ich weiß, du glaubst es nicht, aber dieses Thema wird immer zwischen uns stehen. Du möchtest Kinder, ich nicht. Ich will nicht wieder deine Entscheidung treffen, aber lass mich das bitte für uns tun! Lass mich jetzt diesen Schlussstrich ziehen, auch wenn es mich fast umbringt! Aber gib uns beiden die Chance jemanden zu finden, der ähnliche Lebensvorstellungen hat! Denn ich fürchte, Liebe ist nicht genug. Und ich habe Angst davor, dass du mich in ein paar Jahren dafür hassen würdest. Dein Kilian.“

Der Zettel glitt mir aus der Hand. Hat er Recht? Vielleicht ja, vielleicht auch nicht. Es spielte keine Rolle mehr. Denn ich hatte es gestern ernst gemeint. Ich würde nicht mehr kämpfen. Ich hatte ihm mein Herz oft genug auf dem silbernen Tablett serviert. Einmal zu viel. Es war vorbei.

KAPITEL 17

Jahr: 2017

Alter: 34

Ich hielt den Wonneproppen in meinen Armen und wiegte ihn sanft hin und her. Dieses kleine Wesen versetzte mich in Staunen. Alles an Elias war niedlich. Die winzigen Füßchen, die kleinen Fingerchen und im Gegensatz dazu, diese unglaublich großen Augen. Er gluckste zufrieden vor sich hin.

„Danke, dass du ihn kurz genommen hast." Sarah betrat die Terrasse. „Er lässt sich im Moment einfach nicht ablegen, nicht mal für zwei Minuten, wenn ich aufs Klo muss."

„Er war ganz brav – einfach entzückend. Dieses Wort passt wirklich perfekt auf Babys. Ich glaube, ich habe es bisher noch nie verwendet. Das habt ihr wirklich gut hinbekommen, Du und Conrad." Ich lächelte sie an und gab ihn ihr vorsichtig zurück. Ich sah Elias heute das erste Mal. Er war drei Monate alt und der ganze Stolz seiner Eltern. Sarah war jetzt seit zwei Jahren mit einem berühmten Pianisten zusammen. Er war Schweizer und wie sie auf der ganzen Welt unterwegs um Konzerte zu geben. Beide verband die Liebe zur Musik und jetzt auch die Liebe zu ihrem gemeinsamen Kind. Leider konnte Conrad heute nicht hier sein, da er arbeiten musste. Sarah war schon jetzt öfter mit dem Kleinen alleine. Aber sie schien es gut wegzustecken. Trotz Schlafmangels war sie erstaunlich fröhlich und sie lächelte fast die ganze Zeit. Es war faszinierend zu sehen, was ein Baby für Gefühle auslösen konnte. Ich wusste nicht, ob ich jemals in diesen Genuss kommen würde. Bisher gab es noch keinen geeigneten Kandidaten als Vater. Ein paar Jahre hatte ich ja noch Zeit. Und ich versuchte es pragmatisch zu sehen: Immerhin konnte ich alleine auf die Toilette gehen. Ein nicht zu unterschätzender Vorteil!

Wir saßen in einer der Sitzgruppen auf der Terrasse. Das Sommerfest war in vollem Gange. Nach dem sehr aufwändigen Fest vom letzten Jahr hatten wir dieses Mal alles ein bisschen kleiner gehalten. Mein Vater stand in der Nähe des Schwimmteichs am Grill und brutzelte Würstchen, Fleisch und Gemüse. Es gab Brot und ein paar Salate dazu, die die Gäste selbst mitgebracht hatten. Auf eine Tanzfläche oder Musik verzichteten wir bewusst. Es sollte eher ein nettes Beisammensein als eine rauschende Party werden. Einfach mal etwas anderes. Und natürlich war es auch eine Kostenfrage. Nicht jedes Jahr konnten und wollten wir so viel Geld in die Hand nehmen.

„Du siehst wirklich gut aus, trotz des wenigen Schlafs", machte ich Sarah ein Kompliment.

„Danke, das ist lieb von dir. Und es ist erstaunlich, denn eigentlich fühle ich mich eher wie vom Lastwagen überrollt. Aber die Glückshormone machen das anscheinend alles wieder wett. Das ist die beste Droge der Welt, kann ich nur empfehlen." Wir lachten.

„Und, wie geht es dir?", fragte sie mich.

„Alles in Ordnung soweit. Mein Geschäft läuft wirklich gut. Ich sehe mich gerade nach einem etwas repräsentativeren und größeren Studio um. Aber im Moment ist es so praktisch, weil meine Wohnung fußläufig entfernt ist. Ich weiß noch nicht, ob ich das wirklich verändern will. Mein Instagram-Kanal mit meinen eigenen Projekten entwickelt sich auch super."

„Ich weiß, ich folge dir natürlich. Und ich nötige ständig alle möglichen Menschen dir ebenfalls zu folgen."

„Ach, jetzt weiß ich endlich, wo der ganze Zustrom herkommt", grinste ich.

„Mach dich nur lustig! Ich habe wirklich viele Freunde. Nicht zu vergessen alle Kollegen, mit denen ich Konzerte spiele. Ich sollte demnächst eine Prämie von dir verlangen. Aber Spaß beiseite, wie läuft es privat so?" Sie sah mich fragend an.

„Nichts Besonderes im Moment." Ich mochte dieses Konversationsthema nicht. Wenn man als Frau mit Mitte 30 erzählte, alleinstehend zu sein, erntete man unweigerlich mitleidige Blicke. Aber Sarah sah eher ein wenig kleinlaut aus.

„Mein Bruder hat mir vor kurzem alles erzählt." Sie blickte mich an, wohl um zu sehen, ob das für mich in Ordnung war. Ich fand es gut, dass er sich ihr endlich anvertraut hatte, denn sie hatte bisher nichts von seiner Unfruchtbarkeit gewusst. Ich nickte ihr deshalb zu, damit sie weitersprach.

„Es war wohl diese Onkel Sache, die das alles ins Rollen gebracht hat. Und in diesem Zug erzählte er mir auch von euch. Ich hatte ja keine Ahnung. Wirklich nicht. Ich muss wohl blind gewesen sein."

„Du bist wohl eher manchmal ein bisschen taub, weil du nur deine Musik im Kopf und im Ohr hast", zog ich sie auf.

„Ja, das mag sein. Ich bin froh, dass er es mir endlich erzählt hat. Aber ich war auch ein bisschen enttäuscht, dass ich es so spät erfahren habe." Sie sah ihren Sohn an, der auf ihren Armen eingeschlafen war.

„Ja, das verstehe ich", entgegnete ich. „Aber diese ganze

Sache zwischen uns, die war ja nie wirklich lange Zeit akut. Und vor allem wussten wir selbst nicht, wie wir damit umgehen sollten. Ich hoffe, du bist ihm nicht böse. Aber das mit seiner Unfruchtbarkeit hat ihn wirklich schwer getroffen. Ich glaube, er musste damit selbst erst mal klarkommen. Er war in einer schwierigen Phase, in der er mich weggestoßen hat. Vielleicht war es sogar besser, dass du nicht von Anfang an Bescheid wusstest."

Sie streichelte ihrem schlafenden Kind sanft über das Köpfchen. „Kilian ist ein toller Onkel. Er besucht uns oft und hilft mir mit dem Kleinen, wenn Conrad nicht da ist. Er ist ganz vernarrt in Elias."

Dieses Wissen schmerzte mich ein wenig. „Er wäre mit Sicherheit ein guter Vater geworden. Aber jetzt wird er eben ein super Onkel." Ich konnte die Wehmut nicht ganz aus meinen Worten heraushalten.

Sarah sah zu mir hoch. „Ich glaube, er macht einen Fehler, dass er sich das Vatersein versagt. Ich habe versucht mit ihm darüber zu reden, aber er macht immer dicht und meint, dass es eben nicht sein soll. Aber was bedeutet das im Umkehrschluss? Ich meine, wie viele Menschen können Kinder bekommen und scheren sich dann nicht um sie? Warum sollte also jemand, der diesen sehnlichen Wunsch hat, kein Vater werden, nur, weil sein Sperma nicht dazu in der Lage ist, Kinder zu zeugen? Das ist doch grotesk."

„Ja irgendwie ist es das. Aber wenn man selbst in der Situation ist, fühlt sich das wahrscheinlich noch mal ganz anders an."

Sie nickte und strich über das Händchen von Elias, der ihren Daumen im Schlaf fest gepackt hielt. „Ich finde es sehr schade, dass aus euch nichts geworden ist. Ich habe vorher noch nie wirklich darüber nachgedacht, aber ich denke, ihr wärt ein tolles Paar."

Ich griff nach meinem Spezi und trank einen ordentlichen Schluck. Ich hatte keine Lust über dieses Thema zu sprechen. Es war vorbei, und ich hatte es begraben. Dabei sollte es auch bleiben.

„Er ist heute nicht gekommen, weil er es nicht erträgt dich zu sehen“, sprach sie weiter. Das ließ mich trotzdem aufhorchen. Es ist egal, Ella. Ob er noch Gefühle hat oder nicht, ist irrelevant. Das ändert nichts. Also krieg dich wieder ein. Sarah hatte mein wiedererwachtes Interesse wahrgenommen und fuhr fort. „Ich denke, es gibt noch eine Chance für euch.“

„Nein“, sagte ich vehement. „Nein, die gibt es nicht. Ich war immer diejenige die für uns gekämpft hat. Und das ist nun vorbei. Er hat sich endgültig entschieden. Ich akzeptiere das.“

Sie runzelte die Stirn. „Ihr seid beide solche Sturköpfe. Das gibt es doch gar nicht.“

„Lass es gut sein, Sarah!“ Ich wollte diese Angelegenheit jetzt beenden. Ich hatte mich genug in Liebeskummer gesuhlt. Genug für ein ganzes Leben.

„Aber eines muss ich dir noch sagen: Er liebt dich noch. Das merkt man, wenn er von dir spricht. Du solltest das mal hören. Es ist kaum auszuhalten, wie er sich selbst kasteit. Dabei war er bisher eigentlich immer das komplette Gegenteil. Er hat Frauen mehr oder weniger benutzt, ist nie eine feste Bindung eingegangen. Und jetzt tut er so selbstlos und will dich vor sich beschützen. Das ist doch lächerlich. Also für mich sieht es so aus, als ob er sich das Leben schwermacht und dir auch. Liebst du ihn denn überhaupt noch?“ Sie sah mich mit ihrem Hundeblick an, als könnte sie kein Wässerchen trüben. Sie ließ einfach nicht locker. Liebte ich ihn noch? Das wäre, als hätte sie mich gefragt, ob ich noch atmen würde, oder essen.

„Ein kleines bisschen vielleicht?“, hakte sie nach, als ich nicht gleich antwortete.

„Ein ganz kleines bisschen – eventuell“, stapelte ich tief.

Sie grinste. „Darf ich ihm das so sagen?“

„Nein Sarah, bitte nicht! Wir haben damit beide abgeschlossen, und dabei soll es auch bleiben. Es ist zu kompliziert."

„Wer hat mit wem abgeschlossen?", mischte sich jetzt Nico in das Gespräch ein. Sie kam aus dem Garten und setzte sich mit einem Teller voller Essen an unseren Tisch.

„Ella mit Kilian und umgekehrt", antwortete Sarah.

Nico bekam einen Lachanfall. Sie hielt sich den Bauch und kriegte sich überhaupt nicht mehr ein. Sie japste nach Luft. „Ja, genau. Ihr beide habt abgeschlossen. Und ich rühre in meinem ganzen Leben nie wieder Makeup an."

Ich seufzte frustriert. „Es ist schön, dass immer jeder glaubt, er wüsste, wie es in mir aussieht."

„Also Schneewittchen, ich weiß die meiste Zeit überhaupt nicht, was in deinem hübschen Köpfchen so abgeht. Aber eines weiß ich genau: Jedes Mal, wenn ich nur seinen Namen erwähne, schaust du drein wie ein angeschossenes Reh. Du bist nie und nimmer drüber hinweg. Und ich bin der festen Überzeugung, ihr werdet niemals so richtig abschließen können, wenn ihr es nicht endlich mal miteinander versucht." Sie schob sich eine Gabel voll Nudelsalat in den Mund und kaute genüsslich.

„Er hat es in den Sand gesetzt. Es wird keinen Versuch mehr geben." Ich sagte das so bestimmt wie ich konnte. „Er hat mich zu oft verletzt. Es gibt für uns keine Zukunft. Und ich fände es schön, wenn wir jetzt endlich das Thema wechseln könnten." Sarah und Nico sahen sich an. Der Blick war allerdings zu kurz, als dass ich ihn hätte deuten können, denn in dem Moment fing das Baby an zu schreien.

„Hat wohl auch Hunger, der kleine Fratz", kommentierte Nico die Schreiattacke.

„Gutes Stichwort. Ich hole mir was zu Essen." Ich war froh, eine Ausrede zu haben, um den überflüssigen Ratschlägen der beiden zu entgehen. Ich machte mich auf den Weg zu meinem Vater, der immer noch am Grill stand.

„Na, was darf ich dir geben?", fragte er mich.

„Pute bitte." Ich hielt ihm meinen Teller hin, auf dem er

das Stück Fleisch ablegte.

„Und ich glaube, ich mach jetzt auch mal eine Pause, dann können wir zusammen essen." Er rief meinen Onkel Arthur, der für ihn den Grill übernahm, und wir stellten uns an einen Stehtisch. Nico kam an uns vorbei, um sich Nachschub zu holen und gesellte sich dann auch zu uns. „Sarah ist rein ins Wohnzimmer gegangen, das mit dem Stillen in der Öffentlichkeit ist nicht so ihr Ding."

Wir aßen eine Weile still vor uns hin, bis mein Vater sich räusperte. „Schön, dass wir drei hier zusammenstehen. Ich wollte euch nämlich noch etwas sagen." Das klang seltsam offiziell. Ich legte mein Besteck weg und wartete gespannt, was er denn unbedingt loswerden wollte. Er wirkte ein kleines bisschen nervös.

„Ich habe seit ein paar Wochen eine Freundin. Und ich würde sie euch gerne vorstellen."

Nico ließ ihre Gabel scheppernd auf den Teller fallen. „Du hast was?"

„Ich weiß, dass das für euch nicht so schön zu hören ist. Aber das hat wirklich gar nichts mit eurer Mutter zu tun."

Ich war überrascht, aber nicht vor den Kopf gestoßen, wie Nico. Mein Vater war ein attraktiver Mann, und meine Mutter war seit sechs Jahren tot. Warum sollte er den Rest seines Lebens alleine verbringen? Es schien mir sogar gerecht, dass er noch einmal eine neue Chance auf Liebe bekam. „Es freut mich für dich, dass du jemanden gefunden hast", erwiderte ich deshalb. Nico funkelte mich an. Sie war nicht so erfreut. „Wo habt ihr euch kennengelernt?", fragte ich trotzdem.

„Bei der Arbeit …" setzte er an, doch Nico unterbrach ihn. „Ich muss jetzt nach Xander schauen, keine Ahnung, wo der die ganze Zeit steckt." Ohne eine Erwiderung abzuwarten, drehte sie sich um und stürmte davon. Er sah ihr traurig nach.

„Sie wird sich schon noch an den Gedanken gewöhnen", versuchte ich ihn aufzumuntern. „Du kennst sie, sie ist aufbrausend, aber ihr Gemüt kühlt sich auch genauso schnell wieder ab."

Zum Dank nahm er mich in den Arm, und so standen wir eine Weile da. „Ich glaube, ich geh´ sie suchen und spreche mal alleine mit ihr", sagte er dann.

„Mach das", stimmte ich ihm zu. „Aber später erzählst du mir mehr über die Dame deines Herzens."

„Das werde ich." Sein Lächeln war herzerwärmend. Muss Liebe schön sein. Ich kann mich kaum noch erinnern, wie das ist.

Ich blieb alleine zurück und dachte an meine Mutter. Sie war am Tag des Sommerfestes immer irgendwie präsent. Ich vermisste sie schmerzlich. Wie gerne hätte ich mit ihr über Kilian gesprochen, hätte ihr erzählt, dass ich meinem Herzen gefolgt war, wie sie es mir damals geraten hatte. Nur leider gab es für mich kein Happy End. Ich legte Daumen und Zeigefinger an meine Nasenwurzel und versuchte diese Gedanken abzustreifen, wie ein verschwitztes Kleid, nach einer langen, durchtanzten Nacht.

Ich beschloss, mich auf die Suche nach Sarah zu machen. Vielleicht brauchte sie noch Hilfe mit ihrem kleinen Schatz. Da ich sie im Garten nirgends entdeckte, war sie wohl immer noch im Wohnzimmer beim Stillen. Als ich durch den Flur darauf zu ging, hörte ich allerdings stattdessen die Stimmen von Nico und meinem Vater. Durch die offene Tür konnte ich beide auf der Couch sitzen sehen. Sie lagen sich in den Armen. In meiner Brust breitete sich ein warmes Gefühl aus. Ich war froh, dass meine Schwester anscheinend über ihren Schatten gesprungen war. Wahrscheinlich würde es noch eine Weile dauern, bis sie mit der Tatsache zurechtkam, dass mein Vater eine neue Partnerin an seiner Seite hatte. Aber es war ein Anfang. Und das machte mich richtig gefühlsduselig. Sie hatten mich noch nicht entdeckt, und so trat ich leise den Rückzug an und schluckte meine Rührung hinunter. Ich wollte diesen privaten Moment nicht stören.

In diesem Augenblick trat Sarah mit Elias auf dem Arm aus dem Gästebad. Ich nahm ihr die Wickeltasche ab, die ihr fast von der Schulter fiel. Sie lächelte dankbar. Gemeinsam machten wir uns auf den Weg nach draußen.

„Es tut mir übrigens nicht leid, dass wir dich vorher etwas in die Mangel genommen haben“, platzte es aus Sarah heraus. Ich blickte sie verwundert an und hielt ihr die Terrassentüre auf. Ehrlich war sie ja, das musste man ihr lassen.

„Ich verstehe Kilian einfach nicht. Dich auch nicht – naja, dich vielleicht ein bisschen mehr als ihn. Ich habe das dringende Gefühl, dass ihr beide wisst wo der Schatz ist, ihr euch aber weigert ihn auszubuddeln, nur, weil er euch dann vielleicht geklaut werden könnte.“ Sie sah mich fragend an, ob ich ihrem Vergleich folgen konnte. Das tat ich. Vielleicht hatte sie wirklich Recht. Vielleicht ließen wir einen Schatz unentdeckt. Vielleicht aber taugte ich auch einfach nicht als Schatzjägerin.

KAPITEL 18

Jahr: 2018

Alter: 35

Ich ging unruhig in meiner Wohnung auf und ab. Ich räumte ein Glas in die Spülmaschine, wischte mit einem Lappen über den Couchtisch und goss die Blumen. Heute war ein seltsamer Tag. Es war Sommerfest. Wie jedes Jahr. Aber ich war das erste Mal seit Urzeiten nicht in die Vorbereitungen eingebunden. Meine Schwester wollte mich gerne überraschen. Ja, ich hatte mich letztens darüber beschwert, dass die alljährliche Organisation des Fests mich ein wenig nervte. Damals hatte ich allerdings Stress in der Arbeit gehabt und war generell nicht sonderlich gut gelaunt gewesen. Grundsätzlich liebte ich unsere Feier und bereitete sie auch gerne zusammen mit meiner Familie vor. Seit ein paar Jahren war ja auch Xander mit an Bord, der mit anpackte. Aber die Vorbereitungen lagen meistens schon hauptsächlich bei Nico und mir. Dieses Mal nicht. Meine Schwester hatte beschlossen, meinen 35. Geburtstag nachzufeiern, und zwar am Sommerfest. Sie hatte also die komplette Ausrichtung übernommen. Ich durfte absolut nichts wissen und auch nicht bei den Vorbereitungen am Tag selbst helfen. Ich sollte erst mit den übrigen Gästen gemeinsam eintreffen. Das fühlte sich besonders komisch an. Ich war keiner der Gastgeber, sondern sollte das Fest dieses Mal von der anderen Warte aus genießen. Aber wollte ich das überhaupt? Es klingelte an der Tür. Endlich! Ich öffnete und wartete bis Nico die Stufen heraufkam, um sie direkt im Flur zu begrüßen.

„Na, schon gespannt?“, fragte sie mich frech.

„Ich hasse diese ganze Heimlichtuerei. Vielleicht sagst du mir jetzt endlich, was geplant ist?“

„Natürlich nicht! Es soll schließlich eine Geburtstagsüberraschung werden.“

„Ich mag aber gar keine Überraschungen“, konterte ich.

„Aber ich dafür umso mehr. Und natürlich erwarte ich die nächsten Jahre dann auch mal eine Revanche.“

„Du bekommst deine Überraschungsparty! Auch ohne dass ich heute völlig vor den Kopf gestoßen werde. Versprochen! Können wir nicht aufhören mit diesem Klamauk?“, bat ich sie.

Nico stützte beide Arme in die Hüften und sah mich durchdringend an. „Jetzt hör mal zu Schneewittchen, es hat uns viel Arbeit gekostet, das alles vor dir geheim zu halten. Und bisher hat es wunderbar geklappt. Niemand hat etwas verraten, oder?“

„Nein“, stimmte ich missmutig zu. Nicht mal meine Tante war dazu zu bewegen gewesen, irgendetwas auszuplaudern. Und Jennifer wollte mir nicht einmal sagen, ob sie überhaupt eingeladen war.

„Dann versau uns jetzt nicht unsere Freude, und genieß deine Geburtstagsfeier!“

„Ich hatte schon vor Monaten Geburtstag“, motzte ich weiter. „Und ich weiß nicht mal, was ich anziehen soll, weil ich über nichts Bescheid weiß.“

„Deshalb bin ich doch da. Du bekommst ein komplettes Beautyprogramm von mir, wie früher.“ Sie hatte schon angefangen ihre Makeup-Utensilien auf dem Esstisch auszubreiten.

Jetzt mach dich mal locker! Warum konnte ich das Ganze auch nicht einfach genießen? Weil es mir eben irgendwie komisch vorkam. Ich konnte dieses Gefühl aber nirgends festmachen. Es machte mich nur nervös.

„Das wird hoffentlich keine Ballnacht, bei der ich mir einen Prinzen aussuchen muss?“, fragte ich scherzhaft.

„Du meinst, weil das Ablaufdatum deiner Gebärmutter näher rückt und du immer noch Single bist?“ Nico nahm wie immer kein Blatt vor den Mund. „Nein, tut mir leid, aber eine Auswahl von Männern haben wir dir nicht zusammengestellt. Obwohl das eine witzige Vorstellung wäre.“ Sie lief in mein Schlafzimmer, öffnete den Schrank und durchforstete ihn. Ich war ihr hinterhergetrottet. Sie zog ein blaues Kleid heraus, das ich mir zusammen mit ihr erst vor ein paar Wochen gekauft hatte. „Da ist es ja, perfekt.“

Ich sah sie skeptisch an. „Gehen wir heute im Partnerlook?“

Denn Nico trug ebenfalls eine Kombination in dunkelblau: Eine knappe Shorts, die ihre schlanken Beine betonte und eine Top mit Rüschen.

„Ja, stimmt!“ Sie lächelte etwas nervös. Vielleicht kam es mir auch nur so vor. „Nein, kein Partnerlook, nur Zufall. Komm, zieh es schon an. Es steht dir spitzenmäßig.“

Ich streifte mir das Kleid über und betrachtete mich im Spiegel. Es sah wirklich gut an mir aus. Es war im Stil der 50er Jahre geschnitten, mit breiten Trägern, einem Herzausschnitt und einem glockigen Rock. Es betonte genau die richtigen Stellen meines Körpers. Die Farbe des Kleides war mitternachtsblau, während Nicos Kombination eher in marineblau gehalten war. „Wie du weißt, liebe ich es, wenn farblich alles schön geordnet ist. Also finde ich es wunderbar, wenn wir beide im Partnerlook gehen. Wir müssen unbedingt ein Foto machen.“ Ich zückte mein

Handy und wir schossen mindestens zehn Selfies, von denen nur ein einziges unsere Prüfung bestand. Entweder einer hatte die Augen zu, stand im Schatten, war unscharf oder schlecht getroffen.

„Also gut, Schwestern-Partnerlook. Das hatten wir zuletzt als Kinder. So und jetzt bitte Platz nehmen und verwöhnen lassen!" Nico war schon ins Wohnzimmer vorausgegangen. Ich beschloss meine Skepsis endlich zum Mond zu schießen. Es gab keinen Grund argwöhnisch zu sein. Ich mochte zwar keine Überraschungen, aber alle hatten sich anscheinend wirklich Mühe gegeben, und ich wollte niemanden enttäuschen. Also setzte ich mich auf den angebotenen Stuhl, lehnte mich zurück und versuchte mich zu entspannen und das ganze Brimborium zu genießen. Nico legte sofort los, mein Gesicht mit Quasten und Pinseln zu bearbeiten.

„Darf ich noch eine Frage stellen?"

Nico schnaufte hörbar. „Wenn es sein muss."

„Warum so spät?" Es war mittlerweile 20 Uhr. Unsere Feiern starteten gewöhnlich schon am späten Nachmittag und ab und zu auch erst abends. Aber wir würden kaum vor 21 Uhr hier fertig sein und mussten dann noch zum Haus unseres Vaters fahren.

„Stillhalten!" Nico nahm mein Kinn in ihre Hände und pinselte beflissentlich weiter. „Das liegt doch auf der Hand. Die Sonne geht im Sommer nun mal erst so spät unter. Und nur dann kann man schließlich Sundowner trinken. Aber mehr wirst du aus mir nicht herausbekommen."

Eine halbe Stunde später war ich fertig geschminkt: dunkle Augen und ein Hauch silberner Glitzer. Jetzt kamen die Haare an die Reihe. Meine Schwester wellte sie mit einem Lockenstab und steckte einige Strähnen davon hoch. „So, fertig." Sie war zufrieden und ich ebenfalls. Nico war eben eine wahre Künstlerin. Das sagte ich ihr auch. Sie drückte mir noch silberne Sandaletten in die Hand und drängte mich dann zur Eile. Wie stiegen in ihren roten Mini, den sie an der Straße vor dem Mietshaus geparkt hatte. Es war schon 21.20 Uhr, und die Sonne ging langsam aber sicher unter. Sollten wir nicht eigentlich jetzt schon bei der Party sein? Ich kam irgendwie nicht mehr mit. Nico griff hinter ihren Sitz und holte eine kleine Kühltasche hervor. Daraus entnahm sie eine Dose Prosecco und eine Dose Zitronenlimonade. Sie öffnete beide und steckte jeweils einen Strohhalm hinein. Den Alkohol reichte sie mir, mit den Worten: „Hier kommt dein Sundowner." Interessant. Ich beschloss mich über nichts mehr zu wundern und stieß mit ihr an.

„Auf dich", prostete sie mir zu. „Das wird wunderbar, du wirst sehen. Sei einfach offen, für alles was kommt!" Dann tippte sie eine Nachricht, startete den Motor und fuhr los. „Genieß dein Getränk!"

Und das tat ich. Ich ließ mich von ihrem Enthusiasmus anstecken und freute mich plötzlich wirklich darauf, was der Abend noch so bereithielt. Erst dachte ich, sie würde gar nicht zu unserem Elternhaus fahren, aber sie schlug genau diesen Weg ein. Sie parkte in unserer Einfahrt und bat mich kurz zu warten. Nico tippte noch mal in ihr Handy. Ich sah mich derweil um. Ich bemerkte viele bekannte Autos. Die Gäste schienen also schon da zu sein. Inzwischen war es dunkel geworden.

„So, dann wollen wir mal", gab meine Schwester mir schließlich das Zeichen auszusteigen. Wir gingen nicht ins Haus, sondern traten direkt durch die Gartenpforte. Nico hatte mich untergehakt und führte mich in den ziemlich finsteren Garten. Auf den ersten Blick sah hier nichts nach einer Feier aus. Leichte Enttäuschung machte sich bei mir breit. Ich hatte Laternen, Lampions und Fackeln erwartet, vielleicht sogar eine Feuerstelle. Aber hier war nichts.

Bis plötzlich in einem Teil des Gartens ein Licht aufleuchtete, und nach und nach wurden es immer mehr. Überall flimmerte es sanft. Und jetzt erkannte ich auch schemenhaft die Menschen, die alle dunkle Kleidung trugen und große Wunderkerzen in den Händen hielten. Daher kam also das Funkeln und Glitzern. Meine Schwester führte mich weiter, und es kam mir vor, als würden wir durch den Nachthimmel laufen. Es sah wunderschön aus. Dann hörte ich die Musik. Sie kam vom Teich, und wir liefen direkt darauf zu. Es war Geigenmusik, und ich tippte stark auf Sarah, auch wenn ich sie bei den Lichtverhältnissen noch nicht sehen konnte. Als ich wahrnahm, welches Lied sie da spielte, blieb mir fast das Herz stehen. Es war ‚Vom selben Stern'. Was hat das alles zu bedeuten? Warum spielt sie genau diesen Song? Ist das ein Zufall? Die Töne hinterließen bei mir eine Gänsehaut. Nico war stehengeblieben und flüsterte mir etwas ins Ohr, mit dem ich zuerst gar nichts anfangen konnte: „Es ist nun Zeit dir zu sagen, dass ich das alles gar nicht organisiert habe. Und jetzt los!" Dann gab sie mir einen kleinen Schubs, und ich torkelte weiter Richtung Schwimmteich, auf dem bei näherer Betrachtung Kerzen schwammen. Plötzlich schalteten sich Lichterketten ein, die überall im Garten gespannt waren. Es war immer noch recht schummrig, aber ich konnte jetzt ganz deutlich sehen, dass Sarah am Steg stand und spielte. Neben ihr war ein Teleskop aufgestellt, an dem eine kleine Geschenktüte hing. In meinem Kopf war einfach nur ein riesengroßes Fragezeichen. Ich versuchte dieses Puzzle zusammenzusetzen, aber es gelang mir nicht. Meine Schwester hat das alles also nicht organisiert. Aber wer denn dann? Sarah? Aber wieso? Ich sah mich unsicher zu Nico um, aber sie forderte mich mit einer Handbewegung auf weiterzugehen. War das Teleskop mein Geschenk? Ich hatte mir zwar nie ausdrücklich eines gewünscht, aber gut, das Weltall fand ich schon spannend. Ich sah Sarah an, die mich während ihres Spiels anlächelte und mit dem Kopf auf das Teleskop deutete. Ich nahm die Geschenktüte, die offensichtlich für mich war, herunter und öffnete sie. Ich förderte eine kleine Schachtel zu Tage, deren Deckel ich abhob. Darin lag eine goldene Kette mit einem Saturn-Anhänger. Sie war schlicht, aber wunderschön. Ich hörte fast, wie sich die imaginären Rädchen in meinem Gehirn drehten – wie ich der Lösung immer näherkam. Und schließlich war ich soweit. Dieses Geschenk ließ keinen anderen Schluss zu, und ich spürte, wie meine Hände anfingen zu zittern. Ich hatte nur einem einzigen Menschen erzählt, dass ich mich nicht wie die Sonne fühlte, sondern wie der Saturn. Neben der Kette lag noch ein kleiner Zettel. Ich faltete ihn auseinander.

„Ich wollte gerne einen sternenvollen Abend für dich gestalten. Und weil wir vom selben Stern kommen, muss ich also auch vom Saturn sein. Schau durch das Teleskop, dann siehst du unseren Planeten! Kilian"

Das Geschenk ist von ihm. Er hat das geplant, diesen ganzen Abend. Er hat sich an unser Lied erinnert. Er hat sich an alles erinnert. Meine Gedanken rasten. Die große Frage lautete, was das jetzt alles zu bedeuten hatte. Ich verstaute das Geschenk wieder in der Tüte und blickte durch das Hightech-Fernrohr. Und ich konnte ihn tatsächlich sehen –den Saturn. Er leuchtete gelblich, und sogar sein Ringsystem war schwach zu erkennen. Es war ein unglaublicher Anblick. Und er gab mir Zeit, mich zu sortieren.

Wir hatten in den letzten Monaten auf Kilians Initiative hin wieder angefangen uns Nachrichten zu schreiben. Die erste schickte er an Weihnachten. Anfangs antwortete ich aus reinem Selbstschutz nicht. Aber er ließ nicht locker. Letztendlich knickte ich ein. Mein Herz hatte mal wieder meinen Verstand besiegt. Die beiden lagen in ständigem Clinch miteinander. Waren unsere Gespräche zuerst noch holprig und unsicher, fanden wir recht bald wieder einen gewissen Draht zueinander. Nicht so wie früher. Wir waren vorsichtig. Mieden alle Themen, die etwas mit Liebe und Beziehungen zu tun hatten. Es ging viel um unsere Arbeit.

Er erzählte mir von dem Ausbau der Schreinerei, die sich immer mehr zu einem Unternehmen wandelte, das innovative Holzböden herstellte. Ich berichtete ihm von meinem aktuellen Projekt, das sich um Menschen drehte, die über 100 Jahre alt waren. Wir tauschten Anekdoten und Ratschläge aus, aber kaum Gefühle. Für mich war das in Ordnung so. Das, was wir jetzt hatten, nährte meine Hoffnung nicht. Es war aber trotzdem eine Bereicherung in meinem Leben. Diese besondere Verbindung zwischen uns ließ sich nun mal nicht leugnen. Jetzt lebten wir sie eben so aus. Das war vernünftig und vielleicht könnte irgendwann wieder eine richtige Freundschaft daraus entstehen. Aber erst, wenn wir beide jemand anderen gefunden hatten. Kilian war nicht mehr mit Nina zusammen. Er hatte einmal am Rande sein Single-Dasein erwähnt. Ich konnte mich gar nicht mehr erinnern in welchem Zusammenhang. Mehr wusste ich darüber nicht und wollte es auch nicht.

Und nun stand ich hier und betrachtete durch ein Teleskop den Saturn. Er hatte organisiert, dass es hier stand, korrekt ausgerichtet. Er ließ durch unser Lied noch einmal den besonderen Moment auferstehen, den wir damals miteinander geteilt hatten – auch an diesem Sommerfest. Damals hatte er mir gesagt, dass meine Worte bei ihm meistens ins Schwarze träfen, und wir hatten uns wieder versöhnt.

Das Teleskop, die Kette, die Sternwerfer – das alles musste von langer Hand geplant gewesen sein. Seit meine Schwester mir gesagt hatte, dass das Fest dieses Jahr eine Überraschung für mich wäre. Und alle Gäste wussten auch Bescheid. Ein irrer Aufwand, nur für mich.

Ich sah immer noch durch den Sucher. Ich hatte Angst davor, was als nächstes passieren würde. Und ich war aufgeregt. Sehr aufgeregt. Deshalb blieb ich einfach hier stehen und starrte in den Nachthimmel. Und da war er wieder, der Hoffnungsschimmer, der plötzlich zum Flutlicht mutierte. Aber ich würde mich dem nicht hingeben. Also kappte ich die Stromzufuhr. Ich wollte mir nicht ausmalen, was jetzt kam, denn ich konnte keine erneute Enttäuschung mehr ertragen. Vielleicht wollte er nur unsere Freundschaft wieder aufleben lassen. Mir zeigen, dass ich ihm noch wichtig war. Was auch immer.

„Risi.“ Beim Klang seiner Stimme schloss ich die Augen. Ich hatte sie lange nicht gehört, und sie fuhr mir durch den ganzen Körper. Jetzt verstand ich auch den Ausdruck, wenn einem etwas durch Mark und Bein fährt. Genauso musste sich das anfühlen. Ich wappnete mich innerlich. Nur noch einen Moment. Ich drehte mich um und wollte ihn eigentlich anlächeln, schließlich hatte er hier etwas Tolles auf die Beine gestellt. Er hatte mir eine sehr persönliche und wunderschöne Überraschung bereitet – egal warum. Er hatte ein bisschen Freude und Dankbarkeit verdient. Aber mein Gesicht war wie eingefroren, so angespannt wie mein ganzer Körper.

Er stand jetzt auch auf dem Steg. Die Geige war verstummt, und Sarah zog sich zurück. Kilian trug einen dunklen Anzug. Ich konnte mich nicht mehr erinnern, ob ich ihn jemals schon in einem gesehen hatte. Aber er sah wahnsinnig gut darin aus. Immer wenn ich ihn anblickte, überkam mich dieses Gefühl von Zuhause. Unlogisch aber unvermeidbar. Er hatte seine Hände in den Hosentaschen vergraben und sah mich unsicher an. Er schien auf eine Reaktion von mir zu warten, aber ich war zu keiner fähig. Ich hatte genug damit zu tun, mein Herz im Zaum zu halten, das meinen Körper dazu bringen wollte ihm sofort in die Arme zu fallen. Noch behielt ich die Oberhand. Warte ab, was er zu sagen hat! Keine voreiligen Schlüsse, nur, weil das alles vor Romantik trieft! Denn romantisch war diese ganze verdammte Sache. Keine Frage. Ich war mir fast sicher, dass Jen hier auch irgendwie ihre Finger im Spiel hatte.

„Es scheint so, als wäre die Überraschung gelungen. Du wirkst ziemlich fassungslos.“ Er lächelte verlegen. „Ich habe auch eine kleine Ansprache vorbereitet, um dir das alles hier zu erklären. Du weißt, die richtigen Worte zu finden, ist nicht so meine Stärke. Aber gerade habe ich alles wieder vergessen, sorry. Ich bin ziemlich nervös. Deshalb muss ich wohl doch meinen Spickzettel bemühen." Ich hörte leise Gelächter, das aus dem Garten kam, aber ich sah mich nicht danach um. Kilian holte ein Blatt aus seiner Hosentasche, faltete es auf und begann dann erneut.

„Um es gleich mal vorneweg zu nehmen: Ich habe das mit uns ziemlich vermasselt. Und das tut mir wirklich leid. Du hast mir so oft die Hand gereicht. Aber ich war nicht dazu fähig, sie zu nehmen. Ich war egozentrisch. Ich bin dauernd um mich und meine Probleme gekreist. Ich weiß, dass ich wahnsinnig lange gebraucht habe, um an diesen Punkt hier zu kommen. Aber ich hoffe sehr, dass es noch nicht zu spät ist." Er hielt kurz inne um mich über das Blatt hinweg anzusehen. Er hatte den Text mehr oder weniger abgelesen. Seine Hände zitterten leicht. Er suchte etwas in meinem Blick, das ihm Zuversicht gab. Aber ich stand hier wie eine Maus vor der Schlange: Paralysiert. In mir tobte ein Kampf. Mein Herz war kaum noch unter Kontrolle zu halten, mein Verstand musste sich mit aller Macht dagegenstemmen. Er hat noch nicht gesagt, was er wirklich will. Er hat nur Andeutungen gemacht. Du wirst ihm jetzt nicht sofort wieder verfallen, bloß, weil er der süßeste Idiot im ganzen Weltall ist.

Leicht enttäuscht senkte er seinen Blick wieder auf das Blatt in seiner rechten Hand. Die Linke verschwand erneut in der Hosentasche. Er atmete tief durch. „Okay, das hier ist noch schwieriger als ich dachte. Ich weiß schon seit Monaten, dass ich mit dir zusammen sein will, aber ich wusste auch, dass dieses Mal ich an der Reihe war, den ersten Schritt zu tun. Und dass ich eine große Geste machen müsste, um dich zu überzeugen. Deshalb habe ich mir von deiner Familie und deinen Freunden Hilfe geholt. Aber vielleicht hat das alles zu lange gedauert." Jetzt wirkte er leicht verzweifelt. Er fuhr sich mehrfach mit seiner linken Hand übers Gesicht. Dann starrte er wieder auf seinen Zettel. „Das war eigentlich nicht der Text. Also ich mache dann mal weiter. Oder nein, ich kann das so nicht.“ Er knüllte den Zettel zusammen und trat zwei Schritte auf mich zu. Wir waren jetzt nur noch eine Armlänge voneinander entfernt. „Risi, ich liebe dich. Ich möchte nicht ohne dich leben. Ich weiß, dass ich Ballast mitbringe. Aber ich habe meine Meinung geändert. Ich möchte Kinder mit dir haben. Ich kann mir eine Adoption vorstellen. Ich möchte gerne Vater sein. Seit ich Onkel bin, hat sich meine Sichtweise noch einmal stark verändert. Risi, bitte, es tut mir so leid. Bitte sag, dass es nicht zu spät ist!“ Er wollte meine Hände nehmen, entschied sich dann aber doch dagegen. Stumme Tränen rannen mir über die Wangen. Ich war gerührt von seiner Ansprache, von allem hier. Aber auch überfordert. Wie sehr hatte ich mir jahrelang gewünscht, genau das von ihm zu hören? Jetzt jedoch hielt mein Verstand dagegen und versuchte meinem Herzen klar zu machen, dass es wieder verletzt werden würde, wenn es immer wieder den gleichen Fehler beging: zu hoffen und ihm zu vertrauen.

„Vielleicht war das doch zu viel.“ Er wirkte jetzt regelrecht kleinlaut. „Wenn du Bedenkzeit brauchst, ist das kein Problem. Aber ich werde es mir nicht anders überlegen. Ich werde dich so lange überzeugen, bis du auch glaubst, dass wir zusammengehören. Bist du es genauso sicher weißt, wie ich es weiß. Denn eigentlich weiß ich es schon so lange.“

Endlich erwachte ich aus meiner Schockstarre. Mein innerer Kampf war fast entschieden. „Seit wann weißt du es?“, waren meine ersten Worte, die ich an ihn richtete.

„Seit wir damals mit 16 auf dem Dach saßen und du der erste Mensch warst, der mich wirklich verstanden hat. Seit wir uns diese legendäre Wasserschlacht geliefert haben und ich danach im Badezimmer alle meine Kräfte aufbieten musste, um nicht über dich herzufallen. Seit du es mit einem Winnie Pooh-Zitat geschafft hast, meinen Blick auf das Wesentliche zu lenken. Weil du das immer schaffst, und ich mir deshalb diese Comic-Figur habe tätowieren lassen. Weil ich dich und dieses Gefühl immer bei mir haben wollte. Ich weiß es, seit ich die schlimmsten Schmerzen durchstehen musste, immer wenn ich dich zusammen mit Timo gesehen habe. Seit ich meinen Freund am liebsten verprügelt hätte, jedes Mal, wenn er dich geküsst hat. Ich weiß es, seit meiner Welt die Farbe fehlt, weil du nicht mehr da bist. Ich will mein Leben mit dir teilen, Risi. Und ich hoffe so sehr, dass du das auch willst."

Da schaltete mein Verstand sich aus. Er gab klein bei. Und als ich meine Gefühle endlich zuließ, wurde ich davon regelrecht überrollt. Ich trat auf ihn zu und küsste ihn. Und er küsste mich zurück, mit seiner ganzen Erleichterung und seiner ganzen Liebe. Er hielt mich fest, als wolle er mich nie wieder loslassen.

Irgendwann vernahm ich im Hintergrund Applaus. Wir unterbrachen den Kuss und sahen uns von einer Menge an Leuten umringt. In vorderster Reihe stand Jen, Hand in Hand mit Ties dem Kellner und bewegte ihre Lippen: „Ich habe es immer gewusst."

Alle Umstehenden hatten etwas Blaues an. Es war irgendwie unwirklich. Und es war eine Wohltat für meine Augen. So langsam löste sich die Versammlung allerdings auf, und die anderen ließen uns ein bisschen Freiraum.

Ich wendete mich wieder Kilian zu. Er sah ziemlich mitgenommen aus, aber glücklich. „Du weißt schon, dass der Saturn kein Stern ist, oder?", versuchte ich ihn zum Lächeln zu bringen.

„Ja, das ist mir bekannt. Das war künstlerische Freiheit."

„Wie dieser Heiratsantrag eben? War das auch künstlerische Freiheit?"

„Du weißt doch, dass ich nie das rüberbringen kann, was ich eigentlich sagen will", schmunzelte er.

Ich legte meinen Kopf an seine Brust und zog ihn fest an mich.

„Und war der Kuss eine Antwort?“, hakte er nach.

„Ja, das war er.“

NACHWORT

Es ist fertig. Mein allererstes Buch. Ich kann es selbst noch gar nicht fassen. Und Du hast es zu Ende gelesen. Ein dickes Dankeschön an Dich: Für Deine Lesezeit und dafür, dass Du Dich getraut hast zu einem Debütroman zu greifen. Ich hoffe sehr, dass es sich für Dich gelohnt hat.

Das Jahr 2019 ist für mich ein Jahr der Veränderungen. Nach dem Motto „Wenn eine Türe zugeht, öffnet sich eine andere“ bin ich mit diesem Buchprojekt gestartet. Schon als Kind habe ich meine Liebe zu Büchern entdeckt und wollte immer einmal auch eines schreiben. Mit der Betonung auf „einmal“. Dann ist mir dieses wunderbare Leben passiert und der Traum rückte in den Hintergrund. In meinem Beruf als Redakteurin habe ich allerdings schon immer Geschichten erzählt. Anfang des Jahres war ich in einer beruflichen Sackgasse gelandet. Einer meiner ersten Gedanken: „Jetzt ist die Zeit reif.“ Eine grobe Idee, die ich zwei Jahre vorher verfasst hatte, gab es schon. Ich wollte einfach mal ausprobieren, ob mir das überhaupt liegt, so eine lange Story zu schreiben. Und was soll ich sagen – es macht mir wahnsinnig viel Spaß! Ich liebe es!

Falls Du also Gefallen an der Geschichte von Ella und Kilian gefunden hast, würdest Du mir mit einer Rezension bei Amazon sehr weiterhelfen. Ich freue mich über Deine Rückmeldung und auch ein paar Sätze sind schon eine große Unterstützung für unabhängige Autoren wie mich. Herzlichen Dank!

Ich feiere jeden Follower und jedes Like. Mehr über mich und mein nächstes Buch erfährst du hier:

www.PatriciaRenoth.com
https://www.instagram.com/patriciarenoth/

Ohne die Hilfe und Unterstützung von vielen lieben Menschen hätte ich „Sternenvoll“ niemals fertigstellen können.

Vielen Dank an meinen Mann. Weil er immer hinter mir steht und an mich glaubt. Weil das Buch ihn berührt hat. Und weil es für ihn fuchsmäuschenstill ist.

Vielen Dank an meine Tochter. Weil es sie gibt und ich nur mit ihr der Mensch geworden bin, der heute Bücher schreibt.

Vielen Dank an meine Eltern. Weil sie mich immer unterstützt haben. Weil sie mir die Welt der Bücher nahegebracht haben. Und weil sie mich lieben.

Vielen Dank an meine Schwestern und deren Familien. Weil ich mir ein Leben ohne sie nicht vorstellen kann und weil sie stets ein offenes Ohr für mich haben.

Vielen Dank an meine Schwiegereltern. Weil es sie immer interessiert, was ich so mache.

Vielen Dank an meine drei Lektoren, Korrektoren und Testleser. Weil sie das Buch erst zu dem gemacht haben, was es heute ist und weil sie mir ihre wertvolle Zeit geschenkt haben.

Vielen Dank an meine Freunde. Weil sie sich in letzter Zeit sehr viel zu dem Thema „Buch“ anhören mussten und weil sie mir mit Rat und Tat zur Seite gestanden sind.

Ohne Euch alle gäbe es dieses Buch nicht. Fühlt Euch

umarmt. Ich hoffe, für Euch ist das Leben immer sternenvoll!

Printed in Germany
by Amazon Distribution
GmbH, Leipzig

16674707R00171